The

Survived Alchemist

with a dream of quiet town life.

03 book three

written by Usata Nonohara
illustration by ox

Kadokawa Fantastic Novels

ドドドドド
ドドドド
ポコッ
ポコ
ドン

唔…什麼!?
難道是針猿嗎!?
娜塔莎真是太主動了～
瑪莉艾拉！
發現得太慢了！
要是這裡被弄得亂七八糟，你們就暫時別想回家啦！

你說什麼!?
娜塔莎，抱歉，我一定得回去！
瑪莉艾拉！
バッ
吱吱吱吱吱吱吱吱吱……
都拚到現在了，誰要繼續待在這裡啊！
這是我們最後一次約會了啊！
瑪莉艾拉！
吱吱！
ズズッ

打不到啦！
吱吱！
吱嘎…
娜塔莎，妳這樣齜牙咧嘴就不能親親啦！
瑪莉艾拉！

※讚！

光蓋，我們要回去了！
瑪莉艾拉！
瑪莉艾拉…
瑪莉艾拉…
瑪莉艾拉…

啊…瑪莉艾拉，終於……
終於可以見到妳了──
だんっ
吉克、林克斯、愛德坎先生，歡迎回來！

胖
嘟嘟
怎…
瑪…
怎麼胖成這樣——!!
瑪莉艾拉——!!

倖存
鍊金術師的
城市慢活記

The survived alchemist
with a dream of quiet town life.

[作者] のの原兎太
[插畫] ox

written by Usata Nonohara
illustration by ox

03
book three

Kadokawa Fantastic Novels

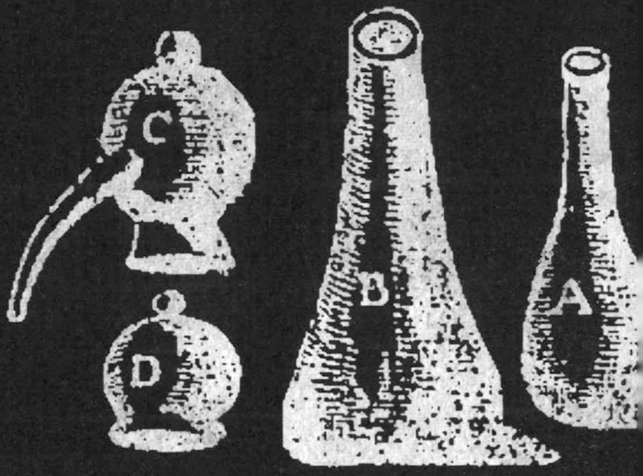
C
D
B
A

A
F
G
H
B
C
H
D

The survived alchemist
with a dream of quiet town life.

03 Contents

The
Survived
Alchemist
with a dream
of quiet town life.

03
book three

序章

降雪的黎明

Prologue

01

一隻手伸向降雪的夜空。

不見星月的夜空是一片漆黑。看在倒在地上，只能用動彈不得的身體仰望天空的吉克蒙德眼裡，覺得這片黑暗的天空簡直就像無底的深淵。

自己究竟是仰望，還是俯視著這片黑暗？

輕盈的細雪不像是往下飄落，彷彿只是在黑色空間中飛舞，讓橫躺在地的吉克難以分辨上下。

雪片飄落在伸手想抓住雪的吉克手上，卻全都在他的手心融化為水滴後滑落，終究沒能留在手裡。

「嗚……唔啊……」

吉克掙扎著想要爬起來，身體卻痛苦不堪，呻吟聲打破了寂靜。

「就這點程度，真虧你敢自稱是護衛。」

一個男人俯視著倒地不起的吉克，眼神冰冷得徹底。

傑克·尼倫堡——率領迷宮討伐軍治療部隊的這個男人，在對人戰鬥方面擁有無與倫比的高超技術。

尼倫堡那準確擊中人體要害的攻擊慢慢消耗掉吉克蒙德的體力，讓他沒有力氣重新站起來。即使如此，看到吉克掙扎著用腳尖抵著凍結的大地，試圖站起來的模樣，「哦……」尼倫堡不禁發出帶有讚嘆之意的一聲。

「請……請到此為止吧。吉克……尼倫堡先生……」

瑪莉艾拉的顫抖聲音阻止了男人之間的戰鬥。

與聲音一同吐出的氣息帶著白煙，顯示了這個地方有多麼寒冷。她的身體正在微微發著抖，是因為衣物單薄，沒穿外套而凍僵了嗎？

如果沒有在那一天與凱羅琳聊到關於魔導具的事。

如果沒有在那一天搭上凱羅琳的馬車。

瑪莉艾拉或許還是什麼都不知道，和吉克兩個人繼續過著寧靜的生活。不過，思考沒有發生的過去又有什麼意義？

早晨還很遙遠，即使伸出手也不可能抓住。

「請不要再練了。早餐已經做好了。」

「唔，已經到這個時間啦。吉克，打烊之後再繼續吧。」

「是，謝謝您的指教，尼倫堡醫生。」

「吉克，很冷吧。我燒了洗澡水，你去暖暖身子再來吃飯吧。」

「嗚哇～外面好冷喔～爸爸，今天的湯是我煮的喔！」

「哦，這樣啊。其實妳不必這麼早就來陪我的，雪莉。」

「我想跟爸爸在一起嘛。想睡的話，我會拜託人家讓我睡午覺的，沒關係。」

瑪莉艾拉與尼倫堡父女從「枝陽」的後院魚貫走進屋內。吉克也搖搖晃晃地跟了上去。

經過亞格維納斯家的事件後，「枝陽」不知為何多了新的成員。

因為在那一天，那個時候出現在亞格維納斯家（那個地方），使得瑪莉艾拉的生活變得更熱鬧了。而且還是從太陽還沒升起的清晨開始。

在下著細雪的戶外不斷被打倒在地的吉克渾身都是泥且飢腸轆轆，很想在洗澡前先吃早餐，但兩名少女恐怕不會允許他帶著一身髒汙坐到餐桌前。

早晨還很遙遠，吉克的手也還什麼都沒有抓住，但敞開門的「枝陽」裡頭卻有溫暖的景象正在等著他。

※ 02

瑪莉艾拉認為傑克・尼倫堡會來到「枝陽」是為了替凱羅琳驅逐蟲子。

亞格維納斯家事件發生後過了幾天，在迷宮討伐軍擔任副將軍的維斯哈特親自帶著尼倫堡和看似親信的一個人微服拜訪「枝陽」時，瑪莉艾拉打從心底感到驚訝。

因為是打烊後的時間，店內沒有其他客人，不過幾小時前還有矮人高登坐著的暖呼呼大叔區竟然坐了一位閃閃發光的王子殿下。太陽已經下山，那個座位明明已經沒有陽光，看起來卻還是比其他地方明亮，真是不可思議。

根據隨行的人所說，凱羅琳的哥哥——羅伯特需要長期療養，而亞格維納斯家將由凱羅琳來繼承。當然了，她與比她年長二十歲的帝都鍊金術師之間的婚約已經取消。為了讓亞格維納斯家存續，休森華德邊境伯爵家會幫忙尋找適合的對象，凱羅琳本人似乎也對這個決定沒有異議，但她希望今後也能以藥師的身分繼續工作。

她雖然無法提供魔藥或新藥，卻還是想以藥師的身分對城市有所貢獻，瑪莉艾拉認為這很像是凱羅琳會提出的請求。

不過有個問題是，關於魔藥的事不會公開，所以或許會有貴族覬覦亞格維納斯家擁有的魔藥權利和繼承權，對恢復單身的凱羅琳出手。在亞格維納斯家宅邸和公眾場合，休森華德邊境伯爵家會加以監視，所以應該不會有什麼大問題，但「枝陽」這間平民店家就不在保障範圍內了。

凱羅琳本人對自己把瑪莉艾拉捲入那起事件的事感到很後悔，從那個時候開始就一直沒有來「枝陽」露臉。

「其實不用放在心上的。」

雖然這是瑪莉艾拉的真心話，卻沒有機會親口對凱羅琳訴說。

瑪莉艾拉並沒有得知事件的詳細內容。雖然看到地下室的許多空棺材和沉睡在玻璃棺材內的女性時，瑪莉艾拉就已經猜到亞格維納斯家能夠持續供給魔藥長達兩百年的理由，卻還是不知道新藥到底是什麼樣的東西。

早在幫助凱羅琳的父親時，瑪莉艾拉就有預感，認為他們可能涉及了非常不好的事，所以根本沒有開口詢問。

雖然迷宮討伐軍只有口頭要求「不要向他人提及此事」，並沒有簽訂魔法契約，瑪莉艾拉還是不打算對別人說起這件事。

那天，瑪莉艾拉與吉克最後在亞格維納斯家住了一晚，到了隔天早上才恢復自由。兩人一回到「枝陽」，林克斯便來訪，用由衷感到安心的表情這麼說道：

「我有從別的地方聽到消息，不過還是要看到你們的臉，我才能放心。」

看到林克斯完全沒有提及昨天沒能交貨的事，單純為兩人的平安感到高興，瑪莉艾拉就知道他肯定非常擔心。

所以，瑪莉艾拉決定把「想要繼續跟凱羅琳一起在『枝陽』做藥」的話吞進肚子裡。自已是如此無力，下次或許還會給凱羅琳添麻煩。

看著不發一語的瑪莉艾拉，維斯哈特緩緩開口：

「把瑪莉艾拉小姐捲入那起事件，我感到很抱歉。不過妳和凱羅琳大小姐的的交情已經是一部分人都知道的事實。不論凱羅琳大小姐今後會不會定期拜訪這裡，恐怕也會有些企圖採取強硬手段的鼠輩出現。所以我有個提議。」

瑪莉艾拉以為好不容易回到「枝陽」的自己又要被帶到迷宮討伐軍，開始感到緊張，但維斯哈特的提議卻完全出乎意料。

「妳是否願意讓尼倫堡治療技師在『枝陽』開設派駐診所呢？」

「什麼？」

在瑪莉艾拉歪起的頭回到原位之前，維斯哈特開始猛烈地推銷起尼倫堡。

「尼倫堡是迷宮討伐軍治療部隊的隊長，同時也是萊恩哈特將軍的心腹，所以他與我們的交情很深厚，地位比一些平庸的貴族高多了。住在迷宮都市的貴族男子除非有特殊理由，否則都有服兵役的義務，所以大部分的人光是看到他的臉就會繃緊神經。而且他的戰鬥技巧很高超，對付人類的能力特別厲害，由他來擔任護衛是最可靠的，我可以保證。而且他的本業是治療技師，所以對人體很熟悉。他比誰都更懂得拿捏分寸，過去曾找他麻煩的人光是知道他在這裡，肯定會馬上逃之夭夭。對了對了，那邊那位先生是瑪莉艾拉小姐的護衛吧。請恕我失禮，你是不是有點擔心自己的戰鬥能力不足呢？難得有這個機會，你就請尼倫堡鍛鍊一下吧。尼倫堡駐留在這裡的期間，你也可以暫時卸下護衛的職務，進入迷宮探索或增加鍛鍊的時間。要強化防衛瑪莉艾拉小姐的力量，我認為這也是好事一樁。咦？尼倫堡的臉很可怕？別擔心，他其實是個對女性很溫柔的男士喔。他還有個非常可愛的女兒。在上次的事件中，他的女兒被當成目標。她也需要更安全的護衛，所以我認為既然如此，不如讓她在白天待在『枝陽』。她是個很懂事的小女孩，應該能幫忙不少店裡的工作。尼倫堡開設診所應該也能吸引更多客人。尼倫堡的薪水就跟以往相同，由迷宮討伐軍支出，所以看診的報酬屬於『枝陽』，你們大可收下。啊，好處這麼多，聽起來反而很可疑吧。其實我也有事情想拜託瑪莉艾拉小姐。妳是與**帝都**的地脈締結契約的鍊金術師吧？所以我想妳應該是因此才會發現羅伊斯閣下被路易斯閣下附身的事。我當然沒有打算張揚這件事，與**帝都**的地脈締結契約的鍊金術師會特地來到**無法製作魔藥**的其他地脈，肯定是有什麼苦衷，所以我不會作出刺探他人隱私的失禮行為。只不過，我想要稍微借助一下妳的能力。沒什麼，不是什麼辛苦的事。就像妳看穿羅伊斯閣下體內混入了路易斯閣下一樣，我希望妳能看看迷宮討伐軍的士兵體內是否有混到什麼。士兵會來這裡接受尼倫堡的診療，瑪莉艾拉小姐可以像以前一樣，和凱羅琳大小姐一起做藥或是與常客聊天，偶爾幫忙看看患者就行了。我們當然會支付診療費用，妳覺得如何呢？」

瑪莉艾拉的頭已經歪得快要碰到肩膀了。另一邊的脖子肌肉被拉得好長。感覺就像做頸部伸展操，又痛又舒暢。

如果是平常，吉克會幫忙把歪掉的頭移回原位，但畢竟是在迷宮討伐軍的副將軍面前，他正乖乖地守在瑪莉艾拉身後。瑪莉艾拉只好自己把脖子打直，開始思考剛才那一大串說明的內容。

（他說了太多，我聽不太懂……）

雖然瑪莉艾拉很確定自己並沒有說尼倫堡的臉很可怕。

維斯哈特的臉上掛著讓人看不出感情的溫和笑容。他身旁的親信也是一樣的表情，尼倫堡的臉則是……很可怕。

覺得自己沒有說出口就沒關係，瑪莉艾拉把視線移回維斯哈特臉上。現在似乎不是能說「什麼？」或是「請你再說一次」的氣氛。

「那個，請問您的意思是我可以像以前一樣和凱兒小姐一起在『枝陽』工作嗎……」

「沒錯。」

雖然有種屈服於強迫推銷的感覺，但瑪莉艾拉心想「既然可以在『枝陽』過著一如往常的生活，那好吧」，於是回應「我知道了」。

而到了隔天，熟悉的矮人三人組帶著工作道具來到店裡，把化為雜物間的飯廳改裝成尼倫堡的診療室，又在二樓和地下室裝了附有複雜魔法鎖的內門以免外人入侵，甚至把空雜物間改造成收納功能強大的商品倉庫。

他們似乎已經從迷宮討伐軍那裡收了相當高的金額作為改裝費用。

「這種魔法鎖會使用在貴族宅邸的重要房間，是最新款的產品，它能同時滿足極佳的防盜功能和使用上的便利性這兩種相反的特性，是劃時代的……」

能使用高價的最新款門鎖，高興的約翰滔滔不絕地談論關於產品的知識。

「既然如此，門可要用這種等級的木材才行吶～不愧是迷宮產的樹精木材，香氣就是不同啊～」平常總是會邊挑兒子的毛病邊工作的高登也這麼說，還用臉頰磨蹭漂亮的木材。他想用臉上的油替木材打蠟嗎？木材的紋路看起來隱約像是一個人擺出不高興的表情，真是不可思議。畢竟是要裝在「枝陽」的門，希望他可以不要再把臉上的油抹在木材上了。

「那家工房的瓷磚品質都很好呢～」身為玻璃工匠的魯坦也端詳著每個裝飾用的彩色瓷磚，很陶醉地說著。瑪莉艾拉覺得尼倫堡的診療室實在不適合瓷磚裝飾。還是說他想用莊嚴的馬賽克壁畫讓患者在接受診療時體驗到前往另一個世界的心情呢？腦中浮現患者顫抖著求饒的樣子，瑪莉艾拉於是叮嚀他「請不要做得太過火」。

當時聽不太懂維斯哈特在說什麼的瑪莉艾拉，隔天起也落得目瞪口呆的下場，但她每次張開嘴巴，尼倫堡的女兒雪莉就會露出可愛的笑容說「瑪莉艾拉姊姊又張開嘴了」，並把一顆糖果丟進張開的嘴裡，這麼一來瑪莉艾拉就會馬上閉起嘴。

03

「總算是讓她接受提議了。」

離開「枝陽」的維斯哈特難得有種成就感。

為了避免冒犯迷宮都市唯一與地脈締結契約的鍊金術師，維斯哈特才親自登門拜訪。其中一個目的當然也是為了當面確認瑪莉艾拉這名少女的為人。

與瑪莉艾拉再次見面，維斯哈特依然覺得她看起來只是個普通的少女。

「你怎麼看？」

「在我看來，她就只是個平凡的少女……」聽到維斯哈特這麼詢問，親信用疑惑的語調答道。

「的確如此。不過她看到我去店裡時，露出了見到有趣事物的笑容呢。」

維斯哈特確實目睹了瑪莉艾拉看到自己坐到店內椅子上時的表情。維斯哈特很清楚他人是如何看待自己的。在進行交涉時，這是很重要的武器。雖然只有穿著低調服裝的少數人來訪，但一個普通的平民剛遇到突如其來的訪客，而且還是像維斯哈特這種擁有高貴身分與氣質的人物，她竟然能露出觀賞喜劇般的笑容。

維斯哈特想起了整個交涉的過程。

（她果然不像外表那麼單純。）

看到瑪莉艾拉露出淺淺的笑容，維斯哈特不動聲色地觀察著對方的一舉一動。他並不知道自己此時的座位，是在幾小時前有個名叫高登的矮人坐過的位子。

一如往常地來到「枝陽」的高登當時想替見不到凱羅琳而無精打采的瑪莉艾拉打打氣。

「這個位子是俺的～俺明天還要再來～乾脆留下一點味道好了～」

他這麼說著，時不時瞄向瑪莉艾拉，同時左右晃動坐在椅子上的屁股，於是被瑪莉艾拉一邊拿爛掉的阿普力堅果扔一邊大罵：「不～要～這～樣～！要髒掉了～！要臭掉了～！」

而閃閃發亮的維斯哈特此刻就帶著王子式微笑，坐在這個澈底被高登的臭味標記過的座位上。

（高登的臭味！高登的臭味！要沾到維斯哈特大人身上了啦～！）

而且還是屁股的臭味。

瑪莉艾拉的緊張會因此一口氣放鬆也無可厚非。

即使如此，聽到維斯哈特的親信提到凱羅琳不會再來「枝陽」的可能性，還是讓瑪莉艾拉的心情一沉。

（糟糕，無聊的刺探讓她覺得反感了嗎？）

維斯哈特認為情況不妙，親自接下了交涉的棒子迅速說完要件。

維斯哈特安撫瑪莉艾拉的心情，為了消除她的疑慮，每次說到她可能會有疑問的事就先提出解答。仗著自己的身分高高在上地命令人更是萬萬不可。重點是必須讓對方知道，我方會替鍊金術師（瑪莉艾拉）作最大限度的考量。

可是維斯哈特說得愈多，瑪莉艾拉的脖子角度就愈來愈歪，不斷倒向肩膀。

據說過去以暴君之姿聞名於世的第九代皇帝在面對臣子辯解時，會做出歪頭的舉止。

皇帝若是能接受臣子的辯解，頭就會回到原本的位置；若是不能接受，皇帝就會對歪著的脖子做出砍頭的手勢，宣告臣子即將身首異處。據說第九代皇帝的眼裡根本沒有理性的光芒，彷彿注視著一片混沌。

這難道不就是那樣的眼神嗎？看著瑪莉艾拉那對看似什麼都不懂的空虛雙眼，維斯哈特回想起自己過去學習過的史實。滔滔不絕地敘述提議的自己簡直就像個小丑，但這場交涉左右了迷宮都市的將來，絕對不容許失敗。

維斯哈特不知道這個鍊金術師（瑪莉艾拉）擁有多少武力。可是不論她武力如何，迷宮討伐軍都必須保護她遠離愚蠢之人。如果這個鍊金術師（瑪莉艾拉）武力低落，就有可能落入愚蠢之人手裡；而如果她武力高強，她的憤怒就有可能威脅到迷宮都市。

讓尼倫堡駐留在「枝陽」的點子雖然稍嫌牽強，同時也是最好的一招。想要在城裡生活的瑪莉艾拉與想要讓她留在城裡的維斯哈特想法一致。只要把尼倫堡安排在「枝陽」，就能宣告瑪莉艾拉是與迷宮討伐軍有交情的人，而且待在她身邊的話，不管從表面還是暗中都能更容易保護她。

軍方可以藉著找尼倫堡看診的名目派遣士兵到這裡，或許還可以判定並治療因黑色新藥而留下副作用的士兵。最重要的是，為了討伐迷宮，有必要和瑪莉艾拉建立友好的關係。以實力而論，沒有人比尼倫堡更適任了。雖然在性格方面令人稍有不安……

瑪莉艾拉那歪得快要碰到肩膀的頭終於回到原本的位置。

「那個，請問您的意思是我可以像以前一樣和凱兒小姐一起在『枝陽』工作嗎……」

「沒錯。」

維斯哈特立即答道。雖然瑪莉艾拉的表情乍看之下像是什麼都沒聽懂，但維斯哈特可不會上當。她可是能做出那些高品質魔藥的鍊金術師。根據諜報員蒐集而來的情報，她能夠在不看「書庫」的情況下立即回答愛爾梅拉藥草部長提出的問題。擁有此等智慧的人不可能無法理解剛才那番話。

簡而言之，她的意思是：為了讓我過著一如往常的生活，幫我排除礙事者。

幸好當初有特別強調她是「帝都的」地脈契約者。彼此的利害似乎一致。現在就盡早請建築工把「枝陽」的一角改裝成診所，馬上開始營業吧。為了提高魔藥的製造和運出的隱密性，或許也會需要附有高級魔法鎖的內門。

雖然維斯哈特是這麼想的，但在尼倫堡的派駐診所開張後過了幾天，接獲「雪莉把糖果丟進瑪莉艾拉的嘴裡」的報告時，維斯哈特膝蓋一軟，差點跌倒。不過同時又接獲「瑪莉艾拉和凱羅琳與雪莉開開心心地相處在一起」的追加報告，維斯哈特的腳才勉強恢復力氣。

此後，「枝陽」開始從經營香料店的梅露露那裡收到以「試吃品」名義連同茶葉一起送來的各種點心，而瑪莉艾拉並不知道理由。

04

「妳好，瑪莉艾拉小……」

打開「枝陽」的門的是黑鐵運輸隊的馬洛副隊長。

「啊，馬洛先生，真難得。歡迎光……」

瑪莉艾拉還沒把話說完，站在門外的馬洛就直接把門關了起來。

「呃，馬洛先生？」

瑪莉艾拉趕緊跑到門外。

「為……為為為為什麼尼倫堡醫生會在這裡？」

好有趣的反應。正如維斯哈特所說，尼倫堡發揮了絕佳的看門狗效果。只不過效果太好，不只是壞人，連同伴都會忍不住逃跑。

「是馬洛啊，進來吧。」

尼倫堡這麼指示，就像是把這裡當成自己的店一樣。

「可惡的林克斯……」

可能是沒有接到林克斯的報告，馬洛一邊用尼倫堡聽不到的小音量抱怨，一邊被帶進了「枝陽」。

順帶一提，會害怕尼倫堡的只有企圖對凱羅琳出手的人和迷宮討伐軍的士兵。因為尼倫堡自己也有注意，所以他很快就跟「枝陽」的客人打成一片了。

「我的腰有點——」

「嗯，剛洗完澡時擦這種藥可以緩解疼痛。」

「醫生，我們家孩子——」

「嗯，這只是普通感冒。好像咳得很厲害，所以吃退燒藥和這種藥就行了。」

瑪莉艾拉與凱羅琳、雪莉等「枝陽」的少女都能與他正常相處，所以大人或許是認為他的可怕之處只在於臉吧。

話雖如此，面對一看到尼倫堡的臉就嚇得哭出來的小孩子，說著「沒事的，醫生跟外表不一樣，很溫柔的」來安撫孩子的母親，還是有點太不要命了。

不只是外傷，尼倫堡也很清楚疾病和老化引起的身體不適，讓瑪莉艾拉與凱羅琳學到不少。凱羅琳甚至會表示「我想如果有這種藥就太好了」，積極地與他商量，不斷開發新款的藥。

當然了，客人並非全都很友善，正如維斯哈特所說，凱羅琳剛取消婚約後的那段時間，總會有些麻煩的貴族和商人來到「枝陽」。

「在這種骯髒的店……咦咦咦！」

「這不是凱羅……啊啊啊！」

和來店裡買藥的客人不同，想對凱羅琳出手的人都是知道尼倫堡是何方神聖的情報通，所以他們一打開「枝陽」的門，看到尼倫堡，就會發出好笑的怪聲後離去。

除此之外，還有人在背地裡用盡手段，企圖用粗暴的方式對付瑪莉艾拉和凱羅琳，卻在維斯哈特的指揮下，因諜報部隊和黑鐵運輸隊的活躍而遭到全面肅清。多虧如此，迷宮都市的治安稍微變好了，瑪莉艾拉等人卻不知情。

面對幾乎所向無敵的尼倫堡，馬洛膽怯地向他開口說道：

「那個，尼倫堡醫生，我有事想找瑪莉艾拉小姐。」

「找我嗎？馬洛先生。有什麼事呢？」

他平常都會在晚上交付魔藥時轉達，或是把寫著內容的紙條藏在林克斯買來的午餐包裝紙裡，很少會當面直接談。

「其實是迪克和安珀要結婚了。」

竟然。迪克隊長的春天終於也造訪了。

求婚成功的迪克高高興興地前往帝都工作，馬洛才會代替他來邀請瑪莉艾拉等人。

「等這件工作結束後，我就要結婚了。」

興奮地說著這種話時會有很高的機率遇上麻煩，遭到無情的命運作弄；可是根據馬洛副隊長的情報，聽說迪克隊長用比平常更快的速度在魔森林的道路上飆車，所以尤利凱對他說「不要勉強奔龍啦」，罵了他一頓。希望他可以安全駕駛。安珀小姐又不會逃跑。大概吧。

「哦，所以你認為這件事和我無關就是了？」

「不……不不不，醫生當然有關了！請您也務必來參加婚禮！」

尼倫堡的眼鏡閃爍了一下，馬洛見狀，馬上緊張地在面前揮舞雙手。聽到交談的吵雜聲前來查看的凱羅琳與雪莉這兩名美少女一聽說要辦婚禮，馬上就熱烈地聊起新娘會穿什麼禮服之類的女孩話題。

「哎呀，太棒了。有人要辦婚禮呀！」

「哇，我也好想去看看喔。可以吧，爸爸？」

被兩個興奮地聊著可愛話題的女孩包圍，忍不住心想「婚禮上有什麼好吃的呢？」的沒少女（瑪莉艾拉）也只好用「好……好期待喔～」這種生硬的臺詞來加入她們的對話。

05

「安……安安安安珀，這把長槍送給妳！」

「我才不想要這種棒子呢。」

這段沒情調的互動，似乎就是迪克隊長向安珀小姐求婚時的對話。

「聽說隊長他啊～為了想這句求婚臺詞還熬夜咧～」

林克斯此時穿著比平常更正式的衣服，也把頭髮梳理整齊，他比手畫腳地描述著求婚當時的情況。林克斯似乎活用了「馭影師」的技能以及在黑鐵運輸隊磨鍊的斥候能力，偷偷潛入了迪克隊長的求婚場面。

真是浪費才能。

「今後！我會用這把長槍保護妳的！」

曾與自己數度出生入死，甚至可以稱之為半身的長槍被斷然拒絕，雖讓迪克隊長有點想哭，卻還是不氣餒地繼續說服安珀小姐。

「你在說什麼啊。你以前不也一直都在保護我嗎？比起長槍，我更想要你。」

安珀小姐這麼說著，牽起了迪克隊長沒有拿長槍的左手。

就算不是A級的槍兵，就算不會戰鬥，她也想要迪克隊長——聽到安珀小姐這麼回答，迪克隊長就像個受到求婚的少女一樣熱淚盈眶。明明是個身高將近兩公尺的粗獷大叔，內心簡直是個純情少年。

「安珀小姐真有男子氣概。」

「安珀小姐好帥喔。」

凱羅琳很佩服安珀小姐的男子氣概，雪莉也因為她與迪克的對比而表示贊同。

「不愧是安珀小姐。」瑪莉艾拉也連連點頭，以單純感到敬佩的神情說道。瑪莉艾拉這副模樣很明顯是一知半解，恐怕只是人云亦云地點頭罷了。

雖然語意稍有不同，兩名美少女加一名沒少女卻十分意氣相投。因為是只有熟人參加的小型派對，三人都穿著比平常還要適合外出的洋裝。頭髮也漂亮地盤起，美少女度比平常還要增加了幾成。當然了，連沒少女也一樣。只要有酒精加乘，也不是不能把她們看作美少女三人組。就算將她們形容為綻放在迷宮都市的可愛花朵，今天應該也沒有人會有意見。

不過，即使是美少女三人組也遠遠比不上今天的主角。

安珀小姐沒有穿平常那種胸口大開的紅色性感洋裝，而是穿著包覆到脖子的白色禮服，看起來比誰都美麗又幸福。不，有個人看起來比她更幸福。那就是另一個主角——迪克隊長。一看到安珀小姐穿著婚紗的模樣，他馬上用雙手摀住嘴巴，然後又偷偷拭淚。

（那是什麼少女般的反應……）

會場中的每個人肯定都這麼想。

從他在魔森林橫掃可怕魔物的英姿和酒醉後搓揉抱枕的糜爛模樣，都讓人難以想像他能展現出如此浪漫的氛圍。他後來從頭到尾都在嬌羞地偷笑、嬌羞地偷笑，散發著讓其他人都覺得吃不消的幸福氣場。

迪克和安珀的婚禮是在「躍谷羊釣橋亭」舉辦，因為是來者不拒的輕鬆派對，聽說了這個消息的迷宮討伐軍前同事，以及與黑鐵運輸隊有生意往來的人都接二連三地前來道賀，在不知不覺間成了一場大型宴會。

迷宮都市的平民婚禮大多是以親友見證的形式，人們相信受到愈多人祝福，新人就會愈幸福，所以像凱羅琳或雪莉這種在「枝陽」認識安珀的人也會帶著祝賀禮品前來共襄盛舉。

順帶一提，「躍谷羊釣橋亭」的活招牌——艾蜜莉又是擔任新娘的花童，又是端料理和收碗盤，甚至還幫忙廚房的工作，展現了三頭六臂的活躍之姿，只可惜沒有空和瑪莉艾拉等人一起享受派對的樂趣。不過，她穿著比平常更可愛的衣服勤奮工作的樣子，讓好球帶偏低的許多紳士都大為讚賞，在不知不覺間替「躍谷羊釣橋亭」開拓了新的客層。

受到幸福洋溢的新郎新娘感染，不斷有男人想要向會場中特別引人注目的美少女三人組搭訕，但一看到她們的背後，每個人都掉頭就走。畢竟三人的背後有尼倫堡、吉克與凱羅琳的護衛正在監視，散發著不像是參加喜宴該有的殺氣。

而美少女三人組雖然因為背後的隱形防護罩的關係，讓新的邂逅機會遭到封鎖，卻也開心地聽著林克斯的「潛入！迪克隊長的求婚特別報導」，或是品嚐廚藝精湛的老闆用迷宮討伐軍帶來的迷宮產大嘴怪魚等食材做成的美味料理，感到十分滿足。

在寒冷的嚴冬中，讓人打從心底感到溫暖的宴會，直到瑪莉艾拉等人離去後也一直持續到天亮。

迪克一邊接待著源源不絕的賓客，一邊想起自己是在十幾歲的少年時代初次意識到安珀對自己來說是個特別的女性的事。

「嘿～乳牛女～」

「吵死了，小心我揍你！」

「哇啊！不要先踹人再說啦！」

「不不不……不准欺負安珀——！」

「哇，迪克，你下手太重了啦！」

這是個平凡無奇的故事。迪克和安珀是在同一間孤兒院長大的。安珀比迪克大一歲，性格強勢又喜歡照顧人的安珀與橫衝直撞的迪克就像姊弟一樣感情融洽。每次有著超齡身材的安珀被孩子王捉弄時，迪克總是會趕到現場。

雖然大多數時候都是安珀在迪克介入前，就自行解決了紛爭。

現在回想起來，應該就是從那個時候開始的。不知道為什麼，見到有人捉弄安珀，迪克

就是無法置之不理。

離開孤兒院後，擁有人物鑑定技能的安珀和擁有長槍技能的迪克分別進入商店和迷宮討伐軍就職。安珀的人物鑑定技能等級並不高，無法看穿對方的技能，但卻可以隱約得知對方的個性與喜好、想法等資訊，所以安珀任職的商店因為她的待客手腕而生意興隆，她也漸漸嶄露頭角。

同時，迪克的長槍才能也受到肯定，雖然只是個年輕平民，卻受到萊恩哈特這位明理的上司提拔，晉昇為迷宮討伐軍的隊長。

兩人總是在百忙之中抽空相見。安珀過去一直在不擅言詞又有點孩子氣的迪克身旁扮演照顧者的角色。兩人原本情同姊弟的關係也在過程中漸漸有了轉變。

商業才華與美貌彷彿花朵般日漸盛開的安珀會遭到來自帝都的惡劣貴族盯上，也不是什麼稀奇的事。

這個名叫賽柯亞斯的貴族是都市防衛隊的新上校，身分地位都比迪克更高。

賽柯亞斯假借談生意的名義將安珀叫進都市防衛隊的私人房間內，聽說這個消息的迪克在千鈞一髮之際趕到那個房間，也是常在故事或戲劇中反覆出現的老套情節。

出乎意料的是，迪克衝進賽柯亞斯的私人房間時，地上已經散落著花瓶的碎片，賽柯亞斯則悽慘地昏厥在安珀附近。

安珀的個性從以前開始就有點火爆。

大多數時候，她都會在迪克介入之前靠自己的力量解決麻煩。

這次也一樣，她似乎是對意圖不軌的賽柯亞斯使用了記錄魔導具確實蒐集到證據，然後又以正當防衛的名義踢倒了他。

「花瓶是在我們拉扯時掉下去摔破的。我可不會用這種東西打他。」

或許是想讓迪克安心，安珀笑著描述整件事的經過。沒想到她竟然是空手摺倒賽柯亞斯的。雖然賽柯亞斯應該是太過疏於訓練，安珀卻也太勇猛了。而且她已經確實取得證據，萊恩哈特將軍應該會揭發賽柯亞斯的罪行，讓一切都在笑話中落幕。

然而，賽柯亞斯離開迷宮都市後，一名自稱是其代理人的男人提出了賠償的要求。

「那個花瓶要一百枚金幣？」

那應該是每個房間都有放的便宜花瓶才對。因此兩人當時都把破掉的花瓶留在原地。可是，記錄魔導具中留下了聲音。因為花瓶破掉的聲音也記錄在裡頭，所以「花瓶破了」的證據是存在的。

賽柯亞斯任命的代理人用宣言魔法說出了「我看到了價值一百枚金幣的花瓶碎片」的證言。因為是透過宣言魔法提出的證言，所以他並沒有說謊。不過，卻沒有證據能證明那個代理人所看到的花瓶碎片和安珀打破的花瓶碎片是同樣的東西。他肯定是看了完全不同的高價花瓶碎片，然後如此宣言的。

只要安珀用宣言魔法說那個碎片並不是自己打破的東西，就可以推翻這種證言。可是，安珀雖然要求「讓我看看那個碎片。我會作證，證明那是不是我打破的花瓶」，卻沒能得到回應。

因為被解職的賽柯亞斯一把後續的事情都託付給代理人後便離開迷宮都市，卻在通往帝都的山脈道路上連同躍谷羊一起摔下谷底，離開了人世。

即使他是一個問題人物，這場官司卻還是失去繼承人的貴族和平民女子之間的對抗。

在不光彩的情況下失去兒子的貴族不可能就這麼讓步。代理人表示只要付清一百枚金幣的花瓶賠償金，就不再繼續追究，而這對安珀來說已經是最適當的妥協方案。一百枚金幣是平民必須花上一輩子才賺得到的金額，無依無靠又沒有後盾的安珀根本付不起。換句話說，該貴族想要以安珀一個人的犧牲來達成和解。

萊恩哈特會出面仲裁，是因為迪克是迷宮討伐軍的隊長。雖然從小就情同姊弟，安珀與迪克畢竟還是沒有血緣關係的陌生人。

最重要的是，迪克一路從孤兒晉昇到迷宮討伐軍隊長，安珀並不想毀了他的大好將來。

「我不能再給他添麻煩了。」

安珀沒有找迪克商量，靠自己籌到了一百枚金幣。

這是個平凡無奇的故事。不論是多麼年輕貌美的女子，也不可能還清一百枚金幣。安珀本來得墮落為終身奴隸。但她忘了一件事。每當她遇到危機，迪克總是會及時趕到。

「我一定會付清的。」

在安珀差點墮落為終身奴隸時，迪克對奴隸商人求情再求情，藉由支付相當於利息的金額，才成功讓安珀停留在債務奴隸的階段。

可是，就連迷宮討伐軍的隊長薪水也不足以支付利息。出現在走投無路的迪克面前，說道「我有個好點子」的人，正是同樣在迷宮討伐軍擔任隊長的馬洛。馬洛提議成立黑鐵運輸隊的主意，對迪克來說簡直是象徵幸運的及時雨。

（我離開迷宮討伐軍，已經將近十年啦……）

迪克正在懷念過去的日子時，馬洛帶著葡萄酒的瓶子來到了他的身邊。

「恭喜你，迪克。歡迎來到已婚者（我們）的世界。」

「……別講得那麼不吉利啦。」

看到馬洛挑起單邊眉毛，露出戲謔的笑容，迪克不禁苦笑。馬洛很少會露出這種表情。這代表他的心情非常好。他一定是由衷為迪克的婚事感到高興。

「馬洛，這都是多虧有你。」

「不，要不是有瑪莉艾拉小姐的出現，我們恐怕無法在這麼短的期間內，賺到這麼大的金額。」

在喜宴的喧鬧聲中，兩個摯友用周圍的人聽不見的音量低聲交談。

自從亞格維納斯家的那件事以來，不只是對凱羅琳，也開始有愈來愈多人想要暗中刺探瑪莉艾拉。包含肅清這些人的工作在內，黑鐵運輸隊所收到的報酬雖然合乎他們的績效，但即使不論酬勞是否妥當，能夠獲得這麼多機會，無疑是因為有身為鍊金術師的瑪莉艾拉在，迪克對她有說不盡的感謝。

如果瑪莉艾拉沒有出現在黑鐵運輸隊面前，沒有把魔藥交給他們買賣，迪克恐怕到死都無法讓安珀恢復自由之身。

「你今後打算怎麼辦？如果你想退出黑鐵運輸隊也沒關係。畢竟你已經達成目的了。」

幫助迪克並不是馬洛成立黑鐵運輸隊的唯一目的。他也是因為有自己的苦衷，才會離開迷宮討伐軍，成立黑鐵運輸隊的。而馬洛的問題還尚未解決。

即使如此，他依然祝賀迪克的婚事，表示願意接受他退出黑鐵運輸隊，去追逐屬於自己的幸福。

對於這份恩情，迪克覺得遇見馬洛是比遇見瑪莉艾拉更加難能可貴的事。雖然他們倆幾乎是完全相反的類型，迪克卻把馬洛當成獨一無二的好友。

「不管怎麼樣，現在也還不急著決定。那條幹道上偶爾還是會有人狼出沒。目前總不能完全交給其他人。」

雖然黑鐵運輸隊和瑪莉艾拉簽訂的保密契約沒有被打破，維斯哈特卻已經得知瑪莉艾拉的存在。不法之徒的肅清也已經告一段落。瑪莉艾拉今後應該也會不斷製作魔藥。等到除魔魔藥開始在市面上流通，黑鐵運輸隊通行的魔森林幹道就會像兩百年前一樣成為流通的主要道路，人與物的往來也會更加活絡。

迷宮都市周圍的狀況今後一定會有很大的轉變。

「也對。以前一直是遠距離戀愛的男人突然緊跟在身邊，聽說會比想像中更煩人。」

「……就跟你說了，別講得那麼不吉利啦。」

即使話不多，兩人也能了解彼此的心思。

與好友共飲，使這一天的酒比過去的任何一杯酒都更加美味。迪克暢飲著源源不絕的賓客注入杯裡的酒，盡情享受醉意。

甚至把新娘丟在一邊。

像平常一樣在喜宴會場喝得爛醉如泥，以前所未有的醜態大出洋相的迪克，在下次回到迷宮都市以前都被安珀禁止走進新居。

「都是因為馬洛講了不吉利的話啦……」

把責任推得一乾二淨的迪克這麼抱怨，馬洛則大笑著教導他如何與老婆重修舊好的祕訣。

The
Survived
Alchemist
with a dream
of quiet town life.

03
book three

第一章

樂園

Chapter 1

01

「你好～歡迎光臨！藥還是老樣子吧，今天尼倫堡醫生有來喔，要不要請他看看？」

「歡迎光臨～我推薦的茶是用**玉叔叔**泡的茶喔。」

迪克隊長的婚禮結束後，「枝陽」又多了美女和小女孩。

她們是分別在「躍谷羊釣橋亭」的白天和夜晚擔任活招牌的安珀小姐和艾蜜莉。兩大活招牌的離去雖然讓人不免擔心「躍谷羊釣橋亭」的經營狀況，但據說為了爭奪安珀原本當家紅牌的地位，店員展開了不分晝夜的搶客大作戰，反而讓「躍谷羊釣橋亭」的業績更好了。說著哪個女孩很可愛，自己又送了什麼禮物給她等多餘情報的人，是有時候會來露臉的愛黃坎……不對，是愛德坎。他是對「躍谷羊釣橋亭」的業績頗有貢獻的常客之一，但每次提到的女孩名字都不同，所以聽他講話的吉克只好用紙筆把日期和名字、交談的內容寫下來，結果就變成一本「愛黃坎觀察日記」了。

愛黃坎的事根本一點也不重要，重點是新婚的安珀小姐這麼快就開始工作沒關係嗎？畢竟她以前一直工作到現在，於是瑪莉艾拉問她想不想暫時休息一陣子。

「因為迪克幾乎都不在這裡嘛，我覺得很無聊～別看我這個樣子，其實我很擅長會計工作呢！」

不請自來的美女員工（安珀小姐）抬頭挺胸地這麼說。乖乖待在家裡似乎不合她的個性。而且，沒想到她很擅長算數。「枝陽」的馬虎帳目或許能變得像安珀小姐的身材一樣呈現凹凸有致的曲線，幫經營狀態甩掉多餘的贅肉。順帶一提，她那雄偉山脈所形成的大溪谷已經被高領毛衣遮住，看不見了。不過，隱藏的祕境也很令人嚮往。在她胸口上起伏的毛衣紋理肯定能撼動登山客熱愛高山的心。

「雪莉，跟我玩～」

自從尼倫堡的女兒——雪莉開始來到「枝陽」，很高興能交到同輩朋友的艾蜜莉也常常來拜訪。她應該是一結束「躍谷羊釣橋亭」的工作就馬上忍著寒風跑來的吧。臉頰和耳朵都一片通紅的艾蜜莉把**玉叔叔**茶推薦給客人後，馬上快步往雪莉奔去。

「真是的，艾蜜莉，妳的緞帶又歪掉了。哇～妳的臉頰好冰喔～」

喜歡照顧人的雪莉用雙手溫暖艾蜜莉的臉頰，然後幫她重新綁好頭髮。

多麼暖心的景象。看到這幅景象，登山客應該也會追求平凡的生活，而不是險峻的高山了吧。

「新的魔導具送來嘍。」

「唔哦——！這是什麼！這是什麼！到底是什麼東西——！」

做藥的手藝已經快要超越瑪莉艾拉的凱兒小姐與一如往常的平民女孩也跟平常一樣開心。這兩個人應該可以形容為溫室花朵和魔森林路邊的野花吧。雖然銷量有差，兩者卻都有市場。

從小女孩到成熟美女，從路邊野花到高不可攀的名花，年齡與產地應有盡有。簡直是後宮。國王到底在哪裡？

開門。

「安珀！是我錯……」

關門。

好像是要來迎接安珀小姐的迪克隊長一看到坐鎮在「枝陽」深處的尼倫堡，就馬上把門關了起來。瑪莉艾拉還以為枝陽後宮終於有國王駕到了，看來只是錯覺。

大家都已經漸漸習慣了這個反應。不只是想要對凱兒小姐出手的貴族、應該沒有做壞事的馬洛副隊長，就連來接受診療的迷宮討伐軍的阿兵哥都會暫時關上門。因為外頭的寒氣會吹到屋裡，真希望他們可以開一次門就走進來。

現在「枝陽」裡只有各種年齡的女生、像植物一樣貪戀陽光的常客，以及除魔神像(尼倫堡)。難得的後宮，卻沒有任何人來接受美女的各種服務。這下子可以盡情放鬆了。與其說是後宮，形容為樂園或許還比較貼切。

沒錯，現在吉克和林克斯並不在「枝陽」裡。

「啊，迪克先生，天氣這麼冷，為什麼要站在外面？」

好像又有客人來了。對方似乎是來接受診療的迷宮討伐軍士兵。

開門，關門。

（到底為什麼要暫時關門啦……）

這是參拜除魔神像的某種儀式嗎？這裡確實長著聖樹，但可不是什麼聖地。

「打……打擾了～」

迷宮討伐軍的阿兵哥終於進來了。迪克隊長偷偷跟在他後面，但因為身材高大，完全藏不住。安珀小姐嘆口氣說「迪克過來這邊，有重物要搬」，然後帶迪克隊長去搬東西了。

用裝帥的態度說著「交給我吧」的迪克隊長跟著安珀小姐走，雖然看起來一點也不帥，卻好像很高興。

「診療室在裡面。」

被安珀小姐帶走的迪克隊長開心得就像是拿到了通往天堂的門票，被尼倫堡帶走的士兵卻擺出即將下地獄的表情。

因為瑪莉艾拉覺得尼倫堡的診療只是普通的觸診，所以不太懂士兵為什麼要擺出那種表情。瑪莉艾拉也曾接受過診療，尼倫堡會按壓肌肉僵硬或氣血不順的地方，調整病患的身體狀況。雖然吉克痛得呻吟，瑪莉艾拉卻一點也不覺得痛。瑪莉艾拉嫌裝水麻煩，所以每天都暢飲「生命甘露」，因此沒有什麼僵硬或不順的地方，全身都軟綿綿又水嫩嫩的，本人卻完全沒發現。

（啊，那個人……）

過了一陣子，結束診療的尼倫堡把士兵的病歷表交給瑪莉艾拉。瑪莉艾拉把病歷表上寫的藥裝進袋子裡，最後補充寫上某種內容。

接受完診療的士兵有點搖搖晃晃地走回店內，領完藥後喝了杯茶才離開。

他剛才很高興地喝了艾蜜莉說著「這是用**玉叔叔**泡的茶喔」然後遞出的茶，可見他的字典中的「玉蜀黍」一詞恐怕已經消失，被替換成「**玉叔叔**」了。

幾天後，包括這名士兵在內，需要治療的士兵都接到了一個命令：

「前往亞利曼溫泉進行為期一週的療養」。

他們拿到了當天來回的雪地溫泉旅行，又稱地獄雪山強化訓練的招待券。

亞利曼溫泉。

它是聳立於迷宮都市西北部的其中一座山——亞利曼山所湧出的溫泉，以富含「生命甘露」聞名。亞利曼山雖然地勢險峻，卻鄰近迷宮都市，所以亞利曼溫泉是可以當天來回的溫泉地，在安妲爾吉亞王國時代有許多訪客絡繹不絕。

但自從魔森林氾濫（魔物暴動）發生以後，不只是泉量減半，甚至還成了針猿這種毛髮如鐵針般尖銳的猿猴型魔物棲息的巢穴。特別是冬季，喜愛溫泉的針猿會大量聚集到此地，所以根本沒有人想靠近。針猿是B級魔物，森林地帶是牠們最能靈活行動的領域。

而且冬季有酷寒的天候與礙事的雪地。在這樣的環境中，有誰會想要與大量的針猿戰鬥呢？下達這種命令的到底是哪裡來的惡鬼？簡直是泯滅人性。

「吱吱吱吱吱！」

為了威嚇入侵地盤的人類，不，就像是在嘲笑被尼倫堡強制丟到這裡的可悲人類，針猿的叫聲此起彼落。針猿是魔物，不可能只是威嚇就罷手，本身也會踩著樹木移動，接二連三地發動攻擊。對付牠們的人類也得在不習慣的地形中拚命應戰，否則馬上就會變成牠們的嘴下亡魂。

在寒冬中的亞利曼山上，與針猿對峙的三個男人連冷得發抖的餘力都沒有。

「為……為什麼連我都要……」

「你也差不多該放棄了吧，愛德哥。」

「……瑪莉艾拉……」

愛德坎、林克斯、吉克蒙德。這三個人似乎和冰天雪地特別有緣。

被大量針猿包圍的現狀是起因於瑪莉艾拉無心的一句話：

「咦？要怎麼治療有混到東西的人？我覺得溫泉應該不錯。」

師父曾說過溫泉含有的「生命甘露」比地下水更多，也能暢通體內的水流，排出不好的東西，還可以讓肌膚變得光滑柔嫩。瑪莉艾拉並沒有泡過溫泉，但師父卻將亞利曼溫泉形容成充滿綠意與美食且煙霧繚繞，有如湯池肉林的樂園，所以瑪莉艾拉對溫泉的嚮往有很大的誤解。當然了，瑪莉艾拉以為所謂的肉林是指肉類料理林立的派對會場。這對她來說比較符合樂園的定義。

瑪莉艾拉吵著要去亞利曼溫泉，於是吉克和林克斯說「亞利曼溫泉是猴子的樂園」、「登雪山是很危險的」，兩個人一起勸退了她，不過……

「針猿啊，牠們或許是很適合的對手。」

亞利曼溫泉似乎打中了「枝陽」的除魔惡鬼（尼倫堡）的某種穴道或開關。

「如果能趁冬天驅除針猿，春天或許就能來一趟溫泉旅行了。」

因為尼倫堡的一句話，想去泡溫泉的瑪莉艾拉和想跟瑪莉艾拉一起去泡溫泉的吉克於是想法一致，不幸剛好在場的林克斯與愛德坎也被捲入，促成了冬季的針猿討伐之旅。

聽聞林克斯與愛德坎的抗議，黑鐵運輸隊的迪克與馬洛只因為尼倫堡的一句「你們應該高興，這麼做可以增強戰力」就高舉雙手贊成，目送兩人離開。在迷宮討伐軍時代對迪克與馬洛照顧有加的尼倫堡都說「你們應該高興」了，他們當然也只能高興。簡直是不懂拒絕的好好先生。長期養成的習性可沒有那麼容易改掉。

話雖如此，如果單論戰鬥力，三人之中有達到B級程度的人只有愛德坎；林克斯是包含

「馭影師」這種斥候取向的能力在內才有B級的程度；而失去「精靈眼」的吉克則是只有C級；要光靠這三個人來對付B級的針猿，而且還是在冬天的山上面對大量的對手，簡直是自殺式行為。這次的目的是修練，因此也不能使用除魔魔藥。

三人在轉眼間遭到包圍，不斷承受來自四面八方的攻擊。針猿正如其名，擁有鐵針般強韌的毛皮，普通攻擊是行不通的。如果是能用長槍輕鬆貫穿普通裝甲的迪克，或是用鎚子當作武器的多尼諾這種力量型的戰士，就可以連同毛皮一舉擊潰牠們；但三人的武器是短劍、雙劍、長劍，雖然長度不同，卻都是刀劍類，不是靠力量，而是靠技巧打倒敵人的類型。想要打倒針猿，就只能用劍順著毛流刺穿身體，或是攻擊毛皮單薄的臉部。

「啊——！可惡，跑來跑去的！吉克！用弓箭啦，你本來是弓箭手吧！」

「我以前都靠『精靈眼』！現在是射不中的！而且你不是跟我說過，護衛不適合用弓嗎！」

「啊~那隻猴子是母的，我不忍心殺牠啦~」

「愛德哥！不要手下留情啦！」

「愛德坎！想想混浴！和凡麗莎一起泡混浴的未來正在等著你！」

「真的假的？耶~我的溫托邦~」

順帶一提，愛**黃**坎的愛書（A書）中描寫了在露天澡堂或混浴場等充滿異國情調的樂園做這件事和那件事的情節，但休森華德邊境伯爵的領地並沒有那種文化。即使能夠重新開發亞利曼溫泉，地位高貴的人也會有個人專用的湯屋，平民則是會使用男女有別的大浴場吧。當然，浴場會位於室內，沒有露天澡堂。考量到安全的問題，在有魔物徘徊的地方手無寸鐵地泡露天溫泉根本是不可能的事。

「等我喔～喬安娜！」

「不是凡麗莎嗎？」

「啊～那是上上一個。」

送鰓石當禮物似乎也沒能替愛德坎帶來春天。不屈不撓的男人愛德坎對眼前的針猿展現出無窮鬥志，揮舞雙劍。彷彿受到友人的英姿鼓勵，吉克與林克斯也勇敢地面對針猿大軍。針猿會使用道具。話雖如此，也只不過是撿石頭來丟，或是折斷樹枝當作武器的程度。因為地面被雪掩埋，沒有石頭露出，所以牠們不會丟石頭，或許可說是不幸中的大幸。要不是如此，吉克等人或許早就倒地不起了。

可是，在不利的場地面對等級相同甚至更高的大量針猿，可不是光靠毅力就能克服的困難。三人在雪地中艱難地移動，只能一邊閃躲飛撲過來的針猿，一邊揮砍牠們；針猿則是從樹枝上跳下來，同時發動攻擊。

三人耗盡體力，正當針猿的利牙即將撕裂林克斯的喉嚨、愛德坎的臟腑、吉克僅剩的那隻左眼時——

「今天到此為止啦！」

針猿的猴王說話了。

不對，是身披毛皮的光蓋。因為他連頭部都用毛皮做成的兜帽罩住，所以讓人一時之間認不出來。

三人並不是用頭部來辨識他的。頭上披著蓬鬆毛皮的光蓋看起來比平常還要多了約一成的男子氣概，大概是因為他在危機中及時現身的關係，也就是所謂的雪山效應。並不是戴著兜帽讓他看起來比較帥，絕對不是。這肯定是雪山造成的幻覺。

光蓋出現在差點不支倒地的三人面前，以猿猴般的身手在樹木間隨處跳躍，一一踢飛針猿。他那連樹木的側面都能踩踏的動作就連針猿都望塵莫及，使牠們就像是被牧羊人驅趕的羊群，不得不撤退到深山之中。光蓋刻意讓踢飛的針猿落在柔軟的雪地上，所以牠們沒有受什麼傷，很快就恢復意識，跟上撤退的猴群。

針猿是很聰明的。牠們知道有自己打不過的強敵出現了。針猿或許有感受到光蓋只是踢飛牠們，沒有奪走性命的溫柔。不愧是猴王，不對，是光蓋。母針猿頻頻向他投射熱情的視線，帶著依依不捨的神情撤退了。

「明明可以順便幫我們清掉一些的，為什麼不打倒牠們啊～」

「為了讓你們充分修行，我才要特別留意啊！」

面對針猿，吉克等三人不要說是苦戰了，甚至差點被反將一軍。能輕易趕走猴群的戰鬥力雖然超乎常理，光蓋的回答卻出乎意料地有常識。

吉克等人奉命前來討伐針猿兼修行，但並非沒有任何支援。維斯哈特委託了冒險者公會支援吉克等人。他支付的高額委託金能夠派遣好幾名冒險者公會的會長——光蓋所培育的幹部，為了讓吉克等人可以有效且確實地修行，公會派了監督者到這裡。

「為什麼是會長來出差啊～」

「哈哈哈。冒險者公會的職員很優秀啦！要是他們之中缺了兩三個人，公會的業務就會出問題咧！」

「難道缺了會長就沒關係嗎～」

「說好不提這個啦！」

讚！一如往常地露出潔白牙齒的光蓋豎起大拇指，卻比平常還要沒有精神一點。

或許是因為他接下這個委託時，冒險者公會的職員除了「會長最適任」之外什麼都沒有說的關係。

「找個人跟我一起去吧！」

「會長最適任。」

「我也有講習的工作耶。」

「會長最適任。」

「對了，今天的午餐就大家一起……」

「會長最適任。」

「……亞利曼山的帶領工作就交給我吧。」

「路上小心！會長！」

順帶一提，最後那句「路上小心！會長！」是所有人異口同聲的臺詞。多麼完美的團隊默契。光蓋被排擠的情形變得更加顯而易見。

（既然如此，我一定要讓亞利曼溫泉復活，帶冒險者公會的幹部（光蓋小隊）一起來趟員工旅遊！）

讚！光蓋在心中豎起大拇指，默默地立下誓言。

02

亞利曼山有多處溫泉湧出，他們作為據點的是離迷宮都市較近，泉量也較多的地點。這裡也是在兩百年前設有溫泉療養設施的地方。這一帶沒受到魔森林氾濫的影響，但由於長期無人管理，過去是療養設施的建築物因溫泉噴發的氣體而老化，屋頂也被雪的重量壓垮。

因此，吉克等人是住在臨時搭起的帳篷裡。

剛來到這裡時相當辛苦。把裝著**迷宮討伐軍**準備的除魔魔藥的小木桶丟進目標溫泉中，把正在泡澡的針猿趕走的事情還算順利。

低階除魔魔藥對人類來說是無臭的，對魔物來說卻是難以忍受的惡臭。從針猿的角度來看，感覺就像是自己一如往常地在溫泉泡澡時，突然被潑了一身散發惡臭的汙水。

自己的樂園在一瞬之間成了臭氣沖天的汙水池。隨著溫泉冒出的蒸氣，周圍都充滿了可怕的惡臭，針猿根本無法靠近。溶入溫泉的汙水滲透到毛皮深處，從全身各處飄散出來的惡臭肯定難以去除。

牠們的感覺就像是放鬆地心想「好棒的溫泉，淋浴真舒服」的時候，一回頭卻發現從頭上澆下來的溫泉竟然是酒醉大叔的小便一樣令人震驚。如果受到這種殘酷的對待……

「吱——！吱啊啊啊！吱吱吱啊啊啊！」

氣得發狂的針猿果然就像是在咒罵「我要宰了你們」，發動了奮不顧身的猛烈攻勢。

針猿是很聰明的。牠們知道把自己的樂園變成瀰漫臭氣的惡夢沼澤的凶手就是吉克等三人。見到帶著充血的雙眼和瘋狂的尖叫直衝而來的針猿，三人還沒開始戰鬥就想逃走了。但針猿和尼倫堡比起來，後者更可怕。

因此吉克等三人硬著頭皮留在化為地獄的亞利曼溫泉，日日夜夜與針猿展開一場又一場的死鬥。

白天會有抽中當天來回的雪地溫泉旅行，應該說地獄雪山強化訓練的迷宮討伐軍士兵前來，在溫泉周圍架起柵欄並種植布魔敏特草和多吸思藤，把溫泉的一角弄成魔物不會入侵的狀態。針猿不論晝夜都會襲擊吉克等人，所以剛來到這裡的三人只有在迷宮討伐軍的士兵在場的短暫時間才能好好休息。三人會接受迷宮討伐軍的治癒魔法師的治療，吃過他們帶來的食物後睡得不省人事。因為有偷偷服用瑪莉艾拉提供的再生藥，所以三人的成長速度異常地快，嚴酷的每一天卻讓他們根本沒有餘力注意到這種事。

迷宮討伐軍的士兵全都是當天來回，結束一天的工作後短暫地泡個溫泉消除疲勞，然後走下雪山。他們必須揹著復興亞利曼溫泉所需的建材登山，然後再扛起吉克等人打倒針猿取得的素材下山；即使是經過迷宮鍛鍊的他們，連日參加這種當天來回的溫泉旅行也不是一件輕鬆的事。

為了泡幾十分鐘的溫泉，他們從早到晚都得在雪山上活動。就算他們的職業是在迷宮中戰鬥，說到溫泉也會想到包圍在裊裊霧氣中的柔嫩肌膚，可是這裡的女性就只有針猿而已。而且母猴全都對光蓋死心塌地。

進行所謂溫泉療養的期間，他們要在天亮前從迷宮都市出發，在深夜才能回到家，所以甚至無法在有可愛女服務生工作的餐廳吃飯。三餐都得面對一起到雪山溫泉出差的邋遢男同事，而且還是吃不好吃的攜帶糧食。

多虧有這趟溫泉療養之旅，累積在士兵體內的「新藥」的影響已經漸漸淡去，但沒有察覺到效果的他們實在不禁對「溫泉療養」一詞產生懷疑。肉體的疲勞不斷累積，心情也愈來愈煩悶。就算肌膚因為溫泉的效果而變得滑嫩，心也快要出現裂痕了。

「即使如此，晚上能睡在自己的床上還算好的。」

這是來到亞利曼溫泉的迷宮討伐軍士兵共同的感想。

被迫與針猿戰鬥的吉克等三人究竟犯了什麼罪？他們只有在迷宮討伐軍的士兵在場的短暫期間才能安心睡覺，其他時間不論是白天還是夜晚都要不斷戰鬥。只有光蓋會對他們投射溫暖的視線。在渾身是傷的情況下，還要被光蓋用看著年幼孩子般充滿慈愛的眼神注視。想像自己被代入那種處境，實在是讓人火大的光景。和光蓋一起生活，三人甚至要承受母猴的嫉妒。一想到這裡，迷宮討伐軍的士兵就覺得自己還算是比較幸運的。

至於在亞利曼溫泉階級制度中被迷宮討伐軍士兵認定為社會底層的三人——

「欸～吉克～你沒有其他讓人臉紅心跳的同居趣事可以講嗎？」

「安靜地吃你的飯，愛德坎。」

「真是的～我們每天都吃一樣的攜帶糧食。你說點趣事來當調味料啦～」

「說到吃飯，瑪莉艾拉不是還滿會做菜的嗎？」

「是啊。不過瑪莉艾拉能做得好吃的，只有有食譜的料理喔，林克斯。」

「咦？她自己變化過的料理不好吃嗎？」

「那已經不是不好吃的等級了……我記得是上個月發生的事。有個冒險者帶了禮物來拜訪瑪莉艾拉。瑪莉艾拉雖然是那個樣子，其實很有男人緣……」

「什麼！」

林克斯表達強烈的關注，於是吉克繼續說了下去。

對冒險者來說，藥和煙霧彈等消耗品是很熟悉的道具。自從迷宮都市的藥師水準上昇，不同藥師之間的品質差異幾乎消失以後，大家都能在迷宮入口附近的冒險者公會販賣處以統一的價格輕鬆購入統一的份量。所以平常探索完迷宮的冒險者會把取得的素材賣掉，順便在販賣處補充消耗品。不過「枝陽」的人氣居高不下，有不少冒險者都會在假日來到「枝陽」購買商品或是享受悠閒的時光。

擁有藥師這種穩定的職業，總是態度溫和又笑咪咪的瑪莉艾拉因為有「好像追得到」的平凡氣質相輔相成，其實很受歡迎。

即使城市的情報發送基地——香料店的梅露露姊放出了「真命天子是吉克還是林克斯呢？目前兩者都無望！今天也是半獸人王肉大獲全勝！」的傳聞，卻偶爾還是會有年輕人自詡「我就是那個能打敗半獸人王肉的人」。

「瑪莉艾拉，不嫌棄的話，這個拿去吃吧。」

「哇～真稀奇！這是閃電鹿的肉嗎？」

那一天，前來搭訕瑪莉艾拉的年輕人為了勝過半獸人王肉（主流肉品），帶來了閃電鹿肉（稀有肉品）。只不過，從他不靠自己的魅力決勝負的行為來看，他就已經沒有勝算了。

「瑪莉艾拉，機會難得，要不要用閃電鹿肉做晚餐請人家吃？」
「好主意，吉克。既然是鹿肉，做成紅酒燉肉應該不錯吧～？」
「可以嗎？瑪莉艾拉！真高興能吃到妳親手做的菜！也謝謝吉克先生……？」
年輕人完全沒發現自己已經踏進吉克的陷阱，只是很高興能吃到瑪莉艾拉親手做的菜，同時有點疑惑地對吉克道謝。
「喂，約翰。俺負責買麵包，你負責買紅酒。」
「知道了，老爸。我要軟麵包。」
「那俺就負責買沙拉用的蔬菜吧～啊，俺要硬麵包。」
「記得順便買些根莖類的蔬菜來！我去拿一些去腥的香料。瑪莉艾拉，我也會帶番茄糊來，等我一下。我的麵包要買加了粗製糖的甜麵包喔。」
高登、約翰、魯坦組成的矮人三人組和梅露露姊紛紛從座位上站起，開始分頭行動。為什麼他們會一臉理所當然地加入呢？
可以開飯的時候，聽說這個消息的賈克爺爺也帶了半獸人肉的火腿塊來到化為晚餐會場的「枝陽」。因為貴族的千金小姐總不能在平民家吃晚餐，只有凱羅琳一臉遺憾地離去，而打烊後的店內桌上擺滿了瑪莉艾拉親手做的料理。
「太好吃了！瑪莉艾拉！」
年輕人高興得不得了。常客也一臉滿足地吃著從大盤子分裝出來的料理。按照食譜抹上香料，切斷肉筋並燉煮至軟嫩的鹿肉沒有獸肉特殊的腥味，愈是咀嚼，風味就愈有層次。

瑪莉艾拉可以做出這麼美味的料理，能和她一起生活的男人想必很幸福。

正當年輕人這麼幻想著，慢慢品嚐燉肉時，料理變得愈來愈少。理所當然地一起吃晚餐的常客完全不知道客氣兩個字要怎麼寫。

吉克已經確實分裝好瑪莉艾拉的份，而他自己也沒有大意，所以錯失機會的人只有一開始拿了少量就沉浸在感動之中的年輕人而已。

「奇……奇怪？只剩下麵包了。」

年輕人只好用麵包沾盤子裡剩的燉肉醬汁來啃。麵包是高登去他經常光顧的店買的現成品，由粗獷的矮人老爹親手揉製而成。

「還有飯後甜點喔～今天是我的新作品～」

吃得飽飽的瑪莉艾拉從冷藏魔導具中拿出一個在塔皮內疊上三層奶凍的蛋糕。從色調來看，應該是柑橘類。

「新作品？是新食譜嗎？」

盡情享用完料理和麵包的梅露露姊很精明地問道。

「不是耶。是我自己想的～這次我有自信！」

瑪莉艾拉沒發現這個問題的真意，帶著笑容答道。

這個瞬間，「枝陽」店內鴉雀無聲，流竄起一股前所未有的緊張感，只有年輕人和瑪莉艾拉沒有察覺到。

「請用。」

常客嚥下口水，緊張地看著瑪莉艾拉笑著把裝蛋糕的盤子遞給興高采烈的年輕人，他說了一句「我要開動了」便吃下一口蛋糕。

「嗚噁噗……」

果然如此。沒有把蛋糕吐出來，今天的年輕人真是個好人。

把這段心聲全寫在臉上的常客，看著年輕人大口灌水把瑪莉艾拉的新作品蛋糕吞下去。

「今天的蛋糕也很好吃，白色這層的口感很特別。」

吉克蒙德在他身旁面不改色地吃著蛋糕。多虧過去經歷過漫長又惡劣的奴隸生活，吉克早已習得再難吃的料理都吃得下去的特技。

「真的嗎？我吃吃看……嗚噁噗……」

看到吉克的笑容，咬了一口蛋糕的瑪莉艾拉隨即用水把蛋糕吞下去。

「我又失敗了……真奇怪。這種柑橘類的皮和果肉間的白絲很有營養。我還以為添加甜味就可以去除苦味了。」

「甜味與苦味互相襯托，風味濃郁的白絲擴散到口中的每個角落，味道能一直停留在嘴裡呢。」

「嗚嗚……我加了多一點砂糖，還以為可以襯托酸味呢。」

「酸味彷彿滲透到眼裡，銳利的爽快感非常創新。」
「為了統一味道，我還加了一層躍谷羊奶凍呢～」
「羊騷味重得令人驚訝呢。剛才的鹿肉處理得那麼完美，這反倒是出乎意料的驚喜。塔皮這一層會吸走口中的水分，所以有種直攻味蕾的感受。」
「吉克、這位哥哥，很抱歉讓你們吃了這種奇怪的東西……」
瑪莉艾拉很沮喪。
「瑪莉艾拉做的菜全都很好吃。」
吉克這麼說，把剩下的蛋糕全都吃完了。簡直是勇者。他擺出了得意的表情，用彷彿想說「哼哼」的表情看著年輕人。
「唔……」
完全吃了敗仗的年輕人說著「謝謝妳的招待，我很開心……」向瑪莉艾拉道別，然後垂頭喪氣地離開了。
「用妳自創的料理來招待他的話，他應該會很高興吧。」
年輕人渾然不知，吉克曾經用這種話來慫恿瑪莉艾拉。
「瑪莉艾拉的料理會提昇素材的效果。可是味道也會變得更重。多虧如此，我從隔天開始暫時獲得了晶瑩剔透的美肌。」

「誰會希望吉克有美肌啊？」

「話說回來，沒想到你心機這麼重，吉克。」

不理會在旁邊晃來晃去，好像很想加入談話的光蓋，吉克等三人聊得意外融洽。

「唉，好想吃瑪莉艾拉做的菜喔……」

「我也好想吃喔～」

「我也是！我也是！」

「你們也吃她自創的蛋糕啊。」

「我才不要。」

「不，照食譜做的話，應該能吃吧？」

吉克的話題雖然炒熱了氣氛，卻也讓三人變得有點思鄉。

03

針猿不會放棄。

或許是要報復將自己不當趕出猴子樂園（亞利曼溫泉）的人類。

或許是怨恨人類把除魔魔藥丟進亞利曼溫泉，把它變成臭氣沖天的沼澤。

恐怕也是為了發洩美麗的女性（母猴）被光蓋奪走芳心的憤恨。

可是針猿畢竟是魔物。魔物與人類無法和平共存。帝都的學者主張，不論是什麼樣的魔物，寄宿在其體內的魔石——汙穢的石塊都會驅使牠們攻擊人類。這個世間的汙穢與魔力凝聚起來，就會成為魔石。所以體內帶有魔石的魔物（野獸）會憎恨人類。因為魔石中蘊含的汙穢是來自人類。

人類的惡意、憎惡、嫉妒、恐懼、憤怒、慾望等所有邪惡意念會化為「汙穢」，瀰漫在世界中。又飢又渴，永遠不會滿足的「汙穢」會凝聚起來，無限渴求魔力。學者認為魔石就是因此才會成形。所以體內寄宿著這種東西的魔物極度痛恨人類。據說牠們想要消滅人類，就是為了不讓汙穢繼續填滿這個世界。

沒有人知道其真意為何。只不過，魔物與人類絕對無法和平共存是唯一確切的事實，兩者之間的關係就只有殺與被殺。

因此，亞利曼溫泉在兩百年前曾是安妲爾吉亞王國的療養設施、現在是針猿的樂園、迷宮都市已經奪回此地，諸如此類的善惡判斷也不可能讓雙方有任何妥協。

只要吉克等人類還占據著亞利曼溫泉，針猿除了殲滅吉克等人之外別無選擇。在冬天的亞利曼山上，吉克等人已經深深體會到這個事實。

「娜塔莎～妳氣得都齜牙咧嘴了，好可愛喔～」

「愛德哥，冷靜一點，那是針猿啊！」

「歧視可不好喔～林克斯～愛是可以跨越種族的～」

「啊，真是的！吉克，你也說說他吧！」

「瑪莉艾拉……」

愛德坎終於開始對針猿談情說愛，吉克蒙德則是變得只會說「瑪莉艾拉」了。簡直是一片混亂。說混沌才是如何如何之類的玩笑話也能被原諒的，只有青春期尚未完全結束的林克斯，但早就脫離青春期的兩個大人明明如此錯亂，最年輕的林克斯卻是最冷靜的一個人。

不過吉克至少有在打針猿，還算是比較好的。因為愛德坎只會到處追著針猿的屁股跑。一見到人就會發動攻擊的針猿，若是被愛德坎盯上也會拔腿就跑，實在讓人無言以對。

吉克等人就快要在冬天的亞利曼山待滿一個月了。

包圍亞利曼溫泉的柵欄已經搭建成魔物無法靠近的堅固構造，能供人過夜的小屋也完成了。因為光蓋把裝著除魔魔藥的木桶丟進亞利曼山的每一處溫泉裡，又把沾有吉克等人的氣味的手帕或襪子等物放在現場，使得吉克等三人都被整座亞利曼山的針猿視為眼中釘，所以他們的實力在環境的逼迫之下變得愈來愈強。原本只有C級程度的吉克已經具備足以昇上B級的實力，林克斯也已經能在不使用「馭影師」技能的情況下打倒B級的針猿。愛德坎的成長雖然比吉克和林克斯慢，但畢竟他總是追著母猴的屁股跑，這也無可奈何。

「你們成長了不少嘛！針猿變得這麼少，應該已經沒問題了，溫泉的開發據點也已經完成。你們明天可以下山啦！」

光蓋終於允許三人下山。

「真的假的啦，光蓋！太棒啦！可以回去了！」

「喬安娜？終於可以見到喬安娜了！我來了！喬安娜！」

「瑪莉艾拉！」

吉克高興得握緊迷宮討伐軍替瑪莉艾拉送來的信。

順帶一提，瑪莉艾拉也有寫信給林克斯和愛德坎。同情吉克等三人的迷宮討伐軍士兵拜託瑪莉艾拉寫信給他們。真是個充滿溫情的世界。

一口答應的瑪莉艾拉很仔細地寫了信，還附上「讓人湧現活力的餅乾」。信的內容是她今天吃了什麼、昨天吃的什麼東西很好吃，幾乎都是關於食物的事。而且三個人的內容都一樣，所以心懷感激的人只有吉克而已。

「瑪莉艾拉……」

「嗯嗯，你說得對，吉克。瑪莉艾拉絕對不可能寂寞得食不下嚥。她的信裡不是都只寫關於食物的事嗎？她一定有好好吃飯，很有精神啦。」

「喬安娜一定是因為太害羞了，所以才沒有寫信給我吧～」

「愛德哥，你不管那隻叫娜塔莎的針猿了嗎？」

「娜塔莎對多愁善感的我來說有點太狂野了啦。」

「瑪莉艾拉……」

「怎麼了？吉克。你很在意迷宮討伐軍為什麼要把這附近的礦石帶回去？有可能是為了新的魔藥？畢竟瑪莉艾拉有點不懂得拒絕，我也很擔心她會勉強自己。」

「要帶什麼東西回去送給喬安娜呢～雖然也只有針猿的毛皮，不知道她會不會喜歡。」

「愛德哥，你該不會要送娜塔莎的毛皮給她吧，太狠了吧？」

在這種狀態下還能正常對話，實在驚人。吉克明明只有說「瑪莉艾拉」，林克斯卻好像聽得懂他想說什麼。難不成林克斯學會了什麼新的技能？

很高興終於能回去的三人忘了一件事。

魔物與人類無法和平共存。針猿是絕對不會放棄的。

這天晚上，就像是得知三人即將離開的事，存活的針猿不約而同地襲擊了亞利曼溫泉。其實是因為光蓋把準備在明天下山而把鬍子和頭髮整理好的三人剪下的毛髮撒在亞利曼山各處，而且不斷威嚇針猿，但三人當然沒有發現。他們與光蓋的實力還有很大一段差距。

而且更不幸的是，三人丟進溫泉的除魔魔藥已經被湧出的溫泉稀釋，變成不再是針猿難以忍受的惡臭。溫泉周圍雖有高高的柵欄，還種植著有除魔效果的布魔敏特草與多吸思藤，但並不是不能靠殺意跨越的障礙。

針猿知道把牠們趕走，甚至趕盡殺絕的人類就睡在這裡。

魔物與人類之間的關係就只有殺與被殺。

所以針猿召集了殘存的同伴，發起最後的戰鬥。

「吱吱吱！吱啊啊啊啊啊！」

針猿跨越了具備除魔效果的柵欄，逼近吉克等人睡覺的小屋。好不容易搭建好的小屋在轉眼之間遭到破壞。

「唔，什麼！難道是針猿嗎！」

「娜塔莎！竟然跑來夜襲，真是太主動了～」

「瑪莉艾拉！」

聽到針猿發狂似的叫聲，三人跳了起來。負責帶領他們的光蓋早就已經醒來，正在旁觀事情的發展。

「發現得太慢了！要是這裡被牠們弄得亂七八糟，在重建好之前，你們就暫時別想回家啦！」

他明明是主導針猿襲擊這裡的真凶，說這種話簡直是冷血至極。不，但願他這麼做是出於教育目的，為了讓吉克等人在極限狀態下可以發揮真正的實力。

「你說什麼！」

「娜塔莎，抱歉。我一定得回去！」

「瑪……瑪莉艾拉！」

都努力到現在了，豈能繼續待在這裡。三人燃起鬥志，衝到門外與針猿一決勝負。

雪已經被溫泉的熱度融解，露出溫泉周圍的地面。針猿撿起石頭或是牠們打壞的柵欄碎片，用投石機般的力道扔向吉克等人。

如果是剛來到亞利曼溫泉的時候，三人恐怕完全招架不住。速度就是那麼快。針猿的投擲技巧很強，能夠準確瞄準頭部或腳。三人用最小的動作閃開攻擊，並用劍擊落可能會傷及溫泉或住宿設施的物體，接二連三地打倒飛撲而來的針猿。

林克斯射出的短劍以肉眼難以辨別軌跡的速度飛去，貫穿針猿的眉心。他的投擲技巧可說是分毫不差。

吉克蒙德的劍可以輕易斬斷針猿那鐵針般的毛皮。剛來到這裡時，吉克的劍總是被針猿的毛皮輕鬆彈開，可是現在的他能在刀刃接觸針猿的瞬間操作灌注到劍上的魔力，把銳利度提昇到高達萬倍。

「娜塔莎，妳這樣齜牙咧嘴就不能親親啦。」

看似一如往常的愛德坎也在錯身而過的時候，用雙劍沿著針猿的毛流使出突刺。針猿並不是靜止不動。彷彿一套鐵針鎧甲的毛皮會隨著動作搖曳，隨時隨地都在擺動，可見他的技巧有多麼高超。

順帶一提，雖然愛德坎不斷砍死一隻一隻的針猿，卻用娜塔莎來稱呼每隻母猴。看來他並不會區別不同的個體。

被光蓋煽動的針猿與三人之間的最終決戰一直持續到天亮。

在屍橫遍野的戰場中，最後留下的是三個男人。
他們有必須回去的地方，也有正在等待他們的人。
或許就是這樣的意念決定了勝敗。

「你們三個，幹得好！」
讚！反射著朝陽，從煙霧中現身的光蓋看起來比平常還要熱血。
「光蓋，我們要回去了！」
「喬安娜正在等我！」
「瑪莉艾拉！」
三人根本沒空理光蓋。明明和他共同生活了一個月的時間，三人卻只丟下一句簡單的道別，就在光蓋提到重建或延期之類的事以前朝迷宮都市奔去。

就要見到瑪莉艾拉了。好不容易，終於。自己不曉得有多麼期待這一天。
瑪莉艾拉，瑪莉艾拉，瑪莉艾拉——
吉克蒙德砍倒襲來的魔物，一心一意地向迷宮都市前進。
看到吉克毫不掩飾自己的思念之情，快步奔向迷宮都市的模樣，林克斯感到有些耀眼，同時不認輸地加快腳步。

他們連滾帶跑地下山，像風一般奔過原野。

或許是與針猿纏鬥一個月的成果，身體非常輕盈。從景色流逝的速度來看，他們可以清楚知道自己奔跑的速度有多快。

一看見迷宮都市浮現在遠方，三人的腳步便再度加快。

已經能看見迷宮都市的門了。那是北門嗎？

可能是已經接獲迷宮討伐軍士兵的通知，三人雖然變得像野獸一樣眼神銳利，外型狂野，卻很快就被放行到迷宮都市之中。

他們沿著北門大街往城市中心奔跑。只要彎過迷宮前的街道，「枝陽」就近在眼前了。

啊，聖樹在那裡。

熟悉的景色和熟悉的招牌都告訴他們，自己終於回來了。

啊，瑪莉艾拉。終於，終於可以見到妳了——

這或許就是變得只會說「瑪莉艾拉」的吉克此刻的心情。

砰！

就像是在賽跑，三人氣喘吁吁地衝進「枝陽」。

「啊～歡迎回來～吉克、林克斯，還有愛德坎先生！」

夢寐以求的聲音一如往常地迎接他們。

胖嘟嘟～

說著歡迎回來的笑容比平常還要寬了一點～點。

衣服看起來有點緊繃。

把衣服撐起來的並不是像某靈峰（安珀小姐）一樣有山有谷的莊嚴部位。真要說的話，還比較像是和緩的山丘。衣服只是被沒有曲線的身體平均撐起，並沒有山谷。

「妳怎麼胖成這樣啊——！」

「瑪莉艾拉——！」

被放養在「枝陽」這座樂園的瑪莉艾拉變成了一個圓滾滾的小胖子。

順帶一提，愛德坎最近很中意的喬安娜並沒有在等他。

04

「喂喂喂，我說尼倫堡醫生啊，這到底是什麼情況？」

林克斯擺出目中無人的態度。

他說話時指著的人正是像攪過的萊納斯麥一樣軟趴趴地坐在椅子上的瑪莉艾拉。坐在椅子上的大腿往橫向發展，看起來更臃腫了。就某種意義來說，這或許可以算是瑪莉艾拉從假死睡眠中甦醒以來最重大的危機。

林克斯等三人在亞利曼溫泉對付針猿，度過了地獄般的一個月，所有人都已經完整具備B級程度的實力。說是等級提昇也不為過。而他們好不容易回來，卻發現連瑪莉艾拉都急速成長了。不要說是等級提昇了，這甚至已經到了轉職的境界。根本沒有人期待這種成長。因為太過意外，林克斯還差點學會恐嚇或找碴等流氓技能。

「唔……我是告誡過她……」

尼倫堡難得別開眼神。要是被迷宮討伐軍的士兵看到，他們一定會驚訝得瞪大眼睛，來回重看個三次左右。

因為林克斯在亞利曼溫泉階級制度中明明是屬於社會底層的三人之一，竟然能壓制尼倫堡。

「真是的～林克斯太過分了啦～我不是有在信裡提到我的飲食生活嗎？」

聽到林克斯的說法，瑪莉艾拉鼓起原本就很圓的臉。看來她好像是在生氣。

「啊？妳是說那封寫著哪裡的點心很好吃，或是妳又吃了什麼什麼蛋糕的信嗎？」

「嗯，零食飯。」

麻糬艾拉傻笑著說道。不對，是瑪莉艾拉。

零食飯到底是什麼概念？聽是聽得懂，雖然聽得懂……

「零食是零食！飯是飯——！不要用奇怪的自創名詞來合理化自己的行為——！」

林克斯用老媽子般的口氣大罵。身為護衛兼監護人的吉克為了替瑪莉艾拉幫腔而插嘴：

「因為我們以前住的村子很難買到點心嘛。妳應該是不小心吃多了吧。」

「對啊，吉克。」

「對妳個頭啦——！吉克，你太寵她了。你這樣反而是害了她！」

「我……我害了她？」

吉克搬出不需要在這個時候提到的青梅竹馬設定想要袒護瑪莉艾拉，卻惹來林克斯大發雷霆。他終於說出「瑪莉艾拉」以外的詞彙，結果卻是這副德性。吉克恐怕也需要某種治療或復健，特別是腦袋的部分。

林克斯猛抓自己的頭，然後朝瑪莉艾拉用力一指，如此宣言：

「瑪莉艾拉！不對，在妳瘦回原狀之前，都叫作瑪**肉**艾拉！我們去迷宮採集素材！減肥啦！」

「哦哦！迷宮？採集素材！我要去～」

這一天，瑪**肉**艾拉的迷宮探索開始了。

林克斯那句「反而是害了她」的臺詞似乎打中了吉克的某種開關，使得魔鬼教練增加為兩個人。從有些超出負荷的運動到營養均衡的飲食限制，支援體制可說是十分完善。

順帶一提，探索迷宮的運動和吉克的零食限制讓體型很快便恢復原狀，瑪**肉**艾拉於是順利變回瑪莉艾拉。多虧有瑪莉艾拉的努力和同伴的助力……真要說的話應該是強制力，總算是成功迴避這次的重大危機。

05

「乾燥，乾燥，乾～燥～」

瑪莉艾拉的悠閒聲音在迷宮內迴響。

這裡是迷宮第二十三樓「永夜湖畔」，也是月光魔草的叢生地。

因為接受迷宮討伐軍的委託，大量製作高階魔藥，迷宮都市的月光魔草漸漸開始缺貨，所以正好適合瑪莉艾拉來採集順便減肥。

月光魔草生長在迷宮的十九樓到二十三樓，大多數冒險者會在二十樓採集。這座迷宮到二十樓以前會出現D級魔物，從二十一樓開始會出現C級魔物。對C級以上的冒險者來說，從十九樓到二十三樓出現的魔物在階級方面雖然適合自己，在賺錢方面卻划不來。就算趁著狩獵的空檔採集月光魔草，在別的樓層狩獵還比較有效率。

所以採集月光魔草維生的冒險者都是D級，採集地點當然也就會限定在有D級魔物出沒的十九、二十樓。

瑪莉艾拉等人所在的二十三樓是賈克爺爺推薦的地點，有好幾處月光魔草的叢生地，出沒的魔物雖然比二十一、二十二樓還要強，卻是大型且數量少，只要護衛的戰力充足，這裡就是能帶著非戰鬥人員安全採集的地點。

這個樓層之所以有「永夜湖畔」之稱，是因為這裡隨時都像滿月之夜般陰暗。整個樓層中看似滿月的光芒是來自分布於頂端和牆壁、地面甚至是湖中的月光石。

正如其湖畔之名，樓層中有大大小小的湖泊連綿不絕，穿梭在樹木之間的潺潺流水十分美麗。透著月光的清水從苔蘚和水草織成的地毯上滑落，流經高低落差而彈起的水滴演奏出樂器般優美的聲音。

遠處有水聲傳來，某處或許有瀑布。

據說有水聲的方向就有較大的湖泊。瀑布的音色伴隨著流水的低語。水聲此起彼落的夜晚湖畔美得能刺激人們的探險慾望。水聲雖然讓人有種想要撥開林木前進的衝動，等在前方的卻是成群的魔物。

「嘶嘎啊啊啊！」

「嘶嘶嘶嘎！」

因為這裡也是蜥蜴人的巢穴。

剛好與月光魔草的生長地帶重疊，從十九樓開始會有蜥蜴型魔物出沒；樓層愈深，魔物的體型就愈大，到了二十一樓就會變成像奔龍一樣姿勢前傾且會用雙足步行的蜥蜴人。

二十二樓的蜥蜴人完全是雙足步行，手也更長，還會拿著用樹木磨尖做成的長槍，成群結隊地襲擊人類。簡直就像是呈現了蜥蜴的進化史。

二十三樓這裡的蜥蜴人雖然數量較少，個體的體型卻更大，身高是兩到三公尺，加上尾巴的話，體長還會再增加一公尺。牠們的鱗片很堅硬，就像是穿著一身鎧甲，所以稱為鎧甲蜥蜴人。牠們似乎多少具有智慧，二十三樓的個體會發出「嘶嘎～」等類似語言的叫聲，像半獸人一樣，進行某種程度的溝通。

這種魔物強壯又聰明，C級冒險者需要花一點時間才能打倒牠們，能獲得的素材卻大多是皮或肉，魔石的出現機率比其他魔物更低。皮革又重又占空間，肉也帶著腥味且乾硬，不適合食用。就算採得到月光魔草，這裡對C級冒險者來說也是不划算的狩獵地點，所以總是很冷清，現在被瑪莉艾拉等人包下了整個樓層。

二十三樓的鎧甲蜥蜴人當然不是通過亞利曼溫泉考驗的吉克和林克斯的對手。就算瑪莉艾拉到處亂晃，用悠閒的聲音烘乾摘下來的月光魔草也沒有任何問題。

「嘶嘎嘶嘎嘶嘎啊啊！」

「嘎嘎嘎嘎嘎——！」

被帶來載行李的奔龍正在挑釁鎧甲蜥蜴人。爬蟲類竟然能露出這麼厭惡的表情，真令人驚訝。

連接迷宮樓層的階梯附近是安全地帶，不知為何，魔物不會踏進這裡。一般來說，魔物的智能很低，較深樓層的魔物會捕食較淺樓層的魔物。如果魔物能在樓層間自由移動，就會發生高階物種捕食低階物種的情況，損及迷宮排除人類的功能，所以人們認為這是迷宮在限制魔物的移動。

雖然學者對迷宮是否具有思考能力都各有不同的看法，但卻有個共同的認知——既然迷宮會依照自身的需求來限制魔物的移動，那麼只要滿足某種條件，迷宮就有可能解除移動限制，使魔物從迷宮中湧出。這就是迷宮氾濫（魔物暴動）。為了防止魔物暴動，軍隊和冒險者必須進入迷宮打倒魔物，削弱迷宮的力量。

因為迷宮是這樣的地方，就算在樓層間移動是安全的，像躍谷羊這種比較溫馴的動物也不願意進入迷宮內。要運送行李，就只能靠人類或是奔龍這種凶猛的騎獸。

雖然奔龍從剛才開始就一直在挑釁鎧甲蜥蜴人，卻沒有比鎧甲蜥蜴人強。牠只是躲在林克斯背後挑釁而已。奔龍齜牙咧嘴，一副找到機會就要啃咬鎧甲蜥蜴人的樣子，非常好戰。

或許是對奔龍躲在背後亂晃的樣子感到厭煩，林克斯對另一個被帶來搬運行李的人說：

「喂，小賈，把奔龍看好。」

聽到林克斯這麼說，慢吞吞地撿著鎧甲蜥蜴人掉落的皮和魔石的黑鐵運輸隊奴隸——小賈走向奔龍。

雖然奔龍有經過尤利凱的確實調教，這個個體卻是黑鐵運輸隊在迷宮都市建立據點時為了在迷宮都市內移動而添購的新奔龍。調教的時間並不算很充足，而且畢竟是年輕的個體，所以性格善變且好奇心旺盛。或許是因為個性調皮，這隻奔龍有時會根據對象來改變態度。牠會乖乖服從林克斯或吉克這種比自己強的對象，面對弱者的命令就不太聽話，態度目中無人。尤利凱在場時，調教技能會發揮支配效用，所以牠面對任何人都是個順從的好孩子；不過現在包括尤利凱在內的黑鐵運輸隊成員已經前往帝都，待在迷宮都市的只有林克斯和新婚的迪克，以及身為奴隸的小賈。

經過亞利曼溫泉的修行，愛德坎的戰力已經增強，使迪克得以留在迷宮都市；但要留下黑鐵運輸隊的最強戰力，在戰力方面有必要讓馬洛同行。多出來的三個最弱奴隸之中，被隨意挑中的小賈就成了這次留在迷宮都市的人選。

照顧奔龍等雜務當然就成了小賈的工作。

「嘎！嘎！」

「！」

奔龍根本不會服從比自己還弱的小賈。看到奔龍作勢要咬自己，小賈一屁股跌坐在地。因為到處都有潺潺水流，地面全都很潮溼，小賈的褲子轉眼間便浸溼，在屁股上留下難看的汙漬。

「啊～真丟臉。」

小賈因為林克斯的這句話而稍微紅了臉，默默地撿起跌倒時掉到地上的素材。因為小賈的喉嚨早就已經被弄啞，連一句怨言也說不出口。

「奔龍～過來一下～」

「嘎，嘎。」

一聽到瑪莉艾拉的呼喚，奔龍馬上就變了表情，搖著尾巴跑過去。

雖然瑪莉艾拉比小賈還弱，體內卻蘊含著龐大的魔力。瑪莉艾拉平常都會壓抑魔力以免被別人發現，喝過她灌注魔力的水的奔龍卻很清楚，對瑪莉艾拉的順從程度甚至僅次於尤利凱。因為奔龍期待能再喝到含有魔力的水，所以林克斯等人都笑她是用食物收買奔龍。

瑪莉艾拉把大量的乾燥月光魔草堆到奔龍的背上。對有兩頭就能拉動裝甲馬車的奔龍來說，乾燥的藥草根本就算不上行李，牠還背對著瑪莉艾拉，就像是在說「要騎嗎？」，瑪莉艾拉用雙手盛水來獎勵這個勤奮的好孩子，說「我自己走就好」，拒絕了牠的邀請。

可惜瑪莉艾拉並不是喜歡上了運動的樂趣。如果瑪莉艾拉想要偷懶，睜大眼睛的林克斯就會把雙手舉到眼前作勢要抓人，追著她大喊：「我要扯掉妳的贅肉～！」

（看吧，林克斯現在也睜大眼睛了！）

想起被林克斯追趕著從迷宮二十三樓跑回地面上的瑪**肉**艾拉時代，瑪莉艾拉開始渾身顫抖。

順帶一提，吉克當時會跑在瑪**肉**艾拉旁邊，喊著「就快到了！」、「運動後的飯更好吃喔！」、「今天就在熱可可裡加三顆棉花糖吧」等等的話，用盡全力幫她加油。

被迫在二十三層樓的階梯上衝刺的隔天早上，膝蓋不斷發抖的瑪**肉**艾拉又遇到林克斯跑來說：「瑪**肉**艾拉～我們去迷宮吧～」瑪莉艾拉絕對不會忘記他的燦爛笑容。要不是能用再生藥治好肌肉痠痛，恐怕會有可怕的地獄等著自己。他的眼神是認真的。

於是瑪莉艾拉終於體會到再生藥的可貴。

06

冬天的日落來得早。瑪莉艾拉一行人明明是在能充分趕上晚餐的時間離開「永夜湖畔」的，外頭卻已經完全天黑，街上也點亮了燈光。

「嗚嗚，好冷。」

「嘎。」

生長著月光魔草的「永夜湖畔」雖然也是氣候偏涼的地方，日落後的迷宮都市卻是冷得寒風刺骨。

載著大量乾燥藥草的奔龍附和般地叫了一聲，跟在瑪莉艾拉後面。幾乎沒有帶行李的瑪莉艾拉、吉克、林克斯等三人是一身輕便，後方卻有揹著大量的鎧甲蜥蜴人皮的小賈搖搖晃晃地追趕著。雖然奔龍還能承載更多行李，但小賈想要把東西放上去時，牠就會發出「嘎嘎」的叫聲威嚇，不讓小賈堆放，於是他只好自己揹著走。

路上行人雖然會好奇地看著少見的奔龍，卻沒有人留意不具戰鬥能力的瑪莉艾拉和揹著大量行李的小賈。

擁有鍊金術技能的人就算不是地脈契約者，還是可以使用「乾燥」，而且經過乾燥處理的素材比較能大量攜帶，因此帶著鍊金術技能持有者進入迷宮並不是什麼稀奇的事。用與生長環境相同的溫度和溼度來烘乾，就可以讓大多數的藥草維持良好的狀態，所以就更不用說了。

至於小賈則是跟著從裝備和舉止就能看出是高階冒險者的林克斯和吉克。其他人只會認為他是冒險者團體的搬運工奴隸。看到小賈穿著正常的衣服，有些人還會認為他得到的待遇不錯，對主人產生好感。

搬運工奴隸揹著大量的行李是理所當然的事，帶著他們的人一身輕便也是理所當然的。

到冒險者公會賣掉蜥蜴人的皮和魔石的林克斯把二十幾枚銅幣的零頭交給小賈，命令他帶著奔龍回據點。小賈很高興地收下銅幣當作晚餐錢，帶著喝過瑪莉艾拉給的水後總算肯聽話的奔龍回據點。

搬運工奴隸能拿到二十枚以上的銅幣，自由購買喜歡的食物當作晚餐，已經可以說是破格的待遇。

（這下子有酒喝了。難得能留在安全的迷宮都市，卻被叫去使喚了一整天，不過能喝到酒還算不錯。今天還真冷。快點回去喝一杯吧。）

小賈把所有的錢都拿來買最便宜的酒，走向黑鐵運輸隊的據點。據點存放著用來餵奔龍的半獸人肉。就算偷吃一點也不會被發現。

抵達據點的小賈用水和肉餵了奔龍，把卸下來的乾燥藥草隨便丟進倉庫以後，用半獸人肉當下酒菜，喝起便宜的酒。

「今天的蜥蜴人皮和魔石大概換到五枚銀幣。我們去『躍谷羊釣橋亭』大吃一頓吧。」

「林克斯的一頓是幾人份？」

「少說有三人份。」

「為什麼你不會胖啦。」

三人一如往常地笑鬧著走向「躍谷羊釣橋亭」，點了大量的料理。

明明有很多料理，林克斯卻不斷從瑪莉艾拉的盤子裡把肉搶走，吉克則是把蔬菜放進瑪莉艾拉的盤子裡。

「真是的～林克斯！為什麼要把我盤子裡的肉拿走啦～吉克的盤子裡不是也有肉嗎！」

「我也有從吉克的盤子裡偷拿喔～只是速度太快，妳看不見而已。」

「咦？真的嗎？」

「妳看，瑪莉艾拉。妳都沒吃蔬菜喔。」

「奇怪？我剛才應該吃掉啦……」

吉克用肉眼看不見的高速行動把蔬菜分到瑪莉艾拉的盤子裡，而且林克斯也只有從瑪莉艾拉的盤子裡偷肉。身材明明已經不是瑪**肉**艾拉了，真是殘酷的對待。不，或許是為了防止復胖，他們才會如此煞費苦心。吉克應該會永遠站在瑪莉艾拉這一邊。

「啊！你又偷拿！」

「哇哈哈，真可惜。那是殘影。嚼嚼。」

林克斯活用高超的技巧，用盡全力捉弄瑪莉艾拉；吉克也活用高超的技巧，趁機在瑪莉艾拉的盤子裡補上蔬菜，並把肉換成脂肪較少的部位。多麼可怕的合體技。簡直合作無間。不愧是把整座亞利曼山的針猿都趕盡殺絕的戰士。

三人在笑聲中盡情地飽餐一頓後，由林克斯和吉克平分剩下的收入。

「這些是林克斯和吉克賺到的錢嘛。」

瑪莉艾拉理所當然似的婉拒。

在瑪莉艾拉家，包含魔藥貨款在內，兩個人賺到的錢都是由吉克來管理。要是交給瑪莉艾拉，她就會想要買齊製造各種溶液的史萊姆，或是差點衝動買下不需要的魔導具，甚至每天都吃半獸人王肉。所以經過兩人的討論，決定由吉克每個月發定額的生活費和零用錢給瑪莉艾拉。吉克當然也能收到和瑪莉艾拉同額的零用錢。

兩人的零用錢以B級冒險者和會做高階魔藥的鍊金術師而言，金額並不是很多，但武器和防具、工作和生活上所需的東西會另外購入，所以沒有什麼不便。瑪莉艾拉甚至每次拿到零用錢就會帶著錢包出門亂花錢，讓吉克傷透腦筋。

對瑪莉艾拉來說，自己的零用錢和吉克同額是理所當然的事；包含林克斯在內的熟人除了認為吉克「太寵瑪莉艾拉」以外，即使知道他的身分，也不覺得他的立場很奇怪。今天吉克分得狩獵的收入，也沒有人說這是件不正常的事。即使「奴隸所賺的錢屬於主人」是社會的共通價值觀也一樣。

約五個月前，吉克和小賈同樣以奴隸的身分站在雷蒙的奴隸商館的後院。小賈一邊照顧奔龍，一邊看著瀕死的吉克。

現在，吉克和小賈的身分依舊同樣是犯罪奴隸。

可是，沒有人會認為現在的吉克是奴隸。吉克佩帶著祕銀之劍，身上還穿著經由黑鐵運輸隊取得，以巴西利斯克的皮製成的皮甲。身為瑪莉艾拉的守護者，他的行為舉止比身上穿戴的高價裝備更能彰顯他的正派人格。

即使穿上主人所給的正常衣服，小賈也不會拍掉屁股上的塵土，更不在乎臉上或牙齒的汙垢。他駝著背，只會轉動一雙眼睛窺探四周。嘴巴雖然會露出討好他人的笑容，卑屈的模樣卻會讓看的人感到不舒服。即使穿著正常的衣服，別人也會覺得他肯定是個奴隸。

吉克與小賈——曾同時出現在奴隸商館後院的兩人，今天一起進入了迷宮。

吉克和瑪莉艾拉、林克斯共享佳餚，盡情歡笑。

他們的餐桌上除了料理，還擺著美酒。不過吉克和林克斯都只是淺嚐，絕對不會喝醉。吉克過去沉溺於酒色、縱情享樂的愚蠢，如今已經絲毫不復見。因為他有必須保護的人。

小賈喝著劣酒，用啞了的喉嚨為久違的酒無聲地笑著。

只要能用點小錢買醉就夠了。吃著隨便加鹽烤過的半獸人肉，喝著酒精濃度高的劣酒，小賈很快就爛醉如泥。等到林克斯回來，把酒沒收就不好了。因為小賈帶著這種卑劣的想法一口氣把酒喝光才會如此。他珍惜地抱著空酒瓶，在黑鐵運輸隊據點的床上縮起身子。對他來說，除了自己以外，根本沒有其他重要的事物。

隔天早上，吉克在「枝陽」的房間醒來，然後一如往常地接受尼倫堡的訓練時，小賈也因為宿醉的頭痛而醒了過來。小賈去喝過水又回來時，看了倉庫一眼，發現昨天丟進倉庫的月光魔草消失了。

（昨天採的藥草跑到哪裡去了？）

送到黑鐵運輸隊的鍊金術素材會在夜深人靜的時刻，透過地下大水道搬運到「枝陽」的地下室。昨天採到的月光魔草也是在小賈醉得不省人事時，由林克斯運送過去的。

（話說回來，送來這裡的藥草總是會在不知不覺間消失。這到底是怎麼回事？）

小賈的疑心並非是想要報答照顧自己的黑鐵運輸隊。對於為自己提供正常衣服和充足飲食的黑鐵運輸隊，小賈根本沒有任何感激之情。

明明是犯下罪過才墮落為奴隸，遇到他人把自己當作奴隸對待，他卻只會不分青紅皂白地散發惡意與敵意。我要找到他人的缺失，我要抓住他人的把柄。這樣的情感促使他開始思考藥草的去向。

小賈的喉嚨已經被弄啞，無法說出自己的疑問。他不識字，也無法透過翻閱文件來獲得情報。小賈能做的，就只有透過眼睛和耳朵來刺探狀況。

（藥草都是在晚上不見的。這麼常發生，就表示事情不是外人幹的。新婚的老爺大概會回去找他的漂亮老婆，所以帶走藥草的肯定是那個瞇瞇眼。）

小賈帶著宿醉的頭痛思考。如果黑鐵運輸隊的成員偷走藥草變賣，那就正好順了小賈的意。因為要是能順利抓到對方的把柄，就可以要些封口費了。

（嗯嗯？這不是很奇怪嗎？如果是轉賣運輸隊買的藥草來賺錢，我還可以理解。可是昨天的藥草明明是瞇瞇眼那群人採來的，為什麼不光明正大地賣掉？所以他們想隱瞞的不是藥草來自黑鐵運輸隊，而是送去了哪裡嗎？他們到底把藥草拿到哪裡去了？）

小賈的鼻翼陣陣鼓起。他嗅到了錢的味道。前方肯定有什麼好處可以撈。小賈非常擅長嗅出這種機會。

（好久沒有這種感覺了。這可能跟一大筆生意有關係。）

小賈新中萌生的疑心究竟會不會有鎖定吉克和瑪莉艾拉的一天呢？
那天，吉克和小賈在奴隸商館的後院分歧的命運是否會有再次交錯的日子？
季節距離春天還很遙遠，夜晚十分漫長，朝陽遲遲不願照亮街道。
在陰暗的迷宮都市裡，只有小賈的雙眼發出銳利的光芒。

07

吉克踩著融雪後的潮溼大地，再次前往亞利曼溫泉。
即使山上的雪已經幾乎融解，寒風依然刺骨，實在讓人難以相信春天就要來臨。
可是山上的樹木已經開始從枝椏冒出嫩芽，地面也有新芽從泥土中露臉。
（要是瑪莉艾拉看到這幅景象，一定會吵著要採集素材。）
她在那邊的樹枝和這邊的地面之間來回穿梭，專心採集到忘了原本目的的模樣彷彿浮現在吉克的眼前。
吉克確認揹架裡的行李沒有變化，在狹窄的獸道上再度往亞利曼溫泉前進。
大概是冬天時與林克斯和愛德坎到亞利曼溫泉鍛鍊的成果吧。吉克所揹的行李幾乎不是一個成年男性揹得動的量，而且瑪莉艾拉還坐在正中央打著瞌睡。

瑪莉艾拉因為能去亞利曼溫泉而興奮地早起，卻在抵達山腳前就累垮，於是被吉克連同行李一起揹著走。

她也只有一開始的時候說「抱歉，吉克。我休息一下就繼續走」或是「會不會很重？我後來應該沒有變胖才對」等體貼的話；她跟行李擠在一起，在吉克的背上搖搖晃晃，最後就這麼開始呼呼大睡了。適度的搖晃似乎可以促進睡意。

吉克本來就不覺得瑪莉艾拉能靠自己的雙腳走到亞利曼溫泉，而且既然不會在路上多花時間採集，就能早點抵達目的地，所以吉克也比較希望她睡著。

這次的亞利曼溫泉之旅是在瑪莉艾拉的強烈要求之下成行的。

「我想去溫泉，我想去溫泉！我最近瘦了好多！可能是生病了！可能是生病了！」

瑪莉艾拉在尼倫堡面前這麼喊個不停。

世界上哪有這麼有精神的病人呢？瑪莉艾拉的皮膚光滑得完全不受冬季的乾燥影響，而她聲稱已經瘦下來的體型也和發胖前一樣，到處都有多餘的贅肉停留在沒有意義的部位，看起來非常健康。即使真的生病，她也能製作從低階到高階的各種魔藥，即使不去溫泉也能自己治好。

而尼倫堡當然知道瑪莉艾拉沒有生病，卻還是說「或許也該偶爾休息一下」，答應了她的請求，並且代為向維斯哈特商量。尼倫堡雖然長相凶惡，但或許是個對女性很溫柔的男人。他的縱容就是讓瑪莉艾拉進化為瑪**肉**艾拉的推手，如果是平常的吉克就會說「請不要任意餵食」，以飼養員……應該說監護人的身分進行規勸，但唯獨對這次的亞利曼溫泉之旅，吉克由衷表示感謝。

畢竟可以與瑪莉艾拉一起到亞利曼溫泉住一晚。是外宿旅行。太美妙了。

你們兩個人不是同住一個屋簷下嗎？這麼吐槽就太沒有情調了。在蒸氣中陶醉地微笑的瑪莉艾拉、瑪莉艾拉出浴時帶著微微紅暈的笑容，無價。太美妙了。

亞利曼溫泉原本是針猿等猴子魔物的樂園，兩百年前的設備都已經被破壞殆盡，所以溫泉的周圍只有架著用來阻擋魔物的柵欄，當時的住宿設施也只有吉克等人過夜的一棟山中小屋而已。也就是說，那裡就跟山野中湧出的祕湯沒有兩樣。溫泉並沒有區分成男湯和女湯。儘管囉嗦，這裡還是必須反覆強調——亞利曼溫泉是混浴。太美妙了。

迷宮都市並沒有混浴的文化，考慮到魔物的威脅，浴場也會建在室內。這才是一般的常識。可是既然來不及蓋起建築物，浴池又只有一個，那有什麼辦法呢？

我是護衛。身為一個護衛，隨時隨地保護瑪莉艾拉的安全就是我的義務。即使地點是在溫泉內，那也是無可奈何的事。

吉克說服自己。

（沒問題。我也準備了泳衣以防萬一。風險管理非常完美……！）

吉克過了太久的艱困生活，腦袋或許已經有點不正常了。他的視野狹窄，而且也搞錯了風險的定義。不管怎麼想，泳衣都跟瑪莉艾拉的人身安全沒有關係吧。吉克的揹架裡到底放了什麼呢？

瑪莉艾拉的安全當然是吉克最優先考量的事。他在前一天往返過通往亞利曼溫泉的路，確認路線是否安全，而且也把能在冬天的山上露宿野外的用具連同瑪莉艾拉一起揹了過來，以防萬一。他所帶的東西可不只有泳衣。

或許是因為迷宮討伐軍會定期往返亞利曼溫泉，路上幾乎沒有出現魔物。溫泉附近的山中小屋現在似乎有管理人常駐，從遠處就能觀察到人的動靜。周圍的樹木跟以前相比已經被砍掉不少，應該不缺柴火等燃料，因此確認過狀況的吉克認為帶瑪莉艾拉過來也沒有問題。

所以最後的障礙就只剩下如何在不被他人發現的情況下開始這趟溫泉旅行。吉克無論如何都想跟瑪莉艾拉一起來泡溫泉。可以的話，最好是兩人獨處。

「就快到了呢，吉克。附近沒有魔物。」

「是啊……」

吉克用見到礙事者的厭惡表情回應林克斯。

吉克的可疑企圖根本不可能順利得逞，馬上就被林克斯發現，一起跟了過來。真不愧是黑鐵運輸隊的斥候。吉克用盡渾身解數的情報操作被林克斯一眼看穿，讓這趟溫泉之旅變成了三人行；不過也因為允許林克斯參加，才得以澈底排除其他的礙事者，所以也不是不能接受。況且有林克斯在也能讓氣氛更加熱絡，瑪莉艾拉一定也會變得更加開放。只要穿著泳衣，感覺就和海水浴沒有什麼不同。既然能自然地說服她混浴，這樣也很美妙。

雖然直接遞出泳衣，堂堂正正地邀請瑪莉艾拉一起泡溫泉，她應該也會馬上答應，吉克卻似乎很想珍惜「因為出乎意料的發展而只好混浴」的情境。林克斯也贊同這個方案，他們倆的思路實在令人擔心。

事後才聽說的愛德坎恐怕會悔恨得哭泣，但名叫娜塔莎的針猿已經不在這座山上，所以只好請他放棄了。

「瑪莉艾拉，瑪莉艾拉，我們到了。」

吉克呼喚睡在自己背上的瑪莉艾拉，溫柔地叫醒她。

「山路上很冷吧。我們快點去泡個澡吧。」

吉克也不忘這麼說，說服她去泡溫泉。完全沒發覺吉克正在偷偷執行一些無聊策略，瑪莉艾拉一醒來就離開吉克的揹架，滿心期待地快步朝山中小屋奔去。

「不好意思～！」

「哦，歡迎歡迎～這裡才剛開始對外公開，可能還缺了點什麼，不過溫泉真的很不錯，請慢慢休息吧～」

一對矮人老夫妻從山中小屋走出來，歡迎瑪莉艾拉等人。

「房間在這邊喔～」

說著，矮人婆婆走出吉克和林克斯以前住過的山中小屋，往森林的深處走去。見到這個情況，林克斯發問：

「咦？不是住這個山中小屋嗎？」

「這裡是咱們住的地方。要招待客人，這裡住起來不太舒適啦～所以俺在後面蓋了一棟旅館。」

即使老了，矮人還是矮人。吉克等人明明才離開亞利曼溫泉沒有多久，森林深處卻已經用圓木材蓋了一棟氣派的住宿設施。

（喂，吉克，我可沒聽說啊。）

（我昨天來探勘時只有從遠處確認山中小屋而已，所以沒發現。沒想到能在這麼短的期間蓋好房子……）

和瑪莉艾拉一起跟著矮人婆婆向住宿設施走去，吉克與林克斯偷偷交頭接耳。

這恐怕不是什麼好兆頭。在亞利曼溫泉對付針猿所磨鍊出來的直覺，正在對他們倆敲響警鐘。

「這邊是女湯，那邊是男湯喔～雖然是木造，但也是我家那老頭蓋的堅固房子，什麼危險也沒有～小姐也能放心入浴喔～」

（果然……！）

聽到矮人婆婆的說明，吉克和林克斯失望地摀起臉。他們的混浴之夢一抵達亞利曼溫泉便宣告破碎。直到最後一刻都沒料到這種發展的吉克所受到的傷害特別大。背上的行李彷彿變得比原來還要沉重兩倍。

瑪莉艾拉沒有發現兩人的異狀，對婆婆的說明發出「哦～」的感嘆。

「可是，這裡應該已經沒有針猿了吧？」

瑪莉艾拉認為危險＝魔物，對同行的兩個人沒有絲毫懷疑的模樣進一步刺痛了吉克與林克斯的良心。

「是啊。可是因為沒有了針猿，偶爾會有些弱小的魔物出沒啦～不過我家那老頭會解決魔物的～而且今天還有一群可靠的客人來，各位可以安心住宿喔～」

婆婆一邊這麼閒聊，一邊打開大得能供數十人居住的圓木建築的門。裡頭好像已經有訪客，宴會的喧鬧聲傳來。

「哦，等你們好久啦！酒都喝完了，我們正傷腦筋呢！」

朝陽從門的另一頭照射過來。不，不對。雖然不對，但也沒人想訂正。

這已經是某種套路了。幾乎可以說是形式美的一種既定模式。

就算說是想要和自己在意的女孩開心地來一趟外宿旅行的青年必經的過程也不為過。雖然受到最大傷害的吉克已經完全是個大人了。

「啊，光蓋先生也來啦。」

「是啊！我和冒險者公會的人一起來辦員工旅遊啦！」

看來任性地吵著要去泡溫泉的人並不只有瑪莉艾拉。

「因為會長在天亮前跑來突襲我們的宿舍，所以我們這麼早就到了。」

「而且才剛過中午就把酒都喝光了。」

「啊，請放心。要是他開始大鬧，我們會把他捆起來丟出去，不會給各位添麻煩的。」

「雖然會長很吵，但這裡的溫泉真的很不錯。這個星期都住在公會加班，總算值得了。真想快點把會長灌醉，慢慢享受泡溫泉的樂趣。」

一進門就能看到大廳，裡頭有冒險者公會的一群幹部一邊隨便搭理光蓋，一邊享受著宴會。有人直接說出了心聲，這似乎是不講究禮節的隨興宴會。不，看起來沒怎麼醉的光蓋只是一笑置之，或許這就是他們一貫的相處模式吧。

「話說回來，我們已經沒得吃了嗎？」

平常總能吃兩人份的林克斯發出悲痛的哀號。他的胃也同時發出哀傷的叫聲。不管是混浴還是三人一起笑鬧的歡樂夜晚，他們的夢想已經完全破碎了。至少也要享受到宴會樂趣。

「你在說什麼啊？你們不是運過來了嗎？」

聽到光蓋這麼問，吉克馬上放下揹架，確認裡面堆放的行李。

「這……這是……！」

竟然有這種事。準備得萬無一失的「和瑪莉艾拉一起遇難也沒問題套組」已經被替換成

大量的酒和起司、培根等加工食品或蔬菜。裡面當然也沒有泳衣。

「啊，真是幫了大忙～你們把我們向迷宮討伐軍的人訂購的東西送來啦。我家那老頭獵了很多肉，我馬上做成料理送來～」

婆婆笑咪咪地從吉克的揹架裡取出食材，光蓋等人則馬上拿走酒類。

「東西是什麼時候換掉的……」

「應該是你昨天來探勘的時候吧？」

的確，比起搬運大量的備用物資，和光蓋等人在同一天來到亞利曼溫泉還比較安全。只要讓吉克和林克斯運送光蓋等人需要的酒和糧食，應該也沒有多少人會懷疑瑪莉艾拉為何能在亞利曼溫泉對外開放的早期就來到這裡。表面上來舉辦溫泉旅行的是冒險者公會的幹部一行人，而瑪莉艾拉他們就只是送貨員罷了。

「我真是太天真了……」

這幾天的高昂情緒消失得無影無蹤，受到身為管理人的矮人婆婆催促，跟林克斯一起被帶到兩人房的吉克隨後進入男湯，泡在有點深的溫泉裡抱著膝蓋，默默地從水中吹出泡泡。

「浴池好大喔！我還可以游泳呢！」

「哦～瑪莉艾拉，妳沒有在水裡睡著啊～真了不起。」

「我……我才不會睡著呢！在泡澡時睡著是很危險的！……我已經不會再睡著了啦。」

心滿意足的瑪莉艾拉被林克斯捉弄了一番。

「機會難得，我們來玩遊戲吧！」

「聽起來很有意思嘛！」

林克斯的提議莫名得到光蓋的附和，於是眾人開始玩起腕力比賽，猜猜盒子裡有什麼，或是其他人當場想到的遊戲。矮人婆婆做菜的手藝很好，她以山林野味為主，端出許多迷宮都市很少見的矮人料理來招待客人。其中有好幾道肉類料理，對此大為滿足的瑪莉艾拉心想師父說得一點也沒錯，亞利曼溫泉果然是湯池肉林的樂園。

「我還是第一次跟這麼多人一起玩！吉克、林克斯，謝謝你們帶我來！」

「既然瑪莉艾拉這麼開心，我也很高興。」

雖然自己的策略全都失敗了，瑪莉艾拉開心的模樣還是讓吉克覺得有了回報。

「也對啦～某人就只會在吉克背上睡覺而已嘛～完全就是被帶來的狀態嘛～」

「回程時我會自己走啦！」

亞利曼溫泉的快樂夜晚一直持續到將近黎明時分。

而玩累的瑪莉艾拉在回程時也和行李一起待在吉克的揹架裡，搖搖晃晃地在歸途上前進。

「雖然和當初的預料差了很多……但還滿開心的。」

「是啊。改天再來吧。一樣是我們三個人。下次你一定要找我喔，吉克。」

林克斯笑著這麼回應吉克的感想。

第二章

黑色惡魔

Chapter z

01

「瑪莉艾拉，地下室太冷了。休息一下吧。」

吉克前來呼喚在地下室工作的瑪莉艾拉。瑪莉艾拉在小型的暖氣魔導具旁專心工作，手指已經冷得產生了紅腫的凍瘡。

瑪莉艾拉在暖爐前摩擦雙手取暖。

在遞出熱可可之前，吉克把從地下室拿來的低階魔藥交給瑪莉艾拉。只要把魔藥塗在指尖，就能立即治好凍瘡。瑪莉艾拉用手沾取剩下的魔藥，塗在臉和頭髮上。

「由下往上～由下往上～拉提～」

在帝都等能夠便宜買到魔藥的地區，這是很常見的景象。

魔藥能治好傷口。肌膚乾燥也是輕微的皮膚損傷，所以能用低階魔藥治好。只要是沒有經濟困難的家庭，有小孩子受點小傷時就會用低階魔藥療傷，而剩下的魔藥經常會被母親拿去當作美容保養品塗在臉上。

當然了，平民的生活並沒有富裕到可以每天使用魔藥，所以市面上也會販售平常使用的保養品。低階魔藥就是所謂的特殊護理。

「來，吉克也用一些吧。你臉上的傷痕都沒有消失呢。」

瑪莉艾拉這麼說著，把低階魔藥倒到吉克手上。

「這個傷痕消失就太不自然了。我反而很慶幸它能留下來。」

吉克一邊這麼回答，一邊把魔藥塗在跟尼倫堡訓練時所受的擦傷上，然後把裝著熱可可的杯子遞給瑪莉艾拉。

皮膚擦了低階魔藥後變得光滑的瑪莉艾拉把臉湊近冒著陣陣熱氣的杯子。

熱呼呼～滑溜溜～

看起來簡直像一顆剛剝好的水煮蛋。今天的瑪莉艾拉也很能凸顯食材的原味。

有暖爐的客廳現在放著長椅和一組單人椅、桌子和幾個家具。這些東西都是在吉克等人出發去亞利曼溫泉後不久便舉辦的家具市集購入的。每款家具都是由瑪莉艾拉發掘，由雪莉檢視設計，由凱羅琳評鑑品質，再由安珀殺價的珍品。因為她們狩獵良品的眼光太過精準，甚至有人邀請她們四個人一起成為家具商人。

雖然都是些貴族家庭淘汰掉的物品，造型卻都在沉穩中帶點可愛，與「枝陽」客廳非常搭調。雖然全都來自不同地方，並非同一套家具，同樣的色調和風格卻能營造統一感，可說是搭配得相當巧妙。原本用來代替桌子的木箱已經退役，在地下室執行身為箱子的職務。

「我在家具市集有點花太多錢了。你說可以在你出門的期間用的錢幾乎都被花光了～」

連餐費都花掉的瑪莉艾拉在吉克不在的期間，似乎都只吃冷凍魔導具裡保存的半獸人肉和藥草園的藥草，還有梅露露姊送來給大家「試吃」的點心。

「那本來就是妳的錢，妳有需要時明明可以拿出來用的。」

「這麼說也沒錯啦。話說回來，這椅子就跟凱兒小姐家的椅子一樣軟綿綿的呢～」

瑪莉艾拉高興地笑著，在長椅上彈跳幾下。

吉克並不知道，今天是瑪莉艾拉第一次在這個長椅上跳得這麼高。

瑪莉艾拉跳啊跳，然後沮喪起來。

就算在椅子上亂跳也不會有人嘮叨的「枝陽」，一個人住起來實在太寬敞了。

在吉克等人前往亞利曼溫泉的期間，客人和尼倫堡都離開後，瑪莉艾拉會喊著：「史萊肯～我跟你說喔～」然後帶著點心盒窩在工房裡，一邊和瓶中史萊姆(合成生物)——史萊肯說話，一邊吃著點心做魔藥。

雖然在家具市集花了不少，瑪莉艾拉卻也不是沒錢。或許是因為一個人做晚餐來吃太寂寞，或是單純嫌麻煩。瑪莉艾拉並不會主動提起。不過只要她說「吉克泡的熱可可真好喝，我還要再加一個棉花糖」，吉克就會碎碎唸著「……這樣會太寵嗎……只有今天而已喔」，然後在杯子裡追加棉花糖。與這樣的吉克一起度過的時光充滿了溫暖。

瑪莉艾拉十分珍惜終於回歸的溫暖日常。

「對了，妳這次做的東西是什麼？」

瑪莉艾拉吹動熱可可裡的追加棉花糖，吉克帶著靦腆的微笑向她這麼問道。

「嗯。人家說想要大量的殺蟲特化型魔藥。」

瑪莉艾拉剛才一直在地下室做的東西就是殺蟲特化型魔藥。不只份量多，材料也很重，還會製造出很多史萊姆槽（垃圾桶）無法處理的垃圾，所以才會在地下室處理，而不是搬到工房。

02

事情要追溯到吉克等三人在亞利曼溫泉努力修行的時候。

即使沒有要訓練吉克，尼倫堡還是會一大早就來到店裡，在開門前的短暫時間向瑪莉艾拉提出一些魔藥相關的問題，或是確認瑪莉艾拉的身體狀況。

例如「有沒有能殺蟲的魔藥？」之類的問題。

因為過去接到的訂單都是對人類有效的魔藥，所以聽到尼倫堡的問題，瑪莉艾拉歪起頭說著：「蟲……？」思考了一陣子才回答。

「除蟲和殺蟲的都有喔。可是使用的材料會根據蟲的種類而不同。最具代表性的殺蟲魔藥大概有五種吧。而且很有效的魔藥也只是中階，所以我不知道對魔物能有多少效果。」

瑪莉艾拉在兩百年前住的小屋位於魔森林之中，所以有很多蟲子。為了防止牠們破壞藥草田或是跑進小屋內，幾種除蟲或殺蟲藥是必需品，不過城市裡大概也會出現一些其他的種類。最具代表性的五種魔藥應該能網羅大部分。

「嗯。這樣啊。」

交談結束後，尼倫堡寫了一封信交給來接受診療的士兵。而到了晚上，前來交易魔藥的馬洛就提出了「瑪莉艾拉小姐，下次請妳準備五種殺蟲魔藥各十瓶」的訂單。

雖然要求黑鐵運輸隊簽訂保密契約的是瑪莉艾拉，所以她也沒有資格抱怨，但這種做法實在是很多此一舉。尼倫堡當場下訂就可以早點開始動工了。

因為尼倫堡到現在還會強調「帝都的鍊金術師」，所以瑪莉艾拉甚至心想「他該不會是真的以為我是帝都的鍊金術師吧？」，同時開始製作五種殺蟲特化型魔藥。

瑪莉艾拉繳交殺蟲魔藥的幾天後，接到了其中一種魔藥的大量訂單。

（偏偏是這種？嗚哇，糟透了！）

瑪莉艾拉從獲選的魔藥得知了目標害蟲的種類。

聽到馬洛說魔藥非常有效，瑪莉艾拉一邊安慰自己「魔藥有效還算是好的」，一邊對大量的訂單表示「訂單的數量應該沒有寫錯吧？」確認是否有誤。

（到底是哪裡出現了這麼多？也要在「枝陽」撒一些藥才行！）

需要如此大量魔藥的狀況讓瑪莉艾拉臉色發白。

瑪莉艾拉覺得昆蟲能和人類共存，是因為昆蟲體型很小的關係。

（因為仔細一看，牠們的長相真的很噁心。）

其中並沒有學術上的理由，完全是基於個人好惡。

有些蟲有很多眼睛，有些蟲有很多隻腳。還有些反而讓人看不出眼睛和手腳在哪裡，長得像毛毛蟲的種類。就算想仔細觀察牠們長什麼樣子，有些卻動作快得讓人無法確認，有些則是仔細觀察後還是令人一頭霧水。

而且壓扁還會流出汁液。

不過從昆蟲的角度來看，牠們可能會有「動物體內的汁液還比較多吧！」的想法。肢解動物和可供食用的魔物時，確實會流出大量的血液。雖然過程令人不太舒服，噁心感卻是來自疼痛和殘酷的印象，跟昆蟲流出汁液的噁心感是不同的；瑪莉艾拉的腦中浮現某種昆蟲，這麼想著。

有種概念稱為七宗罪。「暴食」、「色慾」、「貪婪」、「憤怒」、「傲慢」、「嫉妒」、「怠惰」會引誘人們誤入歧途。既然如此，牠們距離罪惡應該是最遙遠的。

因為牠們不會暴食，懂得節制。即使是極少量的食物殘渣，甚至稱不上是食物的垃圾，牠們都能吃下肚。而且牠們只靠著少得驚人的糧食就能夠維繫生命。

因為牠們的色慾淡薄，甚至能以純潔來形容。只要有三隻以上的雌蟲就能自行生殖的生物不可能犯下為色慾自取滅亡的愚蠢行為。

因為牠們並不貪婪。牠們只想要些微的溫暖，本性謙虛。牠們肯定會彼此施捨微不足道的溫暖。

因為牠們不會被憤怒沖昏頭，隨意攻擊人。據說牠們偶爾主動靠近的行為是為了活下去而冒險，是一種充滿智慧的策略。和散播疾病的昆蟲相比，牠們可說是慈悲為懷的生物。

因為牠們並不怠惰。牠們會整晚埋頭苦幹，懂得勤勉才能獲得糧食。

因為牠們離嫉妒十分遙遠。牠們身著喪服般的簡約黑衣，頑強求生的模樣可說是忍耐的化身。

因為牠們總是在傲慢的人類身邊偷偷延續生命。或許是知道自己不受歡迎，雖然沒有人能推知其心境，但牠們那避人耳目，甘願活在陰影之中的生存方式即使評為謙讓的美德也不為過。

牠們明明具備以上的美德，人們有時卻以「黑色惡魔」來稱呼牠們，蔑視牠們。

03

「咿呀啊啊啊！出現啦——！」

別說出現了，這裡本來就是牠們的巢穴。牠們一定很想主張迷宮討伐軍才是真正的入侵者。或許是牠們天生必須探索及破壞的怨念使然，迷宮第五十五樓的「黑色惡魔」非常龐大又強壯，極為難纏。

「嗚嗚嗚啊啊啊啊！不要過來——！火牆！」

陷入恐慌的魔法師放出的火魔法延燒到「黑色惡魔」身上。延燒到油亮表面上的火在轉眼間猛烈燃燒，化為一顆火球的「黑色惡魔」彷彿沒有受到任何傷害，帶著火焰繼續四處亂竄。

體長超過一公尺的「黑色惡魔」猛烈燃燒著亂竄的模樣能不由分說地吸引人的目光。因為體型大得莫名，翅膀的質感和腳的動作、腳上的毛都很清晰。迷宮討伐軍的士兵都擁有優秀的體能，動態視力也很發達，能夠仔細看清敵人的細微動作。

「啊，飛起來了。」

嗡嗡嗡嗡嗡。

「撤退！撤退——！」

帶著火焰亂竄的「黑色惡魔」終於進化為飛翔個體。

I can fly。我就是這座大森林的王者。

燃燒中的「黑色惡魔」在迷宮第五十五樓的大森林自由自在地飛翔，使大森林在轉眼間化為一片火海。維斯哈特之所以頹然倒地，不知道是因為被煙霧包圍，還是因為「黑色惡魔」呈現的視覺效果。迷宮討伐軍的所有人逃往上方的樓層時，第五十五樓已經籠罩在烈焰之中。

「馬上點名！快點治療傷者，不，連精神狀態是否穩定也要確認。」

聽從萊恩哈特的號令，配屬到各隊的治癒魔法師都陸陸續續聚集過來進行報告。

「身體損傷已全數治療完畢。沒有問題。不過……」

「好可怕好可怕好可怕好可怕好可怕……」

「牠們竟然……竟然還會飛……」

好幾名士兵抱著頭或膝蓋蹲坐在地上，不斷喃喃低語。

「又來了……」

自從來到這個樓層，需要休養的士兵就愈來愈多了。

討伐「海中浮柱」之後已經超過一個月，受到黑色新藥影響的士兵也治療得很順利。

可是五十五樓的攻略是困難重重，雖然迷宮討伐軍沒有受到嚴重的傷害，至今卻仍找不到打破僵局的契機。看到日漸憔悴的弟弟維斯哈特，萊恩哈特感到愈來愈焦急。從以前開始，這個弟弟最討厭的東西就是蟲子了。

在亞格維納斯家的地下室沉睡的鍊金術師即使從假死睡眠中甦醒也極為短命，據說他們都是在魔力耗盡或過勞的狀況下化為鹽堆而死。沒有人能保證與地脈締結契約的最後一個鍊金術師不會如此。自從那起事件發生以來，軍方就嚴格規定不同程度的傷勢要使用適當的魔藥來治療，也儘量訂購低階或中階的魔藥來減輕鍊金術師的負擔，甚至請尼倫堡診斷其魔力是否有混亂等異常，並頻繁贈送營養價值高的點心。多虧了這些對策，據說她的血色漸漸變得愈來愈好。

雖然為了儘量避免造成鍊金術師的負擔，迷宮討伐軍一直都在嘗試獨自討伐「黑色惡魔」，但似乎已經到了極限。考量到過去花了兩百年的歲月才抵達五十二樓，這幾個月的攻略速度已經可以說是快得異常。不過狀況依然不容許他們掉以輕心。

「聯絡尼倫堡。」

萊恩哈特決定投入魔藥。幾天後送到的五種殺蟲特化型中階魔藥的其中一種發揮了驚人的效果，使維斯哈特奇蹟似的復活。他的眼神有點恐怖，或許是往出乎意料的方向成長了。在進化後的維斯哈特的主導之下，迷宮第五十五樓的討伐逐漸發展成一場大規模的殲滅戰。

04

第五十四樓——「海中浮柱」的討伐結束後便馬上探索完五十五樓的斥候這麼報告：

「第五十五樓是溫暖且綠意盎然的大森林，並未發現具攻擊性的魔物。」

雖然踏進五十五樓的先發成員心想豈有此理，那裡卻正如斥候的報告所言，是個綠意盎然，四季如夏的大森林。森林中隨處都綻放著五顏六色的花朵，樹上還結有散發甜美香氣的果實。此刻這裡有一大群人類。如果這裡是魔森林，應該很快就會有大量的魔物湧來，但卻只見飛舞的蝴蝶和吸食樹汁的昆蟲，並沒有魔物出現。

迷宮外的季節是冬天。五十五樓的自然環境既溫暖又豐饒，使一名放鬆警戒的士兵忍不住將手伸向一旁的樹木果實。那是在迷宮都市的批發市場也看得到的高價水果。果實帶著光澤和鮮豔的色彩，已經熟透。薄薄的果皮應該包裹著金黃色的香甜果肉和滿滿的果汁吧。

迷宮中雖然有魔物出沒，卻生長著適應該樓層氣候的植物，也會結出果實。雖然不知理由為何，可食用的植物都是樓層愈深就愈美味，目前最深的這個樓層所結出的果實想必十分可口。

「喂，現在還在執行作戰計畫呢。別鬧了。」

同伴還來不及阻止，摘下果實的士兵就被溢出糖蜜般的誘人香氣吸引，連皮都沒剝就一口咬下果實。

滋沙沙沙沙噗啪啪啪啪。

鑽進果實中啃食金黃色果肉的東西大量湧出。

「咿啊！哦噁！噁！噁……咿！咿啊啊啊啊啊啊啊啊啊啊啊啊……」

士兵趕緊吐出口中的果實。好幾隻看似黑色豆子的蟲從他吐出的果肉中掉出，迅速鑽進草叢裡。牠們在剛才拿著果實的手和啃咬果實的嘴巴周圍爬行，然後經由脖子、身體，從衣服和鎧甲的內側往外逃竄。

「嗚…………咿咿咿咿咿…………」

士兵翻起白眼，當場昏厥。

他就是第五十五樓的第一個陣亡者。所幸他已經吐出所有果肉，肉體並沒有損傷，但卻需要長期的治療（心理諮商），即使回歸戰線也無法再踏入五十五樓，甚至不敢再吃任何水果。雖說無可厚非，這場惡夢的開端卻也太過悲慘了。

第五十五樓是「黑色惡魔的森林」。

愈是探索，其全貌就愈是明朗。好幾隻長達一公尺的「黑色惡魔」開始現身。

士兵吃進嘴裡的東西肯定是「黑色惡魔」的幼蟲。

斥候的報告並沒有錯，這裡不存在具攻擊性的魔物。長達一公尺的「黑色惡魔」雖然是魔物，卻不會攻擊人。牠們會用非常像蟑螂的動作四處亂竄，以扁平的身體鑽進草木或岩石的縫隙，消失無蹤。不管身體變得多大，牠們的習性都沒有改變。牠們只會在第五十五樓吃著水果和落葉，躲在陰暗處靜靜生活。或許是因為這個森林有豐富的營養，牠們才能成長到長達一公尺的大小。

而根據維斯哈特的推測，牠們就是第五十五樓的樓層主人。除非將牠們一隻不剩地澈底消滅，否則通往下方樓層的門都不會開啟。

每一隻「黑色惡魔」的攻擊力都不強。真正可怕的是牠們的防禦力和體力。牠們對任何魔法都具有抗性，即使受到其他魔物早就無法抵擋的攻擊也不會死，就算頭部被打爛也能暫時繼續活動，這到底是什麼生物？斥候部隊的馭蟲師曾經眉飛色舞地說過「牠們有多個腦和心臟喔」，而聽聞此事的迷宮討伐軍士兵全都露出了深惡痛絕的表情。

即使如此，單論個體的強度，只要在封閉的房間裡多花點時間，C級冒險者也能一對一打倒牠們。

金獅子將軍萊恩哈特所率領的迷宮討伐軍確實能打倒牠們。

只要「黑色惡魔」不逃跑的話。

跟牠們相比，就連數量多得煩人，總是不斷襲擊人類的魔森林魔物還比較可愛。「黑色惡魔」會用強烈引人注目的顏色、形狀、動作來發動視覺攻擊，並用爬行時的沙沙聲來發動聽覺攻擊。這肯定是超越魔法範疇的某種深奧且高超的精神攻擊。可是牠們到底為何要逃？這就是所謂的且戰且走兵法嗎？

維斯哈特在會議室用盡各種詞彙咒罵牠們的行為就跟肇事逃逸一樣惡劣，卻想不出能夠打破現狀的好主意。

熱水對防禦力特別強的「黑色惡魔」無效，採用女性士兵說清潔劑很有效的意見而想出的肥皂水之雨作戰也被大森林的樹木遮擋，對躲進樹葉之間的「黑色惡魔」無效。結果就只是看到「黑色惡魔」得意洋洋地在泡泡隨風飛舞的夢幻景象中翱翔天際的詭異畫面而已。雖然「枝陽」等販售肥皂的店家趁機小賺了一筆，迷宮討伐軍卻受到莫大的精神損害。

失去耐性的維斯哈特也曾經率領魔法師把整個樓層焚燒殆盡。在熊熊燃燒的烈火前放聲大笑的維斯哈特看起來非常嚇人，使萊恩哈特忍不住心想「不知道誰才是惡魔」，但森林竟然到了隔天就已經恢復原狀。「黑色惡魔」當然也一樣。

不，應該不是完全恢復原狀。森林裡已經沒有果實，「黑色惡魔」也只剩下小了一號的個體。可能是糧食不足，「黑色惡魔」甚至趁著迷宮討伐軍對再生後的大森林目瞪口呆時跑去偷吃軍糧。

「恐怕是蟲卵藏在岩石下或土壤中，躲過火災後孵化，並且迅速成長的個體吧。真是強韌的生命力。太了不起了。」

馭蟲師由衷表示讚嘆。如果牠們不是樓層主人，這名馭蟲師搞不好會提議捕獲牠們。發現正在大吃軍糧的「黑色惡魔」時，維斯哈特不發一語地對馭蟲師連同「黑色惡魔」一起施放火魔法，於是這一天的迷宮討伐軍也只好撤退。

（這次也全部燒光了嗎？下次可要留意軍糧的管理……）

萊恩哈特在迷宮討伐軍基地的個人辦公室裡疲憊地按著眼頭。

包括「海中浮柱」，近來面臨的樓層似乎都不是為了殲滅迷宮討伐軍，而是要防止他們的攻略，藉此爭取時間。特別是「黑色惡魔」，牠們既頑強又會四處逃竄，就算像今天一樣對整個樓層放火，到了隔天也會重新再生。所幸士兵並沒有因為缺氧而倒下，但更重要的是這次維斯哈特的狀態相當不妙。面對他最討厭的蟲子，而且還是「黑色惡魔」，他應該非常勉強自己。他已經漸漸變得和以前判若兩人。

馬洛把瑪莉艾拉的殺蟲特化型魔藥帶來時，維斯哈特甚至說著：「我等你好久了，馬洛！那就是能殺掉牠們的藥嗎！」用光芒銳利的眼神逼近馬洛。

「是的。這上面寫了建議的使用方式。」

因為維斯哈特的激動態度而不禁後退一步，馬洛把殺蟲特化型魔藥連同瑪莉艾拉寫的說明書一起遞給他。殺蟲特化型魔藥似乎要根據目標昆蟲的種類來改變使用方式，有些是混入誘餌中，有些是像焚香一樣用火燒，有些則是加進水中再噴霧。

「呵……呵呵呵呵……這麼一來……馬上開始準備！基地內應該能湊齊材料！一定要趕上明天的討伐！距離天亮還有六刻鐘之久呢！」

一字一句仔細熟讀殺蟲特化型魔藥的說明書之後，維斯哈特一臉理所當然地命令部下徹夜工作。

「是！」

不過親信一接過說明書和殺蟲特化型魔藥，馬上就為了處理這個緊急且重要的案件而轉身離去。想到因「黑色惡魔」而身心俱疲，甚至散發殺氣的維斯哈特，熬夜根本沒什麼大不了的。看到他眼睛下的深深黑眼圈就知道，他睡得比任何人都少。對性情大變的維斯哈特感到擔心的人，似乎不只有身為哥哥的萊恩哈特。

『我們也會努力的，請您多少睡一下吧。』

不知道是士兵的這個願望感動了上天，或是單純因為魔藥的效果好。隔天「黑色惡魔」吃了添加五種魔藥中的其中一種的誘餌，馬上停止活動，沒有留下卵就消失的報告傳進了維斯哈特的耳裡。

「馬上量產！從第五十五樓的面積試算出牠們的最大棲息數！我要殲滅牠們！」

眼睛下帶著深深的黑眼圈，大叫著「殲滅牠們，掃蕩牠們，一隻也別想活下來」的維斯哈特簡直就像個瘋狂的獨裁者。不將牠們完全消滅就無法攻略五十五樓，所以這也沒辦法。而且對手是「黑色惡魔」，雖然這樣的說法並無不妥……

「維斯哈特，你去睡一下。」

對神情異常的弟弟感到擔心的萊恩哈特甚至動用將軍命令，哄維斯哈特上床睡覺。

（要不是因為對方是樓層主人，即使是「黑色惡魔」，我也不想毒殺不會攻擊人的生物……）

對「黑色惡魔」的外表沒有什麼感想的萊恩哈特稍微有點同情因外表而遭受厭惡的「黑色惡魔」，但面對為了打倒「黑色惡魔」而激動得陷入狂亂狀態的迷宮討伐軍，他卻還是嚴肅地下達了命令。

05

「咦～又要那麼多。沒有吉克在，沒辦法啦～」

「比起為做不到的事找藉口，不如來想想做得到的方法吧。」

瑪莉艾拉口口聲聲說不行，馬洛則態度堅決地這麼勸告。雖然很像是能幹的上司會說的話，對瑪莉艾拉卻沒有效果。

瑪莉艾拉想要的是有人在自己疲累時泡杯熱可可，一起做飯吃，或是在自己做蠢事時出言勸阻。

簡而言之就是裝傻時有人吐槽，所以搭檔不在身邊，只能一個人不斷耍天然呆的瑪莉艾拉心情非常不好。她已經是個滿口不行的沒力艾拉了。簡直就像是退化成一個遇到什麼事都任性地喊不要的兩歲兒童。

「用史萊姆的酸等素材處理過的硼索石是其中一種原料，為了取得魔藥需要的成分，需要五倍到十倍的硼索石。那麼重的東西，我一個人搬不動啦。而且還需要適合當誘餌的團子樣本嗎？團子這種東西，要是我不小心吃掉怎麼辦嘛～」

如果這時候有人能吐槽「不，妳別吃不就好了嗎？」，瑪莉艾拉的心情還能多少變好一點，馬洛卻只會低聲說：「對人類也有毒嗎……」

「那麼，既然硼索石的處理不會用到『生命甘露』，就外包給別人處理吧。至於誘餌也只要提供配方，再根據配方採取外包製造的形式好了。」

馬洛一心只想減輕瑪莉艾拉的負擔並幫助日漸崩潰的維斯哈特，很理性地推動工作的進度。

「我明天會把扣除外包費用後，這次的估價單帶來。」

雖然馬洛這種從頭到尾維持工作模式的態度等於是給了瑪莉艾拉最後一擊，他卻絲毫沒有任何惡意。多虧如此，直到隔天和凱羅琳等人邊吃點心邊閒聊為止，瑪莉艾拉的嘴角都維持著下垂的角度。

聽說「鍊金術師心情欠佳」的緊急報告，維斯哈特對「枝陽」追加更多點心；而尼倫堡接獲「討對方歡心」這個最不擅長的命令，即使看到瑪莉艾拉貪吃零食也只好放任。會吵的沒力艾拉有糖吃，可見迷宮討伐軍管理體制的弱點就在這裡。

自從吉克等人前往亞利曼溫泉，瑪莉艾拉不只是愈來愈常氣得鼓起臉頰，體型也漸漸鼓了起來。愈來愈讓人搞不懂究竟是生氣還是浮腫的瑪**肉**艾拉直到吉克等人回來為止，總是一個人貪吃著零食，默默地不斷製作魔藥。

06

在貧民窟的邊緣，接近外牆的某個廢墟開設了一家大型工房。

雖說是工房，卻也是臨時搭建的地方，因此牆壁是由木板構成，地面也還是裸露的泥土地。這裡並不符合迷宮都市的建築標準，所以不能供人居住。即使是在貧民窟，外牆附近靠近魔森林的地方也不會有人想住，所以正好能取得寬敞的土地面積。

這個工房裡堆放著迷宮討伐軍從亞利曼溫泉周圍挖掘到的硼索石和史萊姆溶液、多種藥品，還有氣味濃烈的食材。處理這些材料的工作似乎都已經分配好，有些人坐著用鎚子把硼索石敲碎後倒進桶子裡，有些人把桶子搬到指定的地方。有人正在謹慎地把搬來的硼索石粉末加進裝著史萊姆溶液的水槽裡，也有人用冷卻魔法替水槽降溫。

雖然統稱為史萊姆溶液，野生史萊姆吐出的溶液卻混合著各式各樣的成分。只要用特定的飼料餵食調教過的史萊姆，就能取得純度高的單一溶液。運送到這個工房的是用蛋和氣味濃烈的蔬菜、在溫泉取得的黃色粉末來餵食的史萊姆吐出的溶液，具有碰到水就會發熱的性質。硼索石看似乾燥的礦物，用史萊姆的酸溶解卻會產生水，溶解時也會發熱。大量添加或是添加後放著不管，水槽就會變成高溫的危險狀態，所以過程中要一邊用魔法冷卻一邊作業。

溶解後的液體包含了需要的成分和不需要的成分，過濾後還得利用溫差使其分離，這個步驟容易讓旁人看得一頭霧水。若是有高等級的鍊金術技能和足夠的魔力就能大量生產，但不使用技能的話，就得經過許多複雜的步驟，也需要很多的設備和人手。

指揮並監督這些複雜作業的人是曾經在亞格維納斯家參與新藥製造過程的技術人員。他們多半是在帝都累積不少經驗的鍊金術師，所以即使無法在迷宮都市製作魔藥，他們的知識也能派上用場。而在工房裡工作的人之中，有一半都是以前被當作紅色新藥的**原料**，後來倖存下來的人。

在工房的角落，凱羅琳與其父親羅伊斯正在向魔工技師詢問是否有魔導具能提昇作業效率。這位魔工技師是曾參與「製藥專用攪拌機」開發過程的人，所以也認識凱羅琳，很親切地聽著父女倆的需求。

瑪莉艾拉待在稍遠的地方看著凱羅琳充滿活力地工作的樣子。

因為瑪莉艾拉的抱怨而決定外包的硼索石處理工作與誘餌團子的開發工作，最後是由亞格維納斯家承接。瑪莉艾拉當初聽說這件事時，還緊張地心想自己的任性給凱兒小姐添了麻煩，但凱羅琳卻用有點安心的笑容說：「維斯哈特大人向我們提及這件事，其實幫了我們一個大忙呢。」

在亞格維納斯家的事件發生以後，新藥的製造因此中止。亞格維納斯家過去沒有從事魔藥和新藥販售以外的事業，所以也將失去大部分的收入。

即使如此，也還有收入可供凱羅琳父女與少數家族成員生活下去；可是如果要養活曾參與新藥製造過程的帝都鍊金術師，還有被當作紅色新藥的**原料**但倖存下來的奴隸，就只能消耗現有的財產。帝都的鍊金術師知道了太多新藥的情報，特別是關於「祭品一族」的情報，讓他們回到帝都比待在這裡還要危險許多；而紅色新藥的**原料**會優先採用身體有一部分缺損的人，也因為他們被迫長期臥床，所以肉體極為衰弱。這樣的奴隸根本不可能找到買主。

凱羅琳曾努力想靠賣藥的收入來養活他們，但她一個人的勞力根本無法負擔。

所以能從迷宮討伐軍那裡接到「蟑螂驅除團子」的製造工作，亞格維納斯家十分感激。雖然來自迷宮討伐軍的訂單是一時的，迷宮都市卻也有蟑螂，所以這份工作結束後依然能有一定的收入。即使沒有「殺蟲特化型」的魔藥，只要對象是普通的害蟲而非魔物，光是從硼索石中萃取的成分，應該就能發揮充足的效果；而且製造「蟑螂驅除團子」需要比較高價的硼索石處理設備，所以迷宮都市中並沒有競爭對手。只要用迷宮討伐軍的貨款負擔初期費用，應該能養活帝都的鍊金術師和奴隸。

凱羅琳因為家族的利益而被迫與相差二十歲的男人訂婚，又因兄長犯下的錯誤而取消婚約，在收入銳減的狀態下繼承一家之主的位子，肩負起養活帝都鍊金術師和奴隸的責任。或許是被她那不屈服於逆境的正面態度打動，身為受害者的帝都鍊金術師和奴隸都願意積極協助她。

「驅除團子的製造還順利嗎？」

工房的運作開始上軌道後不久，迷宮討伐軍的副將軍——維斯哈特前來視察凱羅琳等人的工作狀況。

「這不是維斯哈特大人嗎？歡迎您的來訪。硼索石的處理正按照預定計畫進行。團子的成品也很令人滿意。凱兒，妳帶維斯哈特大人去參觀一下。」

凱羅琳的父親——羅伊斯向維斯哈特打過招呼後，吩咐凱羅琳帶領客人。雖然羅伊斯由於瑪莉艾拉的活躍，已經與附身在自己體內的哥哥路易斯分離，漸漸恢復健康，可是因為長年過著臥病在床的生活，目前還是只能坐在輪椅上移動；在到處都堆放著道具或材料的工房內，他行動起來不太方便。

「維斯哈特大人，請走這邊。」

接下任務的凱羅琳開始帶領維斯哈特在工房內四處參觀。維斯哈特問起與生產能力有關的問題時，她也能流暢回答，可見這個工房的事務是由她來掌管。

凱羅琳最後帶維斯哈特來到設於工房內的一個小實驗室。「黑色惡魔」喜歡吃的團子配方就是在這裡進行研究的。

「曾經在帝都當過鍊金術師的瑪莉艾拉小姐也有協助我們調整團子的配方。」

凱羅琳呼喚瑪莉艾拉過來，這麼說明。雖然身分不同，瑪莉艾拉卻是凱羅琳的朋友，也是一起製藥和販售的同伴。開發誘餌團子時，她也幫了不少忙。對瑪莉艾拉來說，自己只是把工作推給凱羅琳，並提供「書庫」裡的情報而已，但凱羅琳卻非常感謝她這個朋友願意在亞格維納斯家陷入困境時鼎力相助。這次為了把瑪莉艾拉的功勞確實報告給維斯哈特知道，凱羅琳才會把她邀請到這個研究室。

聽到凱羅琳的呼喚，瑪莉艾拉**慢條斯理**地走過來，維斯哈特對她說「感謝妳的協助」，表示謝意。工房內有許多人在看著，以迷宮討伐軍的副將軍對民間協助者表示的謝意來說，這已經算是相當鄭重。雖然維斯哈特表現得很平靜，內心卻非常佩服瑪莉艾拉。

（聽說要把硼索石的處理和團子的製作外包給他人時，我還弄不清她真正的意圖……不愧是跨越兩百年時光的聰敏鍊金術師，真是慧眼獨具。竟然為了救濟亞格維納斯家的技術人員和被當作材料的奴隸，讓出殺蟲特化型魔藥的一部分製造工作。這項事業即使沒有殺蟲特化型魔藥，也可以繼續製造家庭用的殺蟲團子。他們完全可以靠這份工作維生。不，不只是他們。如果是這項事業，只要能確保銷路，或許還能僱用貧民窟的居民。）

維斯哈特對滿腦子只想著迷宮討伐，無心顧及亞格維納斯家的自己感到羞恥。在這個工房工作的人大多有身體上的殘缺，卻各自分擔自己能做到的事，進行硼索石的處理。迷宮都市的魔導具普及率很高，也會使用魔導具製造產品。即使如此，「使用技能生產」才是主流，所以由不具備技能的人來做，而且還是分工製造產品的工房是很少見的。

（沒想到這些製造程序也是瑪莉艾拉的提議……）

親眼見到如此新穎的生產方式，維斯哈特對瑪莉艾拉的深謀遠慮懷抱敬畏之情。當然了，瑪莉艾拉根本沒有想那麼多。

「只有一隻手的人沒辦法打碎石頭呢。」

聽到凱羅琳提到這個問題，瑪莉艾拉只是隨口說了：「請能打的人來打，或是用魔導具就可以了吧？只有一隻手的人再去做別的事就好了。」

「……說得也是。那就這麼做吧！」

即使沒有分工的概念，卻還是能從瑪莉艾拉隨便發表的意見來擬訂這張製程圖，凱羅琳可以說是非常適合繼承亞格維納斯家的英才。

（對了～做將軍油的那個時候幾乎都是吉克幫忙攪的呢～因為自己攪太累了。現在有攪拌魔導具，所以很快就能做好了。今晚就用好久沒做的將軍油來烤肉吃好了。）

在凱羅琳身旁想著半獸人肉的瑪莉艾拉或許還算是多少有點貢獻。

對此渾然不知的維斯哈特依然沒有停止誤會。

（和上次見面的時候相比，鍊金術師閣下好像有點，那個，變得比較有福相……這肯定也是出於某種高深的考量。）

維斯哈特不知道對什麼事情應了聲「嗯」，凱羅琳則繼續說明關於殺蟲團子的事。

「團子的樣品已經做好了。我們根據收到的做法為基礎，進行了改良。以普通種類而言，我想這毫無疑問是最好的。」

「嗯，我可以打開看看嗎？」

凱羅琳遞出的廣口瓶裡放著幾個一口大小的團子。一打開瓶子，一股帶有刺激性的氣味便擴散到屋內。這種氣味並不會刺激人類的食慾。甜味中帶著一點臭酸味，像維斯哈特和凱羅琳這種生活起居都有女僕打理的人恐怕不太習慣。

「以這個大小來說，味道相當重呢。」

「是的。牠們會被這種味道吸引，跑來吃團子。」

沙沙沙沙。

就像是要驗證凱羅琳的說明，馬上就有不速之客現身了。牠並不像棲息在五十五樓的魔物一樣有一公尺長，而是非常常見的普通種類。發出的聲音當然也很細微。

可是在迷宮討伐軍擔任副將軍的維斯哈特擁有優秀的聽覺，不可能聽漏這個聲音。日復一日發生在五十五樓的惡夢閃過維斯哈特的腦海。那油亮的可恨光澤彷彿浮現在眼前。維斯哈特沒有動到任何一條臉部肌肉，瞬間定格，卻沒有人發現他的異狀。

（牠出現了。就在斜後方的牆面上。從聲音來判斷，高度大約是離地一點五公尺。進入視野的時間大約還有三……二……）

啪嘰。

就在牠進入維斯哈特的視野前一刻，凱羅琳行動了。她的手上拿著一支具有彈性，類似短馬鞭的工具。皮片的部分比馬鞭更寬，也更大。雖然動作快得不像是貴族千金，凱羅琳卻很柔弱。這一擊並沒有打死牠，只是短暫阻止了牠的行動。

「冰凍。」

凱羅琳接著詠唱冰魔法。雖然威力很小，卻已經足以將牠凍結在冰塊之中。

「讓您見醜了，維斯哈特大人。」

凱羅琳用鞭子的前端靈巧地鏟起被凍結在冰塊中的牠，丟進史萊姆槽，行雲流水般的動作既優雅又可靠。解決掉牠之後，凱羅琳從維斯哈特手中接過裝團子的瓶子，把瓶子蓋好以免引來更多不速之客。兩人的手指在拿瓶子時短暫地互相碰觸，凱羅琳於是微微一笑。

怦怦。

維斯哈特的心中發出某種感情萌芽的聲音。

（這……這是什麼感覺……？）

猛烈跳動的心臟讓維斯哈特不知所措。他自幼便被教導要輔佐兄長，全心全意消滅迷宮。這種感情是他從來不曾體驗過的。

他的哥哥萊恩哈特擁有「獅子咆哮」這個行軍特化型的技能。這類特殊技能比起旁系，比較容易出現在直系，所以休森華德邊境伯爵家會由萊恩哈特的孩子繼承。對維斯哈特來說，這是理所當然的事，他也沒有任何反叛的意圖；可是為了杜絕爭奪繼承權的可能性，直到萊恩哈特的嫡子長大成人以前，維斯哈特都不被允許結婚，甚至也沒有未婚妻。

以迷宮討伐為第一要務，比誰都更了解超越五十層樓的迷宮有多危險的維斯哈特根本無暇沉浸在戀愛中，也覺得需要用贈禮和社交手段討好的貴族千金是很麻煩的對象，所以這樣的安排反而正合他的意。維斯哈特完全把自身的婚姻當作政治的道具，隱約認為萊恩哈特的嫡子長大並正式成為繼承人後，自己大概會基於政治策略的考量而成為某個家族的女婿。

換句話說，兼具相貌堂堂，智慧過人，出身高貴等搶手條件的維斯哈特雖然是個黃金單身漢，卻對戀愛一竅不通。

「您怎麼了嗎？」

察覺維斯哈特的異狀，凱羅琳一臉擔心地注視著他。

（好……好漂亮……）

維斯哈特不禁咬緊牙關。不論何時何地都能完美控制的臉部肌肉，此時卻不聽使喚。他知道自己現在滿臉通紅。凱羅琳本來就是如此惹人憐愛的女孩嗎？

（不行。冷靜一點。我只是一時昏頭罷了！跟其他人比較，冷靜下來！她應該沒有什麼特別之處！）

維斯哈特開始回想自己來到工房之後看見的景象和人們的臉。

工房裡有許多人在工作。有一些好像會說「我很喜歡研究！」的陰沉技師，還有一臉就像在說「我們是卑劣的壞蛋！」的犯罪奴隸，以及不久前還神智不清的羅伊斯・亞格維納斯。

（凱羅琳果然很可愛……不對！怎麼可以跟男人比！）

抬起頭不就可以看到凱羅琳的身後站著一名妙齡女性嗎……就是那個十人之中有九人不會回頭的……不，現在已經腫脹成有點稀奇的體型，所以可能會有兩三個人回頭的團子鍊金術師……

（果然！果然！凱羅琳很可愛……！）

多麼強烈的對比，多麼高明的策略。難道這也在她的算計之內嗎？她就是為此才吃點心吃到變得如此肥胖的嗎？迷宮都市唯一的鍊金術師的智謀比這座迷宮還要深奧，是常人無法窺知一二的嗎──

「那個，您的臉色不太好呢。是不是身體有哪裡不舒服呢……」

面對擔憂地靠過來的凱羅琳，維斯哈特勉強擠出一句「我……我今天就先告辭了！」，然後帶著隨行的士兵匆匆離去。

即使離開了凱羅琳，維斯哈特的心臟依然狂跳不止。

彷彿隨時在耳邊迴響，發出沙沙聲四處亂竄的那些傢伙的腳步聲，已經再也無法傳進維斯哈特耳裡。

07

「然後啊～凱兒小姐在吉克不在的期間成立了一間害蟲驅除團子的工房。所以處理過的硼索石會從地下搬過來，我就在這裡鍊成殺蟲特化型魔藥，再透過迷宮討伐軍運送到凱兒小姐的工房。」

瑪莉艾拉在暖爐前喝著熱可可，說起吉克等人前往亞利曼溫泉的期間發生的事。或許是聽到漫長的往事就回想起瑪**肉**艾拉的幻影，吉克稍微按起自己的眼頭。

「所以維斯哈特大人會來『枝陽』嗎……？」

雖然維斯哈特來到工房視察的時候，瑪莉艾拉也在場，卻完全沒發現他的心中萌生了某種感情。她只是把「凱兒小姐在維斯哈特大人面前華麗地解決了蟑螂」的故事說給吉克聽而已。吉克聽了瑪莉艾拉的說明，恐怕也沒有完全理解。因為吉克並不像林克斯一樣，擁有只聽到「瑪莉艾拉」一個詞彙就能解讀對方意圖的特殊能力。

只不過，自從那一天起，維斯哈特會打扮成迷宮討伐軍的士兵，特別挑在凱羅琳待在「枝陽」的時間跟接受治療的士兵一起造訪「枝陽」。雖然維斯哈特本人覺得自己已經變裝成士兵，卻藏不住閃閃發亮的氣場，完全沒有變裝的效果。他和萊恩哈特本來就是眾所周知的名人，光是降低裝備的等級也無法喬裝成別人。本來很優秀的維斯哈特遇到不熟悉的戀愛，似乎變得有點盲目。在旁人眼裡實在太過明顯，周圍的人也不知道該不該假裝沒發現，感到有點困惑。

「妳好，凱兒小姐。妳今天也很美。尼倫堡在嗎？」

「哎呀，維斯大人。你嘴巴真甜。要找醫生的話，他在那裡。」

連問都不必問，尼倫堡為了盡到身為除魔神像的職責，就坐鎮在從「枝陽」的入口就能明顯看到的位置。嘴上說要找他，維斯哈特的眼裡卻似乎只容得下凱羅琳。至於身為「枝陽」的主人兼迷宮都市唯一的鍊金術師的瑪莉艾拉，簡直就跟空氣沒兩樣。

維斯哈特在不知不覺間學起瑪莉艾拉以「凱兒小姐」來稱呼凱羅琳，還要她稱自己為「維斯」。他的王子式微笑也比往常還要燦爛兩成左右，甚至會帶著點心或鮮花頻繁來訪，凱羅琳本人卻好像完全沒有注意到維斯哈特的好意。

維斯哈特贈送的花會裝飾在「枝陽」供常客欣賞，大部分的點心也都進了常客的胃。一頭熱的維斯哈特和遲鈍的凱羅琳之間的互動已經可以說是「枝陽」的新名產。今天凱羅琳也說著「要談工作的話，後面的診療室還空著喔」，把來見自己的維斯哈特趕到別的地方去。他真是個可憐人。

這下子連人人畏懼的尼倫堡也不得不出手相助了。

「如果是平常的事務，在這裡談就行了。」

他這麼說，兩人一起移動到屋內的角落。他們平常總是在這個地方交換一些無須隱藏的情報。

「對了，**點心**何時會湊齊？」

「大概再兩三天吧。**送貨**需要人手。尼倫堡，你也一起來吧。」

「了解。」

加上瑪莉艾拉昨天製作的份，殺蟲特化型中階魔藥已經湊齊必要的量。現在凱羅琳的害蟲驅除團子工房正在製作大量的團子。工房引進了製藥專用的大型攪拌魔導具，可以攪拌大量的原料，完成的團子會馬上依序運送到迷宮討伐軍的基地。雖然從成立工房到現在花了不少時間，但考量到團子的份量和製作所需的步驟，速度比瑪莉艾拉一個人做還要快。

蟑螂驅除團子是將麥子、薯類、洋蔥、甜蕪菁的殘渣、半獸人的油脂、萊納斯麥的果皮和種皮、來自批發市場的魔物脂肪和骨髓、蔬菜水果的皮和碎屑等廢棄部位磨成粉或切碎，再混入殺蟲特化型魔藥而成。材料的量相當龐大，光是要切碎或磨成粉就是一大工程。攪拌完成的材料要以人工搓揉成團，經過乾燥後放進密閉的容器內，以免引來昆蟲。利用不分晝夜的人海戰術和魔導具提高作業效率，才能在短期內增加產量。

凱羅琳連日在工人換班的時間前往工房，不只關心作業進度，也關心工人的健康狀態，她的管理風格使得在工房工作的人都愈來愈有幹勁。

「雖然沒辦法向各位詳細說明，但這些戰略物資使用了稀少的魔藥，是左右迷宮都市的未來的重要物品。」

凱羅琳也不忘這麼說，闡述他們的工作的必要性。向迷宮討伐軍繳交完最後一批貨品時，過去曾是「材料」和「管理者」的奴隸與技術人員之間已經萌生微微的團隊意識，甚至有人表示「想要繼續在這個工房工作」，可說是令人高興的失算。

聽說這件事的維斯哈特對優秀的凱羅琳產生了更深的思慕之情，但只要凱羅琳繼續經營害蟲驅除團子的工房，她的周圍就會有「黑色惡魔」如影隨形，維斯哈特卻尚未察覺這個可怕的狀況。

08

幾天後，收到所有團子的迷宮討伐軍即將與「黑色惡魔」展開最終決戰。

「祝各位武運昌隆。」

連同團子一起收到凱羅琳的激勵，維斯哈特已經再也沒有恐懼的感受。

不，他依然很討厭蟲子，但每次想起「黑色惡魔」，腦海中就會浮現凱羅琳「啪嘰」一聲解決牠們的英姿，使他能夠恢復平靜。

「雖然火魔法也很好，但冰魔法更有效呢。」

維斯哈特遵守凱羅琳的建議，提昇了冰魔法的熟練度。他已經不會再露出胡亂施放火魔法的醜態。聽到沙沙聲的瞬間就把牠們凍成冰塊的樣子，或許能讓他贏得「冰之貴公子」的稱號。

第五十五樓的「黑色惡魔群」的討伐概要非常簡單。首先，以魔法師為主的少數部隊會在五十五樓放火。五十五樓會定期下起彷彿是五十四樓的底部開了個大洞般的豪雨，所以放火的時機是降雨的間隔，也就是樹木乾燥的時候。即使整個樓層被燃燒殆盡，定期的降雨也會撲滅火勢，使森林以驚人的速度再生。被燒死的「黑色惡魔」所留下的卵會同時孵化，以森林的資源為糧食，急速成長。包括「黑色惡魔」在內，森林復原所需的時間大約是一個晚上。散布團子的時機就是這個時候。急速成長的「黑色惡魔」應該很缺乏營養。牠們平常總是會逃離迷宮討伐軍，卻只有這個時候會跑來偷吃軍糧。在這個時機散布團子，牠們一定會全部上鉤。

團子的散布必須盡快完成。若是拖拖拉拉，等到下次降雨，團子的氣味就會消散，魔藥也有可能會流失。所以這次的作戰是迷宮討伐軍全員出動。萊恩哈特的龍馬和迷宮討伐軍的奔龍也會參加，人類和騎獸都揹著大量的團子，看起來就像是一支大規模的商隊。

昨天在大森林中放的火剛好熄滅時，一行人抵達了位於上一層的第五十四樓。這座迷宮的樓層主人不會復活，所以自從討伐完「海中浮柱」，這裡就已經化為安全地帶。「海中浮柱」消滅後的五十四樓已經變成淺灘地形的海岸洞窟，曾被誤認為人魚的怪魚本來可能是棲息於深海的生物，於是從此不再出現。連接不同樓層的階梯附近有可供迷宮討伐軍駐紮的陸地，現在士兵就在這裡待命，準備進攻五十五樓。

「現在開始第五十五樓『黑色惡魔群』之討伐作戰！全軍進攻！」

隨著萊恩哈特一聲令下，士兵依序奔下階梯。他們原本明明那麼厭惡五十五樓，現在卻迫不及待地衝了進去。

「聽說牠們吃了這種團子就會整隻翻過來，馬上消失喔。」

「真的假的？好厲害！我也想看。」

作戰開始前，士兵們偷偷交頭接耳。不管是動物還是昆蟲，生物進食的畫面都讓人很感興趣。就連昆蟲這種有著奇特嘴形的生物也會讓人想要觀察牠們進食的模樣。能夠立即顯現的戲劇化效果也一樣。

用毒餌餵食「黑色惡魔」的這項作戰計畫完全抓住了士兵的好奇心和孩子氣的殘忍心態，也因為發生戰鬥的可能性極低，氣氛簡直就像是要出門遠足。

「不要太大意了！直到回基地為止都還在作戰中啊！」

就連尼倫堡也發出了有點鬆懈的聲音。他就像是說著「直到回家為止都還在遠足喔」來向小孩子說教的老師。雖然沒有零食，每個人卻都領到了三瓶魔藥。難道是每天都受到「枝陽」的悠閒氛圍影響的後果嗎？或許是注意到自己的發言有多麼鬆懈，尼倫堡輕輕皺起眉頭，稍微撫摸下頷的鬍渣，然後自己也為了散布團子而走下樓層階梯。

一靠近樓層階梯就能感受到一股悶熱的空氣往上竄升。因為五十五樓是四季如夏的樓層，大概是豪雨過後蒸發的水氣飄往五十四樓才會如此吧。魔物明明不會在樓層間移動，空氣卻好像會移動。

眾人從涼爽的海岸洞窟往四季如夏的森林移動。踏進五十五樓再前進幾步就無法再感受到五十四樓的涼爽了。打倒樓層主人以後，每個樓層的氣候環境也不會改變，但有樓層主人的樓層維持氣候的力量似乎比較強。五十五樓明明已經被全面焚燒過好幾次，氧氣卻從來不曾耗盡。

尼倫堡帶領著自己分配到的小隊，奔向負責的區域。帶著溼氣的熱帶空氣讓身體開始慢慢出汗。才剛再生的森林只有淡淡的綠意，被穿透葉片的光芒照得閃閃發亮。剛產生的新鮮空氣和新綠的香氣令人有種連自己都重生的感覺。要不是到處都能看到「黑色惡魔」亂竄的身影，這裡就是個適合慢慢散步的好地方。

尼倫堡等人一抵達負責區域便開始散布團子。

黑色的影子快速橫越他們經過的路線。影子經過以後，剛才撒出的團子消失了。尼倫堡假裝沒有發現，默默地繼續散布團子。雖然他並不怕「黑色惡魔」，卻好像也不想凝視牠們。

（要是空氣不會流通，牠們早就窒息了，真麻煩。）

尼倫堡這麼想著，把團子撒完後沿著原路回去。他無意間看到一隻「黑色惡魔」在草叢裡翻了過來，腳還詭異地抽搐著。

（這的確會引起人的興趣。）

「黑色惡魔」的動作愈來愈慢，最後就像消失在陽光中的影子一般，失去了實體。大概是因為剛從卵中孵化，出生不久的「黑色惡魔」尚未受肉，消失得無影無蹤。要是牠們會留下卵就糟了。

（這個樓層還真熱。）

雨後從地面往上竄升的熱氣特別令人難以忍受。感覺就像是從下方受到蒸煮似的。對那些傢伙來說或許剛剛好，對人類來說卻是有點不適的氣候。

（啊，也對。這種氣候正好適合牠們吧。）

尼倫堡邊朝樓層階梯前的集合地點前進邊這麼想。迷宮的氣候應該會調整為適合該樓層魔物的狀態吧。所以即使將五十五樓完全燒燬，氧氣也不會耗盡。因為如果沒有氧氣，連魔物都會滅絕。這個樓層的魔物雖然攻擊力不高，卻擁有極高的繁殖能力和再生能力。

已經有約半數的士兵回到了集合地點。二軍的士兵明明可以在報告後撤離，卻還是聚集在角落整隊。他們應該是想要見證新樓層的門在樓層主人被打倒後開啟的瞬間吧。

（這次就隨他們去吧。）

二軍的士兵很少有機會能參與樓層主人的攻略過程。他們並不是散漫地站著，透過經驗成長也是很難得的機會。萊恩哈特等人或許也有同樣的想法，所以沒有命令二軍的士兵返回基地。

「但你例外。」

「好痛！」

尼倫堡一拳揍了某個熟悉的士兵。雖然他是優秀的一軍士兵，卻躲到隱密的地方，坐在石頭上休息。

「嗨～醫生。這裡坐起來很溫暖耶。醫生也坐坐看嘛。在悶熱的地方取暖也滿有趣的。」

士兵傻笑著說道。

「現在還在作戰中。不要太大意了。」

「醫生太嚴肅了啦～不是就快解決了嗎？」

尼倫堡命令這麼抱怨的士兵回到隊伍中。或許是到遠方撒團子的士兵回來了，有撥開草木的腳步聲逐漸靠近。

「黑色惡魔」過去讓眾人吃盡苦頭，事情卻這麼容易就落幕了。

尼倫堡一邊走向萊恩哈特等人身邊，一邊看著氣氛悠閒的迷宮討伐軍。他皺起眉頭，伸手撫摸下頷的鬍渣。

（嗯……為什麼？總覺得有哪裡不對勁……）

「辛苦你了，尼倫堡。就快了吧。」

萊恩哈特慰勞歸來的士兵，雙眼正注視著樓層階梯附近。計畫若是順利，最後的「黑色惡魔」倒下後就會有新的階梯出現。

「接下來會是什麼樣的樓層呢……」

萊恩哈特低聲自言自語。

沒錯，這個樓層很悶熱。雨後甚至像是從下方冒出蒸氣一樣令人難以忍受。剛才的士兵也說石頭坐起來很溫暖。

「因為這裡很熱嘛。」

過去瘋狂放火，把五十五樓變得更炎熱的維斯哈特加入閒聊的行列。

如果「黑色惡魔」不需要氧氣的話，攻略起來或許會更加困難。

（如果——）

尼倫堡的腦中開始建立起一個假設。

（如果是不需要氧氣的魔物棲息的樓層呢？）

假如氧氣耗盡，還會有空氣流通嗎？

（如果這個樓層是從下方加熱的呢？）

尼倫堡蹲下來，把手放在地面上。他睜大了雙眼。地面帶著不自然的高溫，氣體往上湧出的壓力所造成的輕微震動傳遞到尼倫堡的掌心。

事情剛好就發生在這個時候。大概是最後的「黑色惡魔」死了，在通往上方樓層的階梯旁，地面開始變薄，然後迅速隆起。

「快逃啊！」

究竟是尼倫堡先大叫，還是通往五十六樓的階梯先開啟的呢？

帶著臭味的高溫氣體從五十六樓噴發，讓樓層階梯的周圍化為一片死地。

09

高溫氣體噴出，震撼了地面，也就是區隔不同樓層的地殼。

比起轟隆作響的重低音，其溫度和有毒成分才是足以危及性命的凶器。

從五十六樓噴出的陣陣灰煙捲起砂塵，馬上抵達五十五樓的頂端，呈漩渦狀擴散至周圍。

站在遠處的尼倫堡馬上就聞到了異味。察覺這是什麼的尼倫堡從頂端將視線移到噴出口，看見幾名士兵倒臥在那裡。

氣體伴隨著地鳴突然噴出，惡臭充滿四周，使同伴紛紛倒下。士兵以為這是來自下方樓層的攻擊，陷入了混亂。

尼倫堡大叫「快點遠離階梯」的聲音被喧囂與氣體噴發的聲音蓋過，無法傳進士兵的耳裡。一群為了救助同伴而衝過去的士兵還沒抵達同伴身邊就接連倒地。

面對急速伸出魔手的隱形毒氣，難道迷宮討伐軍只能坐以待斃嗎？

『全軍，聽我號令！』

這個時候，類似某種強制力的堅強意志穿透了迷宮討伐軍。

這並不是聲音，也不是什麼具體的指示。可是迷宮討伐軍的所有人都認為應該「聽他號令」。

金獅子將軍萊恩哈特——他的技能「獅子咆哮」能提昇麾下的能力，使士兵成為擁有統一意志的軍團。藉著他那類似強烈領袖魅力的技能，此刻眾人找到了一條活路。

混亂瞬間平息，全軍的意志集中到萊恩哈特身上。

「維斯，把洞堵住。短時間就夠了。尼倫堡，有方法能應對嗎？」

萊恩哈特的一句話讓維斯哈特馬上理解該怎麼做，於是他製造出巨大的冰塊，砸向噴出氣體的樓層階梯。灌注了大部分魔力的圓錐狀冰柱有如尖塔前端般巨大，朝著樓層階梯的下方穿刺的模樣就像是要給魔物最後一擊。維斯哈特手下的魔法師也施展冰魔法來補強，固定好冰柱。

「這種氣體會溶於水。用沾溼的布料蓋住口鼻。它也比空氣更重，所以要往高處避難。」

聽完尼倫堡的簡潔說明，萊恩哈特點點頭，然後望向倒在樓層階梯周圍的士兵，簡短地向尼倫堡說：「士兵拜託你了。」

「用溼布蓋住口鼻！治癒魔法師和騎兵去救出傷兵！魔法師用風魔法負責掩護！其餘士兵跟我走！」

萊恩哈特用具有技能支配力的聲音對全軍發號施令。他的音調中帶著「所有人都要活下來」的意念，使士兵恢復了冷靜，馬上用生活魔法「注水」把手帕或斗篷浸溼，包住口鼻。

曾經被迫參加亞利曼溫泉之旅的士兵，或是奉命到亞利曼溫泉進行採集的二軍士兵的手法特別熟練。他們恢復平靜的同時，想起這股氣味就跟溫泉附近噴出的氣體一樣。

他們從亞利曼溫泉帶回的礦物有兩種。一種是硼索石，另一種是黃色的土塊。這兩種礦物都是殺蟲特化型魔藥的所需素材，黃色土塊會被混入製造溶液的史萊姆要吃的飼料中。能採集到這種土塊的地方會噴出無色的毒氣，等到聞不出臭味就代表為時已晚，所以上頭總是再三交代他們一定要小心。參加採集的士兵都有受過充分的教育，也知道這種氣體的特性和萬一中毒時的處理方式。

士兵熟練地替自己和周圍的同伴戴上口罩，開始展開避難行動。會使用風魔法的人對前去救助同伴的尼倫堡等人的背部送風，掩護救援部隊不受毒氣侵害。救援部隊把傷兵放到運送害蟲驅除團子來到這裡的奔龍背上，用治癒魔法施予急救處理。

「動作快！沒有時間了。」

大概是堵住排氣口的冰柱被噴發的高溫氣體迅速融化的關係，氣體從排氣口和冰柱的縫隙間噴出，產生尖銳的高音。尼倫堡率領的救援部隊好不容易救出所有人，正好和準備避難的人馬會合時，冰柱隨著咚的一聲巨響被炸飛，使氣體再次噴發。

「快跑！快跑！快跑！」

帶頭的菁英用斧槍瞬間砍倒阻擋去路的樹木，在森林中開出一條退路。迷宮討伐軍撥開草叢，踏出道路，不斷地奔跑。他們的目標是這個樓層唯一的小山丘。不管跑了多久，臭氣別說是變淡了，反而愈來愈濃，感覺就像是有一雙看不見的魔手正在逼近。

快跑，快跑，快跑。聞得到臭味就還有救。絕對不能讓任何一個士兵陣亡。眾人互相鼓勵身邊的同伴，奔上目標中的山丘。弓兵在通往頂端的路上插上為了對付不死系魔物而隨身攜帶的備用銀箭。這種氣體會把銀腐蝕成黑色，所以能以此為標記。

「點名！眼鼻不適或呼吸困難的人就使用魔藥！」

迷宮討伐軍遵從維斯哈特的指示，在山丘上整隊。雖然只有低階和中階，所有人卻都攜帶著魔藥。意識清醒地抵達山丘的士兵中有許多人都表示自己因毒氣而感到身體不適，光靠治癒魔法師實在是人手不足。尼倫堡和治癒魔法師正在治療吸入高濃度的氣體而失去意識的士兵。他們雖然沒有意識，所幸還有生命跡象。

得救了，總算是抵達山丘上。相對於這麼想的士兵，萊恩哈特與維斯哈特、尼倫堡的緊張依然沒有解除。

一支插在山丘底部的銀箭漸漸轉變成黑色。又一支，又一支。從接二連三變色的銀箭可以看得出來，溢出的氣體正在逐步湧上山丘，充滿四周。

（還沒嗎……）

這個樓層根本沒有其他可以避難的地方。通往上方樓層的階梯就在噴出口旁邊，那是最接近死地的位置。

（還沒嗎……）

萊恩哈特祈禱般地仰望天空。視線前方並沒有天空，只有日光石照亮了灰色的迷宮頂部。他的祈禱會被迷宮的頂部阻擋，無法傳達到天上嗎？

最後一支銀箭漸漸變色。

看不見的魔手恐怕已經伸到腳邊。臭氣剛才明明是那麼地濃烈，現在聞起來卻一點味道也沒有了。

（到此為止了嗎……）

就在萊恩哈特快要放棄的時候。

滴答滴答答答答答。

大顆雨滴從天而降。

抬頭只能看見迷宮的頂部，沒有任何雨雲。可是就像是有水從頂部滲出，一場豪雨打在眾人身上。上方的樓層明明充滿了海水，雨滴卻沒有潮水的香氣。萊恩哈特並不曉得其中原理。他只知道一件事。

（我們得救了嗎……）

據說這種氣體很容易溶於水。害蟲驅除團子的散布是選在降雨之間的空檔進行，所以他們才會來到這裡等待降雨。

在豪雨之中，渾身溼透的萊恩哈特深深嘆了一口氣。

（雖然得救了……但下方會是什麼樣的樓層呢……）

落在迷宮內的雨洗去了臭氣，也一併洗去迷宮討伐軍的笑容。

第三章

萌芽與成長

Chapter 3

01

迷宮討伐軍在千鈞一髮之際脫離險境，從五十五樓撤退後過了三天，有三個看似男人的人影再次造訪五十五樓。這三個人只是體型和走路姿勢類似男性，全身都穿著像毛毛蟲一樣鼓鼓的魔物皮革製防護服，臉上也戴著口罩與護目鏡合一的全罩式防護面罩，所以看不出其真面目。

五十四樓的海底洞窟並沒有受到毒氣的侵襲，所以是如往常一般平靜的安全地帶；可是過去曾經是蓊鬱大森林的五十五樓卻在樓層階梯附近積起一堆灰燼，草木也都枯萎，變成一片荒蕪的大地。即使如此，只要距離數百公尺之遠，雖然被灰燼沾染得一片黯淡，還是有綠色的森林，可見即便樓層主人死後會有些衰弱，如此強韌的再生能力依然是普通森林望塵莫及的。

踏入五十五樓的三人用裝著細玻璃管而非金屬針的針筒吸取周圍的空氣，用橡膠球把空氣打進裝了液體的瓶子，然後確認玻璃管內容物的變色程度與液體的狀態。三人之中身高最矮的男人似乎是隊長，他接過玻璃管和瓶子進行確認，接著在筆記本上寫了些什麼，指示其他人把樣本收起來以便帶回。

在幾個地點重複做完相同作業的三人靠近通往五十六樓的階梯，也就是氣體的噴出口。
樓層主人死後猛烈噴發的氣體已經緩和下來，現在看起來只是飄出陣陣蒸氣的樣子，溫度卻非常高，也依然含有有害的成分。光是高溫的氣體就已經是十足的威脅。即便是不含有害成分的普通水蒸氣，如果是接近兩百度的蒸氣，光是接觸到一瞬間就會造成有嚴重水泡的燙傷。
男人小心不碰觸高溫的氣體，靠近噴出口，然後將綁著好幾種礦物和瓶子、金屬片的繩子拋進內部。過了一陣子後，他們抽回繩子，馬上離開噴出口，逐一確認拉起的礦物和金屬片的變色程度與瓶中的內容物。或許是已經取得足夠的情報，男人再次在筆記本上作記錄，然後迅速收拾好道具，指著通往上方樓層的階梯表示「回去吧」。
經由地下大水道回到迷宮討伐軍基地的三人脫掉面罩和毛毛蟲般的厚重防護服後，被帶往有萊恩哈特正在等待的會議室。萊恩哈特、維斯哈特、尼倫堡和幾名親信帶著嚴肅的表情在會議室裡迎接三人。
三人之中的一個年輕人似乎是迷宮討伐軍的斥候，剩下的兩人——剛才的隊長和看似助手的眼鏡男子則是被招聘來進行此次調查的人。
「辛苦你了，賈克。狀況如何？」
「氣體本身是很常見的火山氣體。只要準備好面罩，總有辦法應付。更大的問題是溫度，不降溫就沒戲唱了。」

面對萊恩哈特的問題，調查隊長——賈克爺爺這麼回答。能在迷宮單獨採集的他包括素材鑑定的技能在內，擁有迷宮都市數一數二的調查能力。相較於魔物，需要調查環境方面的情報時，無人能出其右。軍方看重他的能力，因此才會委託他進行這次的調查。看似助手的男人可能是賈克的熟人，身材雖然比多數人高挑，體格卻不是很壯碩的類型，斯文的臉上戴著眼鏡，是個具有學者或教師氣質的男人。擔任助手的男人接過賈克的筆記，交給維斯哈特的親信。

從親信手中接過賈克的筆記，維斯哈特邊看邊發問：

「假設毒氣能靠面罩克服，有氧氣可以呼吸嗎？」

「能不能呼吸還要等降溫之後才能確定……我有點在意氣體的比例。既然打開時沒有爆炸，大概是可以呼吸吧。可以是可以。」

賈克雖然回答了維斯哈特的問題，卻話中有話，於是尼倫堡問道：

「意思是有氧氣存在，不，應該說有氧氣的供給吧。換句話說，有能在那種環境中呼吸的東西？」

「是啊。好像有很棘手的傢伙在。」

賈克爺爺肯定了尼倫堡在五十五樓建立的假設——「包括毒氣和空氣的有無在內，迷宮的氣候會配合棲息在該樓層的魔物」。

光是目前所知的範圍，五十六樓是無法供人類活動的高溫，充滿有毒的火山氣體，而且直到通往五十六樓的階梯開通為止，甚至是比普通樓層更高壓的環境。能在那種環境下活動，而且需要氧氣的生物究竟是……

「不論如何，先實行做得到的事吧。」

就像是要打破沉重的氣氛，萊恩哈特出聲說道。

「能不能從五十四樓的海岸洞窟引進海水來進行冷卻？」

「試著用『海中浮柱』的殘骸來重現水彈吧。我想至少可以輸水。」

「再來就是面罩了吧。賈克，需要什麼樣的面罩？」

「用亞龍的肺應該夠了。例如飛龍。最好也有護目鏡。只有玻璃的話強度可能不夠。反正都要狩獵飛龍了，鞣製飛龍的翼膜貼上去就能做出不錯的面罩。」

「飛龍啊，那就要去魔森林了。向公會提出委託。這剛好是訓練迷宮討伐軍B級士兵的好機會。現在光是例行的魔森林討伐，對他們來說也稍欠挑戰性吧。去規劃聯合討伐。尼倫堡就繼續治療重傷者。」

接到萊恩哈特的指示，一行人站起身來執行各自的職責。

五十六樓的全貌依然不明，目前甚至連踏入樓層都無法如願。即使如此，回想起不斷挑戰「咒蛇之王（巴西利斯克之王）」的多年歲月，還有努力空間的現在已經比當時的狀況還要好太多了。

「那我教完這傢伙就要回去了。等五十六樓降溫了再叫我吧……不，應該說『請』才對。」

賈克搔著頭反省自己的口氣，用手指著迷宮討伐軍的年輕斥候。

「不，沒關係。你都退休了，很抱歉還這麼麻煩你，賈克爺爺。」

萊恩哈特用有些懷念的聲音稱呼賈克**爺爺**。

「我才要說沒關係呢，萊恩哈特將軍。當將軍不就得背負一大堆責任嗎？面對手下的時候，只要下達『命令』就好了啦。」

賈克過去效忠的休森華德邊境伯爵是萊恩哈特的祖父。萊恩哈特雖然知道賈克的經歷，但他在迷宮都市上任時，賈克就已經退休，正在經營藥草店。可是遇到緊急情況時，賈克從以前開始就總是會伸出援手。萊恩哈特目送賈克爺爺離開會議室，同時小聲說出感謝之意。

02

「聽說迷宮討伐軍從魔森林回來了耶！」

「這次的收穫好像比平常還要多，我們去看吧！」

孤兒院的孩子們把阿普力堅果送到「枝陽」時，有另一群孩子來呼喚他們。接過裝有貨款和餅乾的袋子後，孩子們馬上往外衝，奔向大街。冬天的寒氣從孩子們忘記關的門溜進了有天窗的陽光和暖氣魔導具的「枝陽」，使得原本在溫暖的店內休憩的瑪莉艾拉與客人都感受到外頭的寒冷。

「冷死了～那些傢伙至少也該關一下門吧。不過，現在已經是魔森林遠征的季節啦。」

林克斯一邊關門，一邊低聲說著「冬天也快結束了」。

「我問你喔，林克斯。魔森林遠征是什麼？」

既然孩子們會飛快地跑去，肯定是什麼好玩的事吧。面對一臉興奮地這麼問的瑪莉艾拉，林克斯說起了關於魔森林討伐的事。

「是去魔森林狩獵的迷宮討伐軍回來了啦。他們會對民眾展示獵物，在大街上遊行。因為能看到各種魔物，所以是小鬼頭很期待的活動。遊行後還會把獵物做成料理請民眾吃，所以大家都會討論要去吃什麼。」

魔森林到了冬天也會缺乏糧食。這個季節對魔物來說似乎也不輕鬆，這種時候就連平常棲息在森林深處的魔物也會來到迷宮都市附近。其中有些強大的魔物靠守衛迷宮都市外牆的都市防衛隊無力應付，所以迷宮討伐軍會前往魔森林消滅魔物，以免迷宮都市遭到襲擊。

缺乏糧食的並不是只有魔物。迷宮都市的居民之中也有疏於儲備冬季物資的敗家年輕人，以及根本不可能有充足積蓄的貧民窟居民，會因為價格普遍上漲的糧食而不得不過著匱乏的飲食生活。為了配給糧食給這些人，迷宮討伐軍會從狩獵自魔森林的魔物之中挑出可食的東西做成料理，在迷宮附近的大街公開發放。賑饑的第一天也是冬天的娛樂活動，會在迷宮都市的多個地點盛大舉辦，似乎也會有很多攤販來擺攤。

「我想去看看！」

「咦～天氣很冷耶。等到開始賑饑的傍晚再去不就好了嗎？」

「我也想看魔物！」

既然曾經生活在魔森林，明明就應該對魔物早已司空見慣才對。可能是已經猜到瑪莉艾拉嗅到娛樂的味道就會想去，林克斯雖然嘴上不情願，卻還是乾脆地從位子上站起來，把顧店的工作交給安珀，帶著吉克和瑪莉艾拉前往大街。

從西南門通往迷宮的大街即使在寒冬中也聚集了相當多的人潮。在缺乏娛樂的迷宮都市，就算要在冬天的寒風中瑟縮著身子，這對人們來說似乎也是很值得期待的活動。

將近百人的迷宮討伐軍士兵在大街上緩緩前進。走在前頭的應該是一軍的菁英吧。看起來就實力堅強的成員對聲援的群眾揮手致意。跟在他們後面的是載著魔物的十幾頭躍谷羊。

這次最大的獵物是幾乎有三公尺長的巨大野豬。岩石般的皮膚上長著長度與人類手臂相當的威風獠牙，看起來很強。牠被放在臨時組裝的拖車上，由兩頭躍谷羊拉動；可能是打倒這隻野豬的人吧，一名士兵站在上面，一下子舉起長槍，一下子旋轉長槍，藉此回應群眾的歡呼。多虧如此，聚集過來的孩子都會模仿士兵或是興奮得蹦蹦跳跳，開心得不得了。瑪莉艾拉當然也高興地用力揮舞手臂。

跟在後面的躍谷羊也拉著大量的可食動物，從半獸人和哈比等常見的魔物到長著角的兔子與好幾種鳥類、蝙蝠與老鼠型的魔物，連熊和狐狸、鹿等普通的森林動物都有，群眾的視線使躍谷羊不禁揚起犄角，噴著重重的鼻息前進。

後頭的二軍士兵揹著大量的獵物，與走在前頭的一軍士兵相同的漆黑斗篷幾乎被完全蓋住，而他們也正在用笑容回應人們的聲援。

「哇啊！有好多種魔物喔。啊，我是第一次見到那種大野豬。那種魔物叫什麼名字？好吃嗎？」

「那是好吃的豬。那邊那種是好吃的鳥，還有好吃的兔子跟皮包骨的鳥。嗯，還有森狼喔。又要吃暗黑火鍋啦～」

對於像個孩子般興奮的瑪莉艾拉，林克斯隨便答道。

林克斯似乎不記得森狼以外的魔物名稱。既然記得味道，或許他只是沒有興趣而已。

「那種野豬叫做牙岩豬。雖然牠是四隻腳的野獸型魔物，卻比半獸人強多了。毛皮和表皮都像岩石一樣硬，防禦力很高，還會用巨大的獠牙當作武器。那種黑色的鳥是……」

吉克補充了林克斯的草率說明，熱心地向瑪莉艾拉解釋魔物的特徵。他還真是博學多聞，不愧是前獵人。可是瑪莉艾拉的興趣似乎已經轉移到暗黑火鍋這個詞彙上了。

「什麼是暗黑火鍋？」

「妳看，獵物裡面不是混著各種好吃和難吃的東西嗎？賑饑時會發放把那些雜兵全部丟進去煮的湯啦。而且開始發的時候大概是太陽下山後的時間，不吃吃看就不會知道裡面放了什麼肉。森狼又硬又腥，拿到就等於是抽中下下籤了。有那麼多獵物，根本就沒有必要放進去煮，可是因為可以炒熱氣氛，他們每次都會放啦～」

「好像很好玩！」

「是啊～可是煮起來很花時間。火鍋煮好時也會有很多攤販，所以我們先回去一趟，等時間到吧。」

要是放著不管，瑪莉艾拉可能會一路跟著遊行的隊伍移動到迷宮前，於是林克斯巧妙地勸她回到「枝陽」。

在這種寒冷的天氣中站幾個小時可能會讓瑪莉艾拉感冒，林克斯也只覺得很冷，沒什麼好玩的。

（不過我小時候也會一路跟著遊行，老是感冒呢。）

林克斯看著孩子們追逐搬運獵物的迷宮討伐軍，回想起小時候的往事。

林克斯還不到十歲的時候，迪克早就已經在迷宮討伐軍嶄露頭角。同樣是孤兒，卻能靠著長槍的技能在迷宮討伐軍的第一線大顯身手的迪克是林克斯等孤兒院孩子崇拜的對象。

就像剛才揮著手追逐迷宮討伐軍遊行隊伍的孩子，過去的林克斯也會一邊歡呼一邊追逐有迪克在內的迷宮討伐軍。林克斯覺得自己總有一天也能變得像他們一樣強大又活躍，對未來深信不疑。

這份意念即使到了隨著成長而開始理解自己的特質和極限的現在，依然沒有改變。靠著「馭影師」這種斥候取向的能力，林克斯知道自己在純粹的戰鬥力方面是遠遠不及迪克隊長，也發現自己最近已經漸漸不再長高，可是「想要變得像隊長一樣」的崇拜之情卻還是沒有消失。

雖然亞利曼溫泉的訓練並不輕鬆，卻讓自己成長了不少。林克斯現在依然像小時候一樣，認為自己還能不斷變強，對光明的未來充滿了想像。

「呼～呼～啊，中獎了。好好吃喔～」

「恭喜妳，瑪莉艾拉。嘎滋嘎滋。」

「吉克，你咀嚼的聲音怎麼這麼奇怪？我看你一臉沒事的樣子，可是你吃的應該是森狼的肉吧？」

「咦？吉克抽到下下籤了嗎？」

「……雖然不好吃，但還能吃。」

瑪莉艾拉滿足地享用賑餞的食物，運氣不好的吉克卻剛好抽到下下籤。可是他面不改色地吃著，所以看不出這種火鍋的黑暗之處。

「我吃吃看。」

說著，瑪莉艾拉從吉克的碗裡試吃了一點森狼的肉。

「嗚噁噗！這什麼啊，又乾又硬的，怎麼咬都咬不爛，而且騷味還愈咬愈明顯……」

「哈哈哈！妳的反應真棒，瑪莉艾拉。」

看到瑪莉艾拉露出感到難吃的表情，林克斯捧腹大笑。

後來三人反覆唸出「我吃吃看」這句魔法咒語，互相從對方的碗裡拿走想吃的肉，又在攤販買了串燒和甜品來清嘴裡的味道，邊走邊吃。穿梭在聚集到大街上追求冬季娛樂的居民之間，三人充分享受了賑饑的樂趣。

賑饑會從傍晚前持續進行到小孩子睡覺的時間。日落前後的時間有很多小孩子或家庭來參加，很是熱鬧；到了比較晚的時間便開始有攤販賣起酒類，大人於是開起了宴會。

即使冬天的寒意已經開始趨緩，晚上還是很冷。在空氣澄澈的星空下，比平常還要多的攤販燈光與供人取暖的魔導具旁有大人聚集，他們喝著酒享樂的模樣正是所謂的非日常，被父母或年長者牽著手趕著回家的孩子雖然揉著眼睛強忍睡意，卻還是有種想靠過去的衝動。

瑪莉艾拉和林克斯也有相同感受，但瑪莉艾拉晚點還得做魔藥，林克斯則要負責搬運。所以林克斯和瑪莉艾拉與吉克暫時分別，回到黑鐵運輸隊的據點。

夜深人靜時，林克斯和馬洛副隊長會合，經由地下大水道前往「枝陽」的地下室接收魔藥，然後運往迷宮討伐軍的基地。

這樣一來就完成例行工作了。接下來馬洛會回到自己的家，林克斯則回到黑鐵運輸隊的基地。宴會的燈光已經完全熄滅的迷宮都市比往常還要寂靜，給人一種冷清的感覺。

黑鐵運輸隊在迷宮都市建立的據點位在貧民窟附近，是個治安不太好的地方，這棟建築物曾是給新人冒險者住宿的便宜旅館。因為是一棟旅館，所以雖然每個房間都很小，房間數卻很多；奴隸是同住一個房間，林克斯等成員則是一人分配到一個房間。另外還有獸舍以及停放馬車的車庫，可以直接當作奔龍的小屋和倉庫使用，對他們來說是很方便的物件。

今天已經吃過晚餐，所以林克斯沒有繞到廚房，前往共用的浴室沖澡。迪克隊長等運輸組的人還沒有回來，現在只有林克斯和小賈待在據點。

林克斯對喉嚨已經被弄啞的小賈沒有什麼話好說，於是回到自己的房間。剛才的喧囂就像是發生在某個遙遠世界的事，黑鐵運輸隊的基地安靜得出奇。

真是個什麼都沒有的房間，林克斯看著自己的房間這麼想。

這是他第一次有自己一個人的房間。小時候都是在孤兒院和許多小孩一起生活，加入黑鐵運輸隊之後也都是在裝甲馬車上小睡或是暫住在旅館。

雖說房間很小，在便宜旅館的時代卻也是放著兩組床鋪的房間。除了床以外，還有其他空間能放桌子或櫃子，但林克斯的房間裡除了便宜床鋪以外，就只有一個小櫃子而已，連桌椅都沒有。

他的行李只有身上穿戴的一套裝備，還有少數的換洗衣物與一箱雜物。要放在「躍谷羊釣橋亭」這種暫時住宿的旅館，這就是極限了。

即使考慮到這個因素，林克斯的房間還是有點太過單調。畢竟房間裡連照明魔導具也沒有。或許是因為「馭影師」技能的影響，就算只有從小窗戶照射進來的微弱星光，林克斯也能看清房間裡的模樣。

他並不覺得有什麼不方便，對只用來睡覺的地方沒有多大興趣也是原因之一。就像他隱約相信自己還能不斷變強的可能性，他認為只要有心就能把這個房間變成任何樣子，所以才沒有特別添購什麼東西。

（今天真開心。）

林克斯悠閒地躺在床上，回想今天發生的事。

和瑪莉艾拉與吉克三個人一起笑著享用食物，比平常還要開心許多。就是因為如此，看著平常根本不會在意的房間才會忍不住覺得單調吧。

（對了。）

林克斯從口袋裡取出一個蠟燭。這是今天從瑪莉艾拉那裡拿到的。

這不是普通的蠟燭，好像含有魔物討厭的布魔敏特草的萃取成分。

「這是除魔用的香氛蠟燭喔。」

瑪莉艾拉是這麼說的。既然叫做香氛蠟燭，應該是會散發療癒香氣的蠟燭，可是對魔物來說是惡臭的氣味也能稱之為香氛嗎？

「魔物聞到味道就不會想靠近，你們在魔森林需要亮光時可以拿來點。」
她這麼說，把蠟燭交給林克斯。雖然不同於除魔的目的，但蠟燭本來的用途就是照亮黑暗。林克斯打算讓它盡到本來的職責，把蠟燭放到原本就在櫃子上的盤子裡，點燃火焰。
（比想像中還要亮嘛。）
看著搖曳的小小火苗，林克斯這麼想。
橘色的溫暖火苗晃動的模樣就像在跳著笨拙的舞蹈，讓林克斯聯想到瑪莉艾拉。
這麼微弱的一點火焰明明不可能改變房間的氣溫，但林克斯一點燃這個蠟燭，房間就彷彿溫暖了起來。像是用劈開的木片組合而成的床和櫃子既粗糙又方正，在火光的照耀之下卻好像變得更加柔和。
（好像還不錯。）
在這個房間，在自己的容身之處放上這種東西，每天或許都會更加快樂。
沒有特定目的，只想變得像隊長一樣強的未來中，如果有這種人的存在，或許就能替每一天帶來光明。
（啊～這樣啊。原來我……）
林克斯看著蠟燭的溫暖光芒，想像與瑪莉艾拉笑著一起生活的未來。他在這一刻理解了填滿自己內心的這份感情究竟是什麼。
可是林克斯沒有發現。

蠟燭的光又小又微弱，無法照亮房間的每個角落。只有光芒照耀的範圍充滿了溫暖與祥和，陰影卻潛伏在身旁。

要像林克斯所期望的那樣，把遙遠的地方，遙遠的未來永遠照亮，只靠一個蠟燭是完全不夠的。

單一一個蠟燭的光芒只會引來蚊蟲，也容易被闖進室內的風吹熄，使世界變回一片黑暗。要點燃許許多多的燭火才能將黑暗照亮，而年輕的林克斯卻尚未察覺這一點。

03

「喂～吉克。我們去獵飛龍吧～」

林克斯用像是找朋友出去玩的輕鬆態度這麼邀請吉克。

「飛龍是……」

把吉克的右眼弄瞎的魔物。這麼想的瑪莉艾拉無言以對，望向吉克。

吉克也擺出失去表情的臉，不知道該如何回應。

瑪莉艾拉開始和吉克一起生活已經快要超過半年了。瑪莉艾拉在這段期間聽說了吉克失去眼睛的原因和墮落為奴隸的來龍去脈。

不知道究竟有沒有注意到兩人陷入沉默的樣子，林克斯繼續說道：

「你想想，針猿的討伐不是已經拿到達成B級委託的認定了嗎？既然這樣，乾脆以A級為目標吧。」

「可是我還要護衛瑪莉艾拉……而且A級對我來說……」

吉克模糊其詞。現在尼倫堡和迷宮討伐軍的士兵以診療為名駐留在這裡，目的很明顯是護衛瑪莉艾拉，等於是說吉克一個人無法勝任瑪莉艾拉的護衛。從亞利曼溫泉回來以後，吉克依然每天早上都會接受尼倫堡的特訓，也每天都被打得落花流水。之所以深刻感受到自身的能力不足，不斷請教尼倫堡，就是因為吉克想要繼續擔任瑪莉艾拉的護衛。

瑪莉艾拉很善良。即使吉克的能力不足以勝任護衛，她還是會接納吉克，給他穩定的生活。可是現在的吉克無法滿足於現狀。他希望能靠自己的力量被認可為瑪莉艾拉的護衛，不想被任何人奪走這份職責。

『要是有「精靈眼」就好了。』

每次感嘆自身的無力，內心就會湧現失去「精靈眼」的遺憾。若是有「精靈眼」，自己或許就能昇上A級了。那隻眼睛的庇佑就是那麼強大。

從亞利曼溫泉回來以後，吉克買了練習用的弓箭，曾經一度拉弓。

吉克忘不了當時的震撼。別說是打不到靶了，他甚至連該怎麼瞄準都不知道。身體明明應該記得從小到大都很熟悉的弓箭，感覺卻像是初次接觸的武器。吉克強忍著明明還記得語言，卻不知道該如何發聲般的異樣感，勉強放出的箭矢卻遠遠偏離了標靶，落在藥草園的草叢中。還擁有「精靈眼」的自己若是看到這副慘樣，恐怕會斷然說道「你沒有才能，放棄吧」，於是吉克把弓箭收進了房間的櫃子裡。

吉克已經好幾年沒有拉弓，就連慣用眼都變了。會有異樣感也很正常，光是射一次箭也不可能找回以往的狀態。他從小就開始使用弓箭。只要一次又一次地練習，一定能回想起刻劃在體內的射箭架式。可是吉克卻把這種理所當然的事實認定為失去「精靈眼」的後果。吉克現在還沒有發現，自己正在從失去「精靈眼」的過去中尋求自己弱小的理由。

（失去「精靈眼」的我很弱小。實力甚至不及比我還要年輕許多的林克斯。我想要變強。可是，就連當時的我也勝不過飛龍。A級對現在的我來說……）

在一臉悶悶不樂的吉克出言拒絕之前，林克斯繼續說道：

「我聽光蓋說了，只要能在迷宮都市昇上A級，就可以獲得特赦，脫離奴隸身分喔。」

「真的嗎！太棒了，吉克！」

沉默了一瞬間後，瑪莉艾拉叫道。吉克睜大了獨眼，定睛注視著林克斯及瑪莉艾拉。

「可是好像還需要主人的許可和某個A級的人推薦，而且昇上A級之前還要經過審查，脫離奴隸身分之後大概有十年都要登記為迷宮討伐軍或是迷宮都市專屬的冒險者，而且這段期間的一半收入都要付給以前的主人，聽說有很多麻煩的規定就是。光蓋說他願意當你的推薦人，而且隊長好歹也是A級，要拜託他也可以。你就試試看吧。」

「真的嗎……？」

聽到吉克終於開口，在「枝陽」的老位子靜靜喝著茶的賈克爺爺對他說「是真的」。

「對迷宮都市來說，光是擁有A級的戰力就值得特赦。不過當然不能讓殺人魔重獲自由，所以才會有審查的機制。小哥大概沒問題吧。」

「賈克爺爺，昇上A級後脫離奴隸身分的人很多嗎？」

對於瑪莉艾拉這個問題，賈克爺爺微微搖頭說「不」。

「據我所知，只有一個人。A級可不是那麼容易達成的目標。雖然偶爾也有人具備足夠的實力，但主人不會想放手。有些主人連十年收入的一半都不想要，就是不願意讓奴隸得到幸福。」

賈克爺爺不屑地說道。不知道他究竟見識過什麼。可是賈克爺爺沒有繼續說下去，注視著吉克的眼睛。

「小哥，機會這種東西可不是隨時都有啊。」

賈克爺爺對依然猶豫的吉克這麼說完之後，便回到自己的店面。

「吉克，我會支持你的！你一定辦得到！」

受到賈克爺爺的勸告和瑪莉艾拉的聲援，吉克暫時凝視著瑪莉艾拉，然後用敬語答道「我會試試看的」。

「就這麼決定了。既然如此，我們馬上去冒險者公會報名吧！」

就像是在說事不宜遲，林克斯催促吉克走出「枝陽」，瑪莉艾拉笑著對兩人揮手說「路上小心」。可是她的笑容沒有持續多久。

兩人出門後，瑪莉艾拉一直盯著「枝陽」的門。

（我很高興吉克可以重獲自由。可是……）

瑪莉艾拉心中浮現某種鬱悶的感受，開始有點坐立不安。她模糊地回想起吉克和林克斯前往亞利曼溫泉的期間，自己一個人在「枝陽」度過的枯燥時光。

（重獲自由之後，你還願意回到這個家嗎？）

瑪莉艾拉沒能將這份心情說出口。因為瑪莉艾拉對這份心情的源頭沒有自覺。

兩人離開後，「枝陽」的門讓瑪莉艾拉想起了師父離開後的魔森林小屋的門。

04

到冒險者公會完成狩獵飛龍的報名手續之後，和林克斯道別的吉克拜訪了「賈克藥草店」。因為他很在意剛才賈克說過的話。

賈克爺爺對吉克說：「你想知道關於那個脫離奴隸身分的男人的事情吧？」他帶著吉克來到店內深處，說起一個男人的故事。

「在帝都，貧民窟的孤兒成為盜賊已經不只是司空見慣的事了。」

孤兒能存活到足以成為盜賊的年齡反而更稀奇，他們從出生的那一刻開始，就註定無法擁有正常的人生。

「直到被逮之後成為犯罪奴隸再送到迷宮都市為止，都是很老套的模式。可是也有些傢伙運氣特別好，而且當時的休森華德邊境伯爵是個很怪的人，就算是犯罪奴隸，只要有派得上用場的技能，他也會提供不錯的工作。」

那個幸運的男人擁有鑑定的技能。或許是因為他從懂事開始就會翻找垃圾，蒐集能吃的東西或能賣的東西，他的能力被看上，因此才會成為盜賊；當時的邊境伯爵也是著眼於他的能力，允許男人學習知識，以斥候的身分將他配屬到迷宮討伐軍。

「可能是因為以前過著到處找食物或值錢東西的生活，那個男人某天在迷宮撿到了一個女人。」

雖然就形式上而言是救了她，原因卻不是被魔物襲擊。那個樓層的魔物全都被那名女性施展的強大雷魔法打倒了，結果她卻被當時倒下的柱子壓住，動彈不得。聽起來實在是有點愚蠢。

「那個小姐雖然火力很強，卻有點沒腦袋。不知道在想什麼，她說自己愛上救了她的男奴隸，主動跑來加入了迷宮討伐軍。」

迷宮討伐軍根本沒理由拒絕擁有強大庇佑，又是個高階冒險者的她，而且還實現了她的要求，把男人調到與她相同的隊伍，讓男人從旁輔助她。

「雖然她真的很強，卻遇到什麼事都想用魔法硬碰硬，被迫和她搭檔的男人有幾條命都不夠。要是放著不管，這個女人——愛梅拉妲可能就會馬上踏入陷阱或是被很強的魔物包圍而死，所以那個男人就變得愈來愈懂得用腦袋了。」

愛梅拉妲雖然個性豪放，卻會乖乖聽那個男人說的話，每天都笑容滿面。要是放著不管，她就可能會衝動地跑進成群的魔物中，所以男人會透過調查和計畫來輔助她。兩人跨越了無數的生死關頭，每次總會相視而笑。巧妙地支援愛梅拉妲，立下豐碩戰果的那個男人也因為與愛梅拉妲的關係，被允許做出超越身分的自由舉動。邊境伯爵或許早就知道他們彼此是兩情相悅。

「男人當時過著快樂的每一天。可是啊，他是犯罪奴隸，兩個人怎麼可能在一起？所以聽說自己有了小孩，他緊張得不得了。」

男人受到迷宮討伐軍重用，所以能領到零用錢程度的薪水，卻完全不足以養活家人；重點是他身為犯罪奴隸，根本沒有臉自稱是孩子的父親。

「反正生產和餵奶的人都是我，你有什麼好煩惱的嘛。」

雖然愛梅拉妲爽朗地笑著這麼說。

「那怎麼行？」

賈克在敘述的途中對吉克這麼說道。他的口氣也像是在對吉克發問。

迷宮討伐軍也有很多有家庭的人。因為這是一份危險的工作，所以當然也有許多士兵留下家人離世；而迷宮都市當時就已經有孤兒院，即使父母不在，也有養育孩子的機構。可是自己明明還活著，卻無法為愛著自己，甚至為自己生下小孩的愛梅拉妲與即將出世的孩子做些什麼，男人感到非常羞愧。

再怎麼回首過去，男人的人生也不曾得到正當過活的機會；就自己的出身而言，以犯罪奴隸的身分在迷宮討伐軍工作的現狀已經算是相當不錯的待遇。即使過去有過錯誤的選擇，他也無法倒轉時間，重新來過。人能改變的永遠只有未來。為此，也只能奮力活在當下。

就算不能改變身分，也能改變自己往後的生存方式。

這麼想的男人開始比過去還要努力工作。他吸收知識，進行鑑定，為了攻略迷宮而絞盡腦汁。聽說「昇上A級就能脫離奴隸身分」時，男人甚至感謝命運給了自己這個機會。

結果男人是在孩子出世後才恢復自由之身，在忙碌地養育小孩的幸福日子中，愛梅拉妲中了魔物的毒，驟然離世。那個男人還來不及為妻子做些什麼，她卻說道「我這一生過得很快樂」，直到死前的最後一刻都帶著笑容。

「所以賈克爺爺你才會開藥草店嗎？」

吉克問是不是因為妻子愛梅拉妲中毒身亡，賈克爺爺才會開店賣藥草。吉克是什麼時候發現賈克爺爺所說的故事主角就是他自己的呢？或許是賈克在「枝陽」說「只有一個人」的時候吧。

賈克爺爺只用一句「不過是退休老頭子的休閒罷了」來帶過吉克的問題，然後對他這麼補充說道：

「你知道嗎？所謂的『幸運』也能解釋成『得到幸福的機運』。你不是也有過同樣的經驗嗎？」

迷宮都市的特赦或許只是用來促使奴隸努力，是個有名無實的機制。愈是優秀的人才，人們就愈是不願意放手，所以光是需要主人的許可才能獲得特赦就讓這種機制難以成立。

就像賈克爺爺在「枝陽」的不屑發言，恐怕有許多擁有A級實力的人無法獲得特赦，終其一生過著受人奴役的日子。賈克爺爺能獲得特赦，或許也是多虧有愛梅拉妲這名冒險者的顏面作為擔保。

換句話說，吉克有機會走上A級冒險者的道路，是一件非常「幸運」的事。

可是聽完這番話的吉克認為賈克爺爺真正想表達的不是有機會獲得特赦是多麼「幸運」的事，而是該用什麼樣的心態來面對「幸運」的現在。

賈克爺爺所說的那句「那怎麼行？」深深地刺進了吉克企圖為自己的弱小尋求理由的內心。

05

飛龍的棲息地位在迷宮都市南方的高聳岩山。

環繞迷宮都市的北邊到東邊遠方的山脈會在迷宮都市的南方與魔森林交界。

魔森林與山脈的交界處就像是山脈被硬生生切斷似的，形成寸草不生的許多巨岩高高矗立的地形。彷彿陡峭高山的巨岩之間有深谷，可能是迷宮都市的地下水脈會在此匯流處，有水量豐沛且水勢湍急的河川流經，高聳的岩山和流經谷底的激流會防止魔森林的魔物湧進山脈。

因為巨岩而形成複雜地形的這附近的魔森林，有很多半獸人和哥布林等群居型魔物的巢穴，也棲息著許多以牠們為食的中大型魔物。還有哈比會築巢在高聳的岩山上。

牠們都是飛龍會捕食的魔物。同樣偏好棲息在峭壁的飛龍自古以來都盤據在這個糧食豐富的地方。

從迷宮都市騎躍谷羊到飛龍的棲息地大約需要三個小時，是相對較近的地點，所以兩百年前曾經是很受歡迎的狩獵場，道路也比較完善。

可是自從除魔魔藥消失在市面上，這裡就成了不只有飛龍，還有哥布林等雜兵大量出沒的地方，使得人們不再來到這個效率差的狩獵場，道路也已經被森林掩埋。

好幾組冒險者一邊重新開闢過去的道路，一邊朝著飛龍的棲息地前進。寒意已經開始趨緩，魔森林中沒有殘雪。日落的時間也漸漸延後，所以即使一大早前往飛龍的棲息地，並在天黑前回到迷宮都市，也能有充足的時間狩獵。

冒險者公會發出的委託僅限B級，能依打倒的數量獲得昇至A級的積分。獎金和飛龍的收購價都有一定的水準，而且這次的委託會有人在現場進行收購。因為不必自己搬運獵物，所以能待在涉獵場專心討伐。這麼一來，狩獵的效率應該比迷宮好上許多。而且只要在南門申請，就會有迷宮討伐軍的負責人幫冒險者噴灑除魔魔藥，因此前往飛龍棲息地的途中也不會受到雜兵的騷擾。配套措施可說是無微不至。

因為飛龍有一百隻的收購上限，所以目標是昇上A級的B級冒險者，全都會爭先恐後地參加。

「到底為什麼連我都要來啊～？」

「A級冒險者很有女人緣喔，愛德哥。」

「一定會有很多人搶著要愛德坎的！」

「真的假的～？」

當然是假的。

看看他們身邊的A級冒險者——迪克和光蓋就知道了。

不過光蓋既是已婚者，又很受針猿歡迎，迪克的妻子還是安珀。雖然迪克如果不是安珀的青梅竹馬，能否贏得她的芳心還很難說，兩者卻都是已婚者，也是能帶著愛妻便當出門工作的人生勝利組。和愛德坎相比，他們已經算是很有女人緣的男人了。

林克斯和吉克一如往常地把黑鐵運輸隊第一輕浮又頭腦簡單的愛德坎拖下水，三個人一起參加了這次的討伐。順帶一提，黑鐵運輸隊承接了迷宮討伐軍委託的飛龍運輸業務，所以滯留在迷宮都市。

通往飛龍棲息地的道路是臨時砍倒樹木所開闢出來的，還沒有清除樹樁，地面也沒有經過壓緊的處理，所以無法供裝甲馬車通過。回收的飛龍素材會在現場肢解，堆放到奔龍或躍谷羊背上，由護衛陪同穿越魔森林，搬運到迷宮都市。

冒險者公會和批發市場會派遣人員來肢解飛龍，搬運的工作也有迷宮討伐軍或黑鐵運輸隊這種私人運輸隊承接。搬運獵物時，通常會有狼系魔物大舉襲擊帶著美味食物的一行人；不過使用了除魔魔藥，牠們就不會靠近，只要打倒極少出現的A、B級魔物，剩下的路程就很輕鬆了。

黑鐵運輸隊派出了負責駕馭奔龍或躍谷羊的馴獸師尤利凱，以及負責護衛的迪克參加一天兩趟來回的搬運工作。其他的成員似乎可以各自度過這段較長的休假。

「哦～有了有了～」

從稍遠的地方也能看見飛龍在眾人抵達的岩山上盤旋。他們根本不必搜尋敵人，甚至馬上就有一隻飛龍注意到三人，飛了過來。

飛龍是有兩隻腳和一對翅膀、一條長尾巴的蜥蜴，屬於亞龍的一種。不同的學派對龍和亞龍的區別多少有不同的見解，不過是否會使用魔法是共通的一種分類方式。以具備飛行能力的龍為例，牠們的翅膀和體重經常不成比例。學者認為翼龍會使用魔法飛行，相對的，飛龍等亞龍是單靠翅膀來飛行。

減去翅膀和尾巴的體型只比馬還要大一點，能支撐身體飛翔的翅膀卻很大，再加上長長的尾巴就會給人體型龐大的印象。不過牠們的體重比馬更輕，可能是為了彌補重量不足使得攻擊力偏低的缺點，牠們的尾巴長著有毒的刺。

若是沒有翅膀，牠們的外型就像蜥蜴；翅膀大概也算是前腳，所以長著鉤爪，能像手一樣抓住物品。飛龍的臉也長得很像蜥蜴，只有嘴巴像鳥喙一樣尖，可是嘴裡卻又排列著尖銳的牙齒。

飛龍的直線型瞳孔捕捉到吉克等人的身影。大約已經有兩百年都沒有人造訪這裡，牠可能是以為有哥布林或半獸人來了。不論是哪一種，都是牠們會捕食的魔物。

「咕嘎嘎嘎嘎！」

可能是覺得看到自己也不逃跑的吉克等人是容易解決的獵物，一隻飛龍用類似鳥類的聲音鳴叫，然後朝著吉克等人俯衝過來。

「首先是吉克。去雪恥吧。」

被林克斯從背後推了一把，吉克往前走幾步。

「冷靜應戰就一定沒問題啦。要是有什麼狀況，我們會幫你的！」

聽著愛德坎一派輕鬆的聲音，吉克從劍鞘中拔出祕銀之劍。

吉克和飛龍之間沒有任何障礙物。

（在那之後已經過了六年嗎……）

面對逼近而來的飛龍，吉克回想起失去「精靈眼」的那一天。

『六年前，我能昇上B級都是因為有「精靈眼」的庇佑。』

吉克蒙德這麼想。

那個時候，他搭到弓弦上的每一支箭都必定能命中魔物的要害。帶著對付以前那些表皮比較柔軟的低階魔物的天真想法，吉克蒙德與當時共同狩獵的隊伍一起前往森林狩獵飛龍。

他們選在與飛龍棲息地有一段距離，而且不方便飛翔的森林裡進行狩獵。斥候費盡心力才把僅僅一隻的飛龍引到對他們有利的地形，身為盾牌戰士的男人卻沒有拖住飛龍的能力。不，其他的成員也半斤八兩。眾人被飛龍打得潰不成軍，四散逃竄。

在一片混亂中，飛龍把吉克蒙德鎖定為獵物，而當時的他卻沒有足夠的能力可以一個人打倒對手。

心臟正在猛烈跳動。吉克蒙德想起視野被自己的血染紅的那一天，還有當時的痛楚。

現在就和那個時候一樣，吉克和飛龍之間沒有任何可以阻擋攻擊的障礙物。飛龍從高處俯衝下來，逼近到幾公尺的距離內。牠應該是想要用毒針發動攻擊，再立即往上空急速迴旋吧。吉克可以看到牠翹起尾巴的動作，以及準備迴旋而收縮翅膀肌肉的跡象。

（我看得到……）

當時的他發現自己被飛龍靠近的時候，馬上就被尾巴擊飛，中了毒針的攻擊。當時沒能看見的尾巴翹起的動作、軌道，就連翅膀的細微顫動，現在都躲不過吉克的眼睛。吉克用極小的動作躲開飛龍甩動的毒尾，然後用祕銀之劍揮砍。

（那個時候的我連對武器灌注魔力的技巧都不知道……）

吉克以前只對付過以普通鐵箭就能打倒的魔物。因為只有狩獵過那種魔物，他根本沒有好好鍛練身體，現在回想起來，自己連身體的正確用法都不懂。當時射出的箭被飛龍的表皮彈開，完全無法傷到牠，纏繞著魔力的祕銀之劍卻彷彿切斷繩子一般斬斷了飛龍的尾巴。

「咕嘎嘎！」

發出痛苦和憤怒的哀號，飛龍馬上修正尾巴斷掉所失去的平衡感，拍動翅膀以重新飛翔。

「疾風之刃。」

可是牠的翼膜被吉克的風刃撕裂了。失去升力的飛龍翅膀劃過空氣，無法浮空的身體墜落到地上。

「嘎嘎嘎嘎！」

飛龍怒吼。牠用一雙後腳站起來，像奔龍一樣用雙足朝著吉克奔跑。雖然飛龍主要生活在岩山或火山口等高處與峭壁上，腳部肌肉卻很發達，速度並不輸給奔龍。牠露出利爪和尖牙，想要用翅膀的鉤爪抓住吉克的頭，撕咬他的頸部。

（就跟那個時候一樣……）

那個時候，飛龍的鉤爪抓住吉克的頭部右側，戳瞎了「精靈眼」，然後用幾乎要扯斷脖子的力道往右一抓，在他臉上留下深深的傷痕。飛龍張開血盆大口，正要咬下吉克毫無防備的頸部左側時，他搭起的箭偶然射進飛龍的口內。從口內貫穿腦髓的箭打倒了飛龍，單純只是因為幸運。

企圖抓住吉克的鉤爪彷彿重現了當時的情景，但吉克用祕銀之劍擋住，使用蠻力將鉤爪彈開。當時被蠻力玩弄在股掌之間的是吉克，他現在卻能回擊飛龍的翼手與鉤爪。彈開鉤爪後，吉克用劍順勢橫砍飛龍張開的嘴巴，一路砍到牠的後腦杓。刀刃從嘴巴運行到頭蓋骨，使頭部被砍飛的飛龍發出沉重的聲響，趴倒在地。

（輕而易舉……）

沒有陷入苦戰，輕易打倒飛龍的這場戰鬥就像是發生在別人身上的事，讓吉克沒有什麼真實感。

聽說狩獵飛龍的委託時，他還以為自己無法戰勝。

吉克舉起祕銀之劍，看著映照在刀身上的臉。

（這是誰？）

六年前的那一天，吉克蒙德陶醉於「精靈眼」所賦予的強大力量，對自己的實力深信不疑。

映照在刀身上的男人並沒有「精靈眼」。輕易葬送讓擁有「精靈眼」的男人陷入苦戰的飛龍後，獨眼男子終於面對日復一日訓練到倒地掙扎，無力保護主人的軟弱自己。

（這是誰？）

擁有「精靈眼」的男人因為受到眾多女人示好，連對自己的長相都充滿自信，每天早上都會照鏡子。留在記憶裡的那張臉傲慢得讓人難以忍受，令人厭惡。

失去「精靈眼」，墮落為奴隸之後，他甚至沒有餘力看看自己映照在水面的模樣。為了得到一點點的糧食而對磕頭的動作毫不猶豫的臉非常空虛又醜陋，可是他也漸漸對此不再有感情波動。

現在映照在刀身上的男人和吉克所記得的任何一個自己都不同。自從來到迷宮都市，除了整理服裝儀容的目的以外，他一直都沒有好好看過鏡子。因為他現在有了一個讓自己無法移開目光的人。

那個人每天早上都會對著鏡子梳頭髮，用彷彿在內心說著「很完美」的得意表情點點頭，後腦杓卻還留著亂糟糟的翹髮。

面對沒有人願意理會的骯髒奴隸，那個人不從發膿潰爛的傷口別開視線，親手清潔並治癒傷勢，還替他整理了散發異味的頭髮，卻光是把頭髮剪得稍微短了一點就忍不住尷尬地輕輕別開視線。

那個人明明擁有驚人的魔力，能夠若無其事地每天製作多達一百瓶的高階魔藥，卻會在平坦的石磚上差點絆倒。守護這樣的主人至今的男人，表情簡直與過去判若兩人。

映照在刀身上的男人並沒有「精靈眼」。

可是，如果是映照在刀身上的這個男人，或許可以實現吉克蒙德深藏在心中的意念與願望。

（這是……這是我。）

吉克蒙德握緊祕銀之劍。剛來到迷宮都市時，生活明明都還沒有完全安頓下來，瑪莉艾拉卻投入一半的財產準備了這把劍。不只是瑪莉艾拉為了讓吉克在身為主人的自己有什麼萬一時也不會困擾的心意，她連自己的生活都還沒有著落的時候，就不惜花費半數財產買下的這把劍對吉克來說具有其金額以上的價值，是獨一無二的寶物。這把劍能順利融入吉克的魔力，鋒利度會隨著操控魔力的技巧而增加。

映照在刀身上的男人肯定配得上這把劍。即使現在還無法觸及，總有一天也能達到目標。吉克蒙德這麼想。

「喂～吉克蒙德先生～回神啊～」

「林克斯～再讓他感動一下嘛～」

林克斯呼喚站在原地注視著劍身的吉克。愛德坎坐在附近的石頭上，完全進入了看戲模式。

他甚至還加上「第一章：吉克的雪恥戰、第二章：勝利的感慨」等標題進行實況轉播。

「啊，抱歉。我剛才在想事情。」

聽到林克斯的聲音，回過神來的吉克轉身面向兩人。

「沒關係啦。你看，這不是打贏飛龍了嗎？我們有希望昇上A級吧？」

「是啊。把這隻交給運輸部隊之後，再多獵幾隻吧。」

吉克把劍收進劍鞘，走向林克斯與愛德坎。他的表情就像是擺脫了煩惱，無憂無慮。其中甚至包含了朝著目標勇往直前的堅強意志。

「嗯，你好像揮別了什麼，真是太好了。對了，我有件事要先跟你說。」

林克斯對吉克這麼說道。吉克的表情非常平靜。他覺得如果是現在，自己無論聽到什麼話都能夠心平氣和地接受。

「嗯？什麼事？」吉克催促林克斯繼續說下去。
「我啊，昇上A級之後，打算跟瑪莉艾拉告白。」
吉克蒙德剛才那平靜又爽朗的表情消失得無影無蹤，當場愣住。
「哇哦～第三章：強敵現身？」
愛德坎的旁白宣告了新章節的開始。
彷彿凍結的人只有吉克蒙德，四周的微風已經沒有冬天的寒意。
「不對，應該是『春天來臨』吧？」
林克斯修正愛德坎加上的章節標題，沿著風的流向轉頭注視森林的深處。
在微風中搖曳的樹木枝頭長出了還有點硬的花苞。仔細一看，會發現樹下有新芽從草中探出頭來。豎起耳朵就能聽見微風吹動草木的聲音，其中混合著從冬眠中甦醒的動物活著的氣息。
春天即將造訪迷宮都市。

06

狩獵飛龍的過程，只有在剛開始的第一天是獵物接連上鉤的輕鬆工作。

飛龍第一次見到人類，把人類當作哥布林或半獸人等容易解決的獵物而發動攻擊，卻發現同伴接二連三地被打倒，終於發現冒險者是強敵。牠們現在已經不會輕易發動攻擊，而是待在岩山上觀望情況。

既然如此，冒險者也得想辦法爬到岩山上打倒牠們，或是用食物引誘牠們靠近。其中甚至開始有人在身上披半獸人的皮，或是把自己的臉塗成哥布林一般的綠色。冒險者與飛龍之間的鬥智持續了約一週，直到迷宮討伐軍收購滿一百隻為止。

這段期間，吉克等三人都過著每天早上在天亮前從迷宮都市出發，在晚餐時間回到「枝陽」的生活。雖然林克斯對吉克發表了幾乎等於開戰宣言的爆炸式發言，在那之後卻沒有提及這件事，也沒有什麼奇怪的舉動，只是一如往常地與吉克和瑪莉艾拉相處，和吉克與愛德坎一起說著「我們回來了」，回到「枝陽」吃完晚餐後才離開。

順帶一提，晚餐是瑪莉艾拉跟雪莉和安珀小姐一起做的，尼倫堡父女也會吃過飯後再回去。新婚的安珀小姐還是會回新家跟迪克隊長一起吃飯，卻是把一樣的菜色裝在容器裡帶回去吃。安珀小姐也會一起做菜，所以無疑是親手做的料理。安珀小姐很高興地說過「我以前都是吃老闆做的菜，這下子幫了我大忙呢」，可是她絕對不是在偷懶。

許多人一起熱熱鬧鬧地吃晚餐，讓瑪莉艾拉高興得臉頰都沾到了醬汁，而坐在她身旁的吉克根本無法想像自己會有不能坐在這個位子上的日子。

黑鐵運輸隊雖然承接了運輸委託，裝甲馬車卻沒有機會出場。工作內容只是把獵物堆到奔龍和租來的躍谷羊背上往返兩地，所以出動的成員只有尤利凱和迪克而已。除了和迷宮討伐軍高層協商今後事務的馬洛以外，多尼諾、格蘭道爾、法蘭茲和三名奴隸都在迷宮都市的據點過著悠閒的時光。

「喂，尼可，扳手。」

多尼諾不用任何連接詞，只用單一詞彙說話。

被稱為尼可的奴隸把扳手遞給鑽進裝甲馬車下方改造車輪周圍的多尼諾。剛被黑鐵運輸隊買下的奴隸當初經常戰戰兢兢地聚集在一起，現在卻完全習慣了隊裡的生活，開始展現出各自的特質與專長。

把扳手遞給多尼諾的尼可似乎對裝甲馬車有興趣，每次多尼諾在維修馬車時，他總會跑過來幫忙。

他們三個人本來都是卑劣的盜賊，所以經常手腳不乾淨，對善惡的判斷也很模糊。或許是想要隨身帶著能當作武器的東西，尼可常常偷拿裝甲馬車的維修工具放進自己的口袋。多尼諾當然有發現他的這個行為，甚至心想既然他那麼想帶工具就隨他去，於是買了工匠專用的工具腰帶給他，讓他把工具全部都隨身掛在上面。帶著很多可以當作武器的鐵製工具讓尼可心滿意足地覺得自己好像變強了，而多尼諾也很高興能有個會走路的工具箱。

順帶一提，尼可雖然帶著大量的工具，卻會完全服從多尼諾等黑鐵運輸隊的成員，絕對不會用工具攻擊他們。

理由非常單純。有次尼可在魔森林下車休息時，碰巧遇上哥布林來襲。尼可當時用自己偷藏起來的扳手應戰，扳手卻被哥布林搶走，差點被反擊成功。

「給我好好珍惜工具！」

多尼諾大吼著揮出憤怒的鐵拳，擊敗了揮舞扳手的哥布林。沒錯，就連扳手也被多尼諾的赤手空拳打彎了。沒有好好珍惜工具的到底是誰呢？在產生這種疑問之前，尼可這個小家子氣的壞蛋就對多尼諾……不，是對黑鐵運輸隊的強大發誓衷心服從。

尼可今天也像個佩帶武器的冒險者般，帶著大量的工具，以成為強者手下的心情跟著多尼諾，協助他維修裝甲馬車。原本就駝背的尼可帶著笨重的工具就像是無法抵抗重量似的，看起來比原本更弱，但尼可卻沒有發現這一點。

至於另一個被稱為努伊的奴隸，則是很專心地在廚房製作攜帶糧食。

黑鐵運輸隊的每個月有一半以上的時間都花在交通上。他們雖然不會在魔森林悠閒地露營，但是脫離魔森林後就會在通往帝國的途中露營，也會做些簡單的東西來吃。做料理的工作當然就落到了奴隸的頭上，而他們之中最會做料理的人就是努伊。此後做料理就成了努伊的工作，不只是露營時的餐點，待在據點的期間，他也會準備奴隸的伙食以及攜帶糧食。

黑鐵運輸隊的成員待在城市裡時，幾乎所有人都是三餐外食；自從努伊開始做菜，會在據點吃早餐或午餐的人也增加了。

可是這樣的努伊也還是改不掉手腳不乾淨的壞習慣，經常在做菜時偷吃東西。不知道是由於想吃得比別人更多的貪吃心態，還是以前吃不飽的經歷使然，他會故意把蔬菜的皮削得比較厚，洗乾淨再曬乾或油炸做成零食，趁著沒有人注意時偷吃。他的行為當然被黑鐵運輸隊的成員察覺了，但他們是以體力為資產的職業，沒有人會對他想吃飽的行為說三道四，所以大家總是睜一隻眼閉一隻眼。

「比起偷吃沒煮熟的蔬菜，為啥不多吃點做好的料理咧？」

尤利凱這麼說，但身為治癒魔法師的法蘭茲則分析他的心境是「想要同時享受成功偷吃所帶來的成就感」。

反正沒有造成實質上的損害，本人也很滿足，所以大家都假裝沒有看見。多虧如此，連燉高湯或備料等料理的基本知識都不知道的努伊開始進一步研發一些奇怪的創作料理了。

身為盾牌戰士的格蘭道爾見到努伊對吃的執著，反而覺得很佩服，有時候還會買各式各樣的調味料給他。

「努伊，我們走吧。」

聽到格蘭道爾的呼喚，努伊趕緊跑過來。他珍惜地抱著洗好的圍裙和料理用的菜刀。這些都是格蘭道爾買給他的東西。

「你要乖乖聽『躍谷羊釣橋亭』的老闆說的話喔。」

努伊連連點頭回應格蘭道爾這句話。

因為格蘭道爾的安排，努伊從今天開始要到「躍谷羊釣橋亭」幫忙。雖然只有短期，但他會一邊打雜，一邊跟老闆學做料理。格蘭道爾身材高挑但卻很纖瘦，把捲得漂漂亮亮的傘當作枴杖使用，一點也不像是盾牌戰士。將八字鬍修剪整齊，連在假日都西裝筆挺的格蘭道爾身後跟著努伊，不論怎麼看都像是主人和僕人，或者是師父與徒弟的關係。

努伊本人很有前盜賊的性格，心想「我要拍對方馬屁，偷走好吃的祕訣」，但會有這種想法就已經是個普通的學徒了。自從女兒艾蜜莉開始老是往「枝陽」跑就變得有點寂寞的老闆每天都會密集地指導努伊，對不論是外表還是心態都變成廚師學徒的努伊來說，這段日子過得相當充實。

而說到最後的奴隸——小賈。

「咻咿咿咿咿咿！呼嗚嗚嗚嗚嗚嗚！」

在奔龍全都離開的獸舍一角，小賈被法蘭茲懲罰，用發不出聲音的喉嚨哀號著。

「如果只是偷吃要拿來餵奔龍的半獸人肉，我還可以放過你；但把肉換成快要腐敗的劣質品來竊取差額，我就無法苟同了。」

黑鐵運輸隊裡有尤利凱這個馴獸師。只要奔龍覺得食物不對勁，馬上就會被尤利凱察覺，小賈卻膚淺到使用等級較差甚至快要腐敗的肉來餵牠們，讓法蘭茲打從心底感到傻眼。

他們三個奴隸所犯下的罪，黑鐵運輸隊都已經從奴隸商人雷蒙那裡大致聽說了。每個成員都理解這一點，所以手腳有點不乾淨還算在可以允許的範圍內。

而且黑鐵運輸隊的成員與瑪莉艾拉相遇，認識了不斷積極成長的吉克，所以面對這三個奴隸時也會承認他們各自的人格，想要培養他們的優點，開發他們的自主性。

但是這可不行。黑鐵運輸隊是靠奔龍拖行的裝甲馬車來穿越魔森林。雖說除魔魔藥的效果降低了危險性，路途依然不安全。奔龍是和黑鐵運輸隊每個隊員的戰鬥力一樣重要的資產。損及牠們健康的行為是絕對不能容許的。

面對法蘭茲的沉靜怒火，小賈感受到令人背脊發涼的恐懼。

就治癒魔法師而言，法蘭茲的體格相當壯碩，卻隨時都深深地戴著兜帽，鼻子以上的部分還戴著遮掩臉部的面具。燒傷等傷勢即使用治癒魔法治療過也會留下傷痕，所以在沒有魔藥的迷宮都市，遮住臉部的打扮並不稀奇。

讓小賈畏懼的是法蘭茲那雙從面具中露出的縱長形瞳孔，以及抓住他下頜，迫使他張開嘴巴的堅硬手指。

（這……這個該死的亞人……）

法蘭茲單手抓住小賈的下頜，讓他張大嘴巴的那隻手比人類還要稍微大一些，堅硬得簡直是刀槍不入。整個指尖都是指甲的手跟人類完全不同。

據說位於大海另一頭的大陸住著稱為亞人的種族。有些亞人遠比人類長壽，有些亞人外型類似野獸。人類早在很久以前就與他們斷交，現在只有矮人仍與他們有緊密的交流。不過或許是因為過去曾有交流，帝都偶爾會誕生具備亞人特徵的人類。他們不得不躲藏在黑暗中，過著避人耳目的生活，從中可以窺知當初斷絕外交關係的因緣。

「你有蛀牙啊。這樣正好。」

嘰，喀嘰喀嘰，嘰哩，喀嘶。

「呼嗚──────！」

小賈拚命抵抗頭蓋骨發出的陣陣噪音和難以忍受的劇痛，但法蘭茲單手就能抓住小賈的下頷並把他扳倒，這點程度的抵抗根本沒有意義。

噗滋。

某種東西被扯下的聲音響起，讓小賈失去了意識。

某種黃色液體從他的褲子中滲出，流淌到獸舍的地面上。

「……我第一次見到在這種歲數尿褲子的人。」

法蘭茲就像捨棄髒東西般丟掉小賈的蛀牙，然後取出看似藍黑色黏土的圓錐形物體，開始詠唱特殊的治癒魔法。

「好久沒有用這東西了。」

法蘭茲一邊這麼低語，一邊把圓錐形物體的前端插進小賈才剛被拔除牙齒的痕跡裡。劇痛再次襲擊小賈。痛覺喚醒了他，讓他翻起白眼，身體不斷抽搐。就像是把刀刃插進瀕死而不再跳動的魚隻身體裡，小賈一陣痙攣後再次失去意識。

法蘭茲插進小賈被拔牙位置的藍黑色假牙能代替拔掉的真牙，它會咬住骨骼並與神經連接，也會根據齒列和咬合方式來改變形狀；雖然方便，卻也是一種稱為「咒齒」的咒術道具。

因為是遊走在法律邊緣的物品，正當的治癒魔法師不會使用；不過法蘭茲在帝都的貧民窟經營診所時，經常有人會拜託他對犯罪奴隸或終身奴隸做這種手術。

其效果很單純，只有「給予痛楚」，而且是連接著牙齒的神經。在特定的條件下，它能給予小賈剛才被拔牙時體驗到的強烈痛楚。法蘭茲替小賈裝上的「咒齒」發動的條件是與隸屬的烙印互相連動的。說是強化隸屬紋會比較容易理解。

奴隸被按上的隸屬烙印、宣誓魔法和魔法契約本來就都是對受術者的心理發揮作用，因此屬於同一種魔法體系。

其中最常見的是魔法契約，使用滴進血液的墨水在施予魔法的專用紙張上簽名就能夠成立。效果會依階級而異，最低階的契約在簽約者違約時，正確來說是簽約者「認知到自己違約」時，混著該對象的血的墨水就會變色，成為違約的證據。

若是高階的魔法契約，契約條款會刻劃在簽約者的深層心理，即使沒有那個意圖，也會在即將違約時產生頭痛或呼吸困難等「警告症狀」。雖然警告症狀並非無法忍受，但「意圖違反契約」的事實會使違約的罪行更加重大。

任何魔法契約都只是證明契約遭到違反的「證據」，魔法契約本身並沒有讓人遵守契約的強制力。讓人遵守契約或是懲罰違約者是司法的職責。

若是強化保密效果的魔法契約，也有些能使人暫時失去記憶以免洩漏情報，但流通於民間的魔法契約書都只會藉由「自己違反了契約」的認知來發動強制力，效果有限。

而宣誓魔法也一樣，是藉由「自己說了謊」的認知來引發警告症狀。

「自己違反了契約」、「自己說了謊」的警告症狀引發的「關鍵」是可以自由更改的，方法就是終身奴隸或犯罪奴隸被按上的隸屬紋。可以不經本人同意就限制其行動的隸屬紋不會用在擁有人權保障的債務奴隸身上。債務奴隸必須在依據債務金額所訂的期間接受強制勞動，所以他們締結的隸屬契約是沒有烙印的單純魔法，內容也是「遵從主人的命令，不逃跑，不傷害主人」等理所當然的內容。由於內容不明確，違反主人的「命令」時產生的警告症狀也很微弱。

可是具備烙印與術式的隸屬契約可以指定個別的命令，所以能發揮更強的強制力。如果被按了最大的烙印，就能像過去羅伯特·亞格維納斯命令男盜賊那樣，在短時間內無視本人的意識，操控對方的身體。

即使如此，灌注在「命令」裡的魔力會衰減，讓奴隸排斥到必須壓抑警告症狀的內容也會讓效果變差。所以想要強制奴隸接受嚴苛「命令」的人就會替奴隸植入「咒齒」，讓警告症狀更嚴重。

（沒想到我也有自己使用「咒齒」的一天……）

法蘭茲用冰冷的眼神俯視抽搐著昏過去的小賈。

當他在帝都的貧民窟經營連遊走在法律邊緣的行為都幹的診所時，被植入「咒齒」的奴隸大多都主張自己是無辜的。他們恐怕沒有說謊。因為他們的主人全都是有施虐傾向的異常之人。

即使用面具遮掩面貌，戴著面具的行為本身就會讓法蘭茲必須隱藏的身世引起他人的注目。有著異國民族的腔調和五官的尤利凱也一樣，位於貧民窟的診所是他們兩人好不容易才得到的依靠。可是，弱者折磨更弱者的工作使法蘭茲感到厭煩，於是他拋棄了一切，跟他的養子尤利凱一起答應了黑鐵運輸隊的邀請。然而……

小賈的道德感之低讓法蘭茲感到傻眼。小賈根本不覺得把奔龍的肉換成快要腐敗的劣質品來賺取利潤是「對主人有害」的事情。即使那麼覺得，他的道德感也低到只會引起輕微的警告症狀。他恐怕是從待在奴隸商人雷蒙那裡時開始就已經是慣犯了吧。

瞥了讓自己想起不愉快往事的愚蠢男人一眼，法蘭茲把小賈留在獸舍，為了和就快要完成上午的運輸工作並回到迷宮都市的尤利凱一起吃午餐，離開了黑鐵運輸隊的據點。

因為「咒齒」的手術而失去意識的小賈甦醒時，時間早就已經過了中午。腦袋還在陣陣抽痛，小賈就是因此才醒來的。

被自己的小便弄髒的褲子穿起來很噁心。弄髒的獸舍也要打掃才行。不想再被懲罰的小賈慢吞吞地站起來，用生活魔法「注水」隨便把地板的髒汙沖掉，然後把髒衣服換下來，扔進洗衣籃。

（肚子好餓……）

小賈是在上午昏倒的，所以還沒有吃午餐。他按著發痛的臉頰，走進飯廳，發現飯廳裡保留了一人份的麵包和湯、少量的肉。

黑鐵運輸隊是經常旅行在外的男性團體。他們不懂得留意一些小細節，麵包和肉、湯都沒有用布或蓋子蓋著，所以麵包已經變得乾硬，湯也完全冷了，表面還形成一層薄薄的膜。肉應該也是吃剩的東西吧，全都是些脂肪多的碎屑，乾燥得像是橡膠一樣。即使如此，光是有替小賈留下飯菜就已經是很貼心的行為了。

（怎麼不叫我起來啊。）

小賈在心裡抱怨，捏起一塊肉扔進嘴裡。正當他一如往常地咀嚼的瞬間……

（啊！嗚啊！）

「咒齒」附近竄起一陣彷彿被鐵鎚敲打的痛楚。

（好痛，好痛，好痛啊！）

痛楚穿透了牙齒，顴骨附近痛得不得了。

（這是怎樣，這到底是怎樣啦！好痛啊！）

只不過是「咒齒」這顆新的牙齒所連接的神經變得過於敏感而已，過一陣子就會恢復，但不知道這一點的小賈絕望地按著自己的臉頰。

（我的身體已經連好好吃飯都沒辦法了嗎？可惡。只不過就是偷拿一點畜生的飼料而已！）

和小賈這種犯罪奴隸比起來，奔龍貴重多了。願意讓犯罪奴隸吃滿三餐，而且從午餐開始就供應肉類的主人並不多。還是債務奴隸時的吉克甚至吃著比家畜飼料還要糟糕的東西勉強存活下來的。

小賈完全不反省自己的行為，只是滿腹怨言，這時有人對他扔出一團溼黏的臭布。

（搞屁啊！）

小賈氣得回頭，看到身上掛著工具腰帶的尼可正在瞪著自己。

他丟出的布是剛才小賈扔進洗衣籃的，沾有小便的褲子。他沒有先用清水洗過，就想把髒衣服丟給這次負責洗衣服的尼可洗。原本放在洗衣籃裡的衣服也被小賈的穢物弄髒了。尼可會生氣也是情有可原，他狠狠瞪著小賈，就像是隨時都想用工具痛打小賈一頓。

小賈在心中咒罵「混蛋」，撿起自己的髒衣服去洗。

（混蛋，混蛋，混蛋，混蛋。）

小賈在黑鐵運輸隊後院的洗衣場用踩踏的方式洗著髒衣服。換洗衣物只有一件，所以他不得不洗。

（為什麼尼可那傢伙可以拿工具（那種東西）啊！連努伊都有菜刀（武器）可以拿！為什麼只有他們有好處！）

不公平，不公平，好羨慕。

尼可拿到了工具，然後乖乖地幫忙維修。

努伊拿到了菜刀，然後乖乖地替大家做料理。

小賈拿到了錢，然後買了和指定物品不同的劣質品，侵吞差額。

這麼顯而易見的差別，小賈卻無法理解。

（混蛋，混蛋，混蛋，混蛋。這全都要怪那小子（林克斯）做一些讓人搞不清楚的事！）

憤怒的小賈把褲子踩得皺巴巴，回想起被林克斯帶去採集月光魔草的那一天發生的事。

07

發現黑鐵運輸隊會暗中把藥草運往別處的隔天，小賈曾打算跟蹤林克斯。

小賈在半夜看著林克斯走進倉庫，然後躲在死角等他走出來。

（怎麼這麼慢……？）

入口明明只有一個，小賈卻怎麼等也等不到林克斯出來。

正當覺得不太對勁的小賈要往內窺探時，林克斯說「你在做什麼?小賈」的聲音從小賈的**背後**，也就是倉庫外傳來。

（什……什麼時候……）

想要尾隨在黑鐵運輸隊擔任斥候的林克斯，本來就是不可能的事。

「小～賈～『晚上就乖乖待在房間裡吧』，聽到了嗎？」

就像是看穿了一切，林克斯瞇起本來就細長的眼睛，笑著下達「命令」，於是小賈只好回到房間裡。

萬一小賈成功尾隨林克斯，也會在抵達地下大水道的入口前被魔森林的魔物吃掉；即便他又奇蹟似的抵達地下大水道，最終也只會成為史萊姆的餌食。

（混蛋，混蛋，混蛋，混蛋。）

連自己被救了一命都不知道，小賈不可能乖乖死心。

（要是能知道他們在運送什麼，搞不好就可以知道東西是送到哪裡了。）

小賈趁著林克斯等人不在的時候，把整個據點澈底搜了一遍。為了翻找垃圾，他在史萊姆槽中間綁上浸泡過裝甲馬車潤滑油而帶有黏性的線，蒐集被撕破後扔掉的文件。然後到了採購的日子，小賈把累積起來的文件拼湊好，假借採購的名義，前往貧民窟的某家熟悉的食材店。

「這不是賈克伯嗎？你還沒死啊。」

看似老闆的小個子中年男性拖著一隻腳，從深處走出來說道。他似乎從白天就開始喝酒，一股酒臭味從他那口稀疏的黃牙之間飄散出來。帶著褐色汙垢的衣服就像是好幾天沒有洗了，看起來一點也不像是食品業者。就連小賈這個奴隸的穿著都比他還要乾淨多了。

小賈把回收自史萊姆槽的文件塞給老闆，比手畫腳地表達自己的意思。

「怎麼？你發不出聲音喔？哈哈哈，這還真好笑。連一些無聊的消息都想要拿來賣錢的你竟然不會說話了。」

看著這樣的小賈，老闆露出低級的笑容。

「所以？要我唸這個給你聽嗎？」

雖然對老闆的卑劣笑容不愉快地皺起眉頭，小賈還是連連點頭。

「大銀幣一枚。你有錢吧？聽說你現在待在黑鐵運輸隊嘛。採買奔龍的食物不是你的工作嗎？」

老闆從店內深處的冷凍魔導具中取出變色成褐色的肉塊。光看肉的量，大銀幣一枚確實是適當的價格，但那卻是應該丟棄的腐肉。

（今天比平常還要糟糕啊。）

小賈瞪了老闆一眼。

「因為你一直沒來，東西放得有點太久了。我知道了啦。再加這個怎麼樣？」

說完，老闆追加一瓶便宜的酒。

小賈還待在雷蒙的奴隸商館時，就會負責採買客人的騎獸要吃的食物。他當時就開始買貧民窟的窮人會買的不新鮮食材，侵占差額。就算奔龍抱怨「這些食物不新鮮」，也只有尤利凱這樣的馴獸師能夠理解；即使有人發現，除非狀態極差，否則沒有人會對免費提供的食物說三道四。所以小賈才能持續隱瞞至今，不斷地撈油水。

看到老闆拿出的酒，舔了一下上唇的小賈付出大銀幣，然後馬上開了酒來喝，同時催促老闆唸出文件的內容。

「嗯～這是納稅證明啦。你拿這種東西來沒關係嗎？月光魔草、樹人果實、骸骨騎士的骨頭和尼奇爾新芽啊。怎麼？黑鐵運輸隊開始跟鍊金術師作生意了嗎？以能穿越魔森林的傢伙來說，這筆買賣還真是小家子氣啊。」

（嗄？鍊金術師？怎麼可能有那種人。這裡可是迷宮都市啊。）

其他地方一定有線索。小賈要老闆再看仔細一點，拿出其他皺巴巴的紙屑，攤開給老闆唸。可是即使老闆從頭到尾讀完小賈蒐集來的紙屑，除了魔藥材料的納稅證明以外，根本找不到看似有意義的文件。

（這怎麼可能？）

看到喝完酒的小賈抓起快要腐敗的肉和他帶來的紙張，轉身離去，以為他撲了個空的老闆用低級的笑容對他說道：

「嘿哈哈，真可惜啊，賈克伯。算了吧，下次記得再來買肉啊。」

小賈確實是撲了個空。

離開迷宮都市的大門時，帶出的商品會被課稅。若是在門口一一計算就永遠無法出發，所以大多數的運輸隊會在商店連同貨款一起繳納稅金，然後領取納稅證明。封箱的商品上會貼著與證明對應的文件，藉此簡化大門的確認程序。

偶爾會有想要逃稅的人把未納稅的商品藏在已納稅商品的箱子之間，或是藏在馬車的底板下，又或者是事前帶到門外藏好。不過衛兵早就習慣了這種事，大多數人都只會被逮到，落得繳交高額罰金的下場。

小賈原本猜想黑鐵運輸隊也是為了逃稅才會每晚都把商品運出去。可是小賈所撿到的紙是證明納稅事實的文件。既然文件已經被丟棄，就表示運走的商品被送往了迷宮都市的某處。他們刻意支付在城市裡使用商品時不需要支付的稅金，製造出商品是要運送到城外的假象。而那些商品的內容物是……

（難不成這個迷宮都市裡真的有鍊金術師？）

難怪會有錢的味道。

（這可是超級大的勾當啊。大得我根本沒辦法出手……）

在迷宮都市製作的魔藥只能在迷宮都市的地脈發揮效果。他們運送了這麼多的材料，應該做了相當大量的魔藥，卻沒有流通到市面上。魔藥到底消失到哪裡去了？

（難怪迷宮討伐軍的士兵會常常露面。）

黑鐵運輸隊暗中進行的是將魔藥繳納給迷宮討伐軍的工作。

如果是什麼見不得人的小生意，或許還有出手的餘地，但這個案件可不妙。要是對鍊金術師貿然出手，小賈就會被做掉，扔進史萊姆槽。

（可惡。害我把大銀幣花在沒賺頭的事情上了……）

明明是主人交代小賈去採買奔龍飼料的錢，他卻有種自己的錢被騙走的感覺，很是憤恨。

那一天，用一枚大銀幣買回來的腐肉沒有被小賈丟掉或是混到新鮮的肉裡，而是直接拿來餵給奔龍，於是聽到奔龍抱怨「肉放太久了」的尤利凱便告知法蘭茲，小賈才會受到「咒齒」的懲罰。

法蘭茲安撫氣得想抓小賈去餵史萊姆的尤利凱，只用「咒齒」來懲罰他，是基於願意再給他一次機會的善意。

（混蛋，混蛋，混蛋，混蛋。）

小賈又踢又踩地洗著自己弄髒的褲子。光是回想就讓他一肚子火。

辛辛苦苦地從史萊姆槽蒐集紙屑根本一點用也沒有。

（那傢伙現在一定正在用從我這裡騙來的錢喝著好酒！）

拿了錢卻把馬上就會露餡的腐肉賣給自己的老闆讓小賈非常憤怒。

（今天負責洗衣服的人是尼可吧！竟敢把工作推給別人！）

尼可把手放在工具上，威脅小賈自己清洗沾有穢物的衣服，讓小賈滿腹怨恨。

（現在努伊一定是盡情吃著好吃的東西！）

跟著格蘭道爾，還拿到菜刀，前往「躍谷羊釣橋亭」幫忙做料理的努伊則讓小賈好生羨慕。

（明明有錢！又有力量！竟然還為了一點小事折磨我！要是我也有那麼強的力量，就不用怕他們了！）

把自己的牙齒拔掉的法蘭茲和對待自己的態度很隨便的黑鐵運輸隊成員，全都讓小賈感到嫉妒。

混蛋，混蛋，混蛋，混蛋。

好可恨，好嫉妒，好羨慕。

小賈一邊散發著怨念，一邊做著最低限度的工作。獸舍的打掃也只做到勉強不會引起抱怨的程度。

植入口中的「咒齒」可能是對小賈的內心有了反應，開始產生頭痛般的陣陣痛楚。

混蛋，混蛋，混蛋，混蛋。

好可恨，好嫉妒，好羨慕。

小賈帶著這種心情過完了這一天，鑽進主人給予的被窩。可是還在隱隱作痛的「咒齒」與激動的情緒讓小賈根本睡不著。

（我只能用這副身體繼續活下去了嗎？好痛，牙齒好痛啊。我也發不出聲音。啊，可惡。為什麼？為什麼我會過得這麼慘？）

要是有人聽到他的心聲，大概會覺得他簡直是小題大作吧。

只要小賈為人正直，「咒齒」就不會痛，持續到現在的疼痛不過是治療後引起的神經過敏而已。而且這也不是無法忍受的痛苦。其他兩個奴隸也一樣發不出聲音，卻還是找到了屬於自己的道路。

小賈拿到的東西既不是工具也不是菜刀，而是最重要的「錢」，他卻私自挪用。只受到「咒齒」的懲罰是主人的寬容，他卻仍然無法理解。

看到原本擁有B級的實力卻淪落到死亡邊緣的男人（吉克）活了下來，重新振作，變成比墮落為奴隸前還要出色的人，黑鐵運輸隊的成員才願意也給小賈一次機會，他卻沒有發現。

混蛋，混蛋，混蛋，混蛋。

什麼都令人嫉妒，每個人都令人羨慕，這整個世界都好可恨。

小賈對身邊的一切事物都看不順眼，詛咒起自己的命運。

明明只是自己的為人處事透過他人回到自己的身上，只會怨恨和羨慕的小賈卻不懂得反省。

對什麼都看不順眼，就等於是對自己也看不順眼，小賈卻直到最後都沒有察覺。

08

「嗯，溶解得很順利。」

在午後的工房，瑪莉艾拉探頭望進一個大廣口瓶。

「枝陽」有安珀小姐正在顧店，開藥的工作也是由尼倫堡負責，所以瑪莉艾拉不在也沒問題。凱羅琳忙著經營害蟲驅除團子的工房，沒有空製造放在「枝陽」販售的藥，所以最近的傷藥等商品都是瑪莉艾拉負責製作。瑪莉艾拉本來就會在沒有其他人看到的地方用鍊金術做藥，所以有空時也能像現在這樣製造魔藥。

吉克等人一大早就出發去狩獵飛龍了，所以吉克沒有時間幫忙整理藥草園和做家事；不過尼倫堡的女兒雪莉和閒得發慌的安珀小姐都會幫忙，所以沒有什麼不便。

細長的草浸泡在瓶子裡的液體中。瑪莉艾拉往瓶子裡添加一點史萊姆溶液，處理好腐蝕液，然後使勁搬起瓶子走向工房中附設的流理臺，對著濾勺把瓶子裡的內容物倒掉。用水沖刷濾勺上的草，葉肉便開始剝落，只剩下葉脈。

瓶裡的液體是史萊姆溶液的一種，屬苛性，也就是對動植物有很強的腐蝕性。具有雷屬性的「瓶中史萊姆（合成生物）」吃了鹽就會製造出這種溶液。這種史萊姆吐出苛性的溶液時會同時噴出會讓金屬生鏽的氣體，所以比普通的史萊姆還要難以管理，只有在販售史萊姆溶液的專賣店才看得到。專用的特殊飼養容器也令人深感興趣，史萊姆所噴出的氣體容易溶於水，因此會從飼養容器通過玻璃管，經過好幾道液層後以溶液的型態被回收。

連接到水槽的玻璃管開口冒出陣陣氣泡的樣子，還有複雜的玻璃器材排列的模樣，以及裝在最後出口的濾網全都讓瑪莉艾拉十分著迷，所以她每次去買溶液時總會像史萊姆一樣黏在店裡，目不轉睛地看著。剛開始有大筆收入的時候，瑪莉艾拉差點下重本購買飼養容器，卻被吉克阻止才作罷。

「妳不是每天都需要溶液吧？而且要是玻璃容器破了，那該怎麼辦？人家辛辛苦苦做好的聖樹窗框會生鏽喔。濾網和液體也要每天仔細檢查才行。而且那是生物，怎麼可以只因為想要就買呢？」

「可……可是買了就可以每天都看到耶，你不覺得很棒嗎？」

一點也不棒。對於說著完全不足以當作購買理由的好處來反駁的瑪莉艾拉，史萊姆溶液專賣店的店員說「妳想看多久都沒關係啦～只看不買也沒問題喔」，所以瑪莉艾拉才沒有買。後來取得史萊肯這個與克拉肯合成的史萊姆，瑪莉艾拉似乎已經完全滿足了，從此不再沒事還跑去逛史萊姆溶液專賣店。史萊肯的黏液雖然是高價的素材，但碰到也不會腐蝕皮膚，可以說是最適合瑪莉艾拉這種冒失鬼飼養的「瓶中史萊姆」。

（好久沒有看到苛性溶液的史萊姆了，真有趣～）

瑪莉艾拉想起為了這次的處理而出門採購苛性溶液時的事情，同時清洗葉肉被腐蝕掉的草。這種細長的草稱為「龍馬鬃毛」，雖然外觀柔軟，裡頭卻長著粗粗的葉脈。或許可以用筋來形容。被這些葉脈包裹在裡面的髓可以當作魔藥的材料。葉肉反而有害，所以才需要將之溶解並沖掉。

「乾燥，粉碎。」

瑪莉艾拉用鍊金術把洗乾淨的龍馬鬃毛烘乾後，從櫥櫃裡拿出各式各樣的樹木果實和乾燥葉子，全部一起「粉碎」。接著把藥草粉末倒進有點厚度的陶器，再把剛才「梅露露香料店」送來的麻泰胡油注入陶器，攪拌均勻後用加熱的魔導具進行隔水加熱。

麻泰胡油是用砂粒般的細小種子所榨成的油，香氣濃郁，也是對身體好的食用油，但味道特殊，所以經常作為調味油使用。這次要把它當作萃取溶劑來使用，所以在倒進鍋裡之前就已經溶入了「生命甘露」。龍馬鬃毛的成分溶於油以後，油的黏度就會上昇，在常溫之下會凝固，所以要加熱來讓油維持液狀，暫時放著讓成份溶出。過去都要用鍊金術技能來處理的步驟已經可以用魔導具來完成，讓瑪莉艾拉對如此便利的時代感到佩服，同時開始進行別的作業。接下來的作業不能和別的作業同時進行，多虧有魔導具才能做得這麼有效率。

「鍊成空間，粉碎。」

瑪莉艾拉用鍊成空間把上次跟吉克等人一起採集到的月光魔草絞碎，直接開始控制鍊成空間內的溫度和氣流。另外做出的鍊成空間裡有溶入「生命甘露」並降溫過的水，瑪莉艾拉一邊控制噴霧用噴嘴的溫度和氣體流向，一邊對月光魔草的粉末噴水。

剛來到迷宮都市時，明明沒有賈克爺爺給的圓筒容器就做不到，但多虧這半年來都每天製作一百瓶高階魔藥的經驗，能夠同時進行的鍊金術程序變多了，現在除了噴嘴以外都可以只用鍊金術來應付。圓筒容器的尺寸很小，沒辦法一次製作一百瓶魔藥的份量，所以能縮短製作時間對瑪莉艾拉大有幫助。

在鍊成空間中使細小的冰晶與月光魔草的粉末互相接觸了一陣子，冰晶便開始帶有黃色調的光芒。月光魔草的萃取方式是固體接觸，也就是所謂的固溶；月光魔草和冰接觸的面積愈大，處理的時間就愈短。簡而言之就是月光魔草和冰都是愈小愈好。月光魔草的粉末細小到一離開鍊成空間就會起火，所以瑪莉艾拉也想把冰晶的顆粒弄得更小，但冰晶卻會受到噴嘴的尺寸限制。

（再練習一下的話，噴嘴應該也能用鍊金術來應付了……）

瑪莉艾拉一邊想著這種事，一邊進行月光魔草的萃取。

再來是亞勞妮草的花瓣、千夜月花的花瓣、倫多葉柄。這些素材都已經事先處理完畢，所以萃取起來很簡單。瑪莉艾拉把混合了月光魔草萃取液的紫色液體倒進用來釀造水果酒的大玻璃瓶中，最後放進一片沒有經過乾燥的聖樹葉子，將瓶子密封起來。

「龍馬鬃毛……嗯，應該可以了。」

暫時置於一旁的油似乎已經完成，溶入藥草成分的油轉變成深琥珀色，明明正在隔水加熱，卻還是呈現黏稠的糖漿狀。瑪莉艾拉把油從容器移到「鍊成空間」中，最後加入與油等量的殺人蜂蜂蜜，用鍊金術技能「混拌」。要把黏度這麼高的東西攪拌均勻，攪拌魔導具的力道不夠強，但使用鍊金術技能就能在轉眼間完成。瑪莉艾拉降低鍊成空間內的氣壓，去除蜂蜜中含有的水分，在不變的溫度下混拌材料。

混拌完成的琥珀色材料變成白濁的塊狀，就像是快要凝固的糖。瑪莉艾拉把它平均切成八塊可以單手拿起的尺寸，就像是揮舞綁著繩子的球一樣，在鍊成空間內使之「高速迴轉」。完成的塊狀物因為離心力而分成留有許多藥草殘渣的褐色部分與清澈的琥珀色部分，形狀也變成橢圓形。溫度降至室溫後，兩個部分都凝固了，用力按壓就會變形的彈性很類似蠟。瑪莉艾拉把這些塊狀物的琥珀色部分朝上，一個一個放進瓶子裡。

「肺部特化型魔藥，完成～」

瑪莉艾拉把裝著液體成品和塊狀成品的瓶子放進箱子裡，開始收拾房間。

「肺部特化型魔藥不是液體，是固體的魔藥。跟普通的魔藥不太一樣。」

帝國的鍊金術師瑪莉艾拉一如往常地在開門營業前的清晨回答尼倫堡的疑問。

「是叫做水菸嗎？讓燒出來的煙經過水再吸入的東西。就像那樣，要讓燃燒固體魔藥產生的煙經過液體魔藥再吸入體內。應該可以說是煙經過了液體才算完成吧。一旦開始燒就要馬上吸，不過因為會直接吸入肺裡，所以好像很有效。」

吸入五十六樓噴出的氣體後昏倒的士兵雖然多虧有尼倫堡帶領的治療部隊而保住一命，卻患了慢性肺病。為了治療他們而製作的就是這種肺部特化型魔藥。

「固體的魔藥要削下透明的部分來燒，而且保存時要把透明的部分朝上擺放，這樣一來透明的部分和殘渣的部分就會隨著時間慢慢分離。要是倒過來擺就會混在一起，所以要注意。對了，聽說吸入殘渣的部分就能讓人放鬆，還可以作美夢呢。」

製作普通的魔藥會把殘渣丟棄，但這種肺部特化型魔藥會連同殘渣部分一起販售。就連瑪莉艾拉也不知道，這種可以讓人「作美夢」的殘渣部分俗稱「幻睡香」，交易價格相當高昂。吸入可以讓人「作美夢」的煙給人一種非常頹廢的印象，但它並沒有副作用或成癮性，是很安全的東西。要說有什麼壞處的話，頂多就是會說些莫名其妙的夢話。

不使用水菸壺，而是像使用焚香一樣燃燒「幻睡香」就不會使人作夢，卻能讓身心在短時間內進入深層睡眠。

不論是哪種使用方法，甦醒時都會有神清氣爽的感覺，所以在疲勞的大人和忙到沒有時間睡覺的人之間是很受歡迎的商品。甚至有人是為了「幻睡香」才購買肺部特化型魔藥的。

多虧了肺部特化型魔藥，患了肺病的士兵已經澈底痊癒；而對深受「黑色惡魔」的幻影困擾的士兵來說，可以讓人「作美夢」的殘渣部分能幫助他們回歸戰線。沒有人知道萊恩哈特、維斯哈特兄弟的寢室是否有傳出有趣的夢話，但面對依然無法踏入的五十六樓，「幻睡香」確實能維持迷宮討伐軍的士氣。

「瑪莉艾拉全都看透了嗎！」

維斯哈特獲得「幻睡香」，又進一步提昇了他對瑪莉艾拉的評價。

可是維斯哈特當然不可能不知道什麼是「幻睡香」，他也因此蒙上為了享受「幻睡香」而明知故犯的嫌疑。

最近愈來愈了解瑪莉艾拉的尼倫堡思考了一下，然後把自己分到的「幻睡香」送給維斯哈特，回到「枝陽」。

第四章

高山聳立眼前

Chapter 4

01

「賈克閣下，今天請您多多指教！這些是十天份的調查結果！」

迷宮討伐軍的年輕斥候——吉普森面露崇拜地將寫著調查結果的資料遞給賈克爺爺。

上次的調查之後過了十天，聽說已經可以勉強進入五十六樓的賈克爺爺再次來到迷宮討伐軍。這次長相斯文的眼鏡男子也以助手身分陪著他。

賈克看著拿到的調查結果，對照擺放在桌上的採集樣本，在調查結果上寫下某些內容。

桌上的樣本是吉普森用賈克爺爺所教的方法採集到的東西。賈克等人在十天前用針筒吸取氣體後打入液體中，又把各式各樣的礦物和金屬拋進五十六樓再回收；這些都是會對特定氣體產生反應，或是在一定的溫度範圍內變質的東西。它們並沒有顯示濃度和份量的刻度，所以要使用「素材鑑定」來逐一確認變化後的狀態。雖然等級不及賈克，吉普森卻也有「素材鑑定」的技能，而且體能也很好，所以被配屬到迷宮討伐軍的斥候部隊。

將素材鑑定的技能應用在迷宮探索的做法是由賈克所開發，雖然相關情報不只保留在他長期隸屬的迷宮討伐軍，也會透過冒險者公會公開，但閱讀文獻跟直接請教可說是大不相同。吉普森渾身僵硬地等待賈克的檢查，賈克把檢查完的調查結果交給他。

「還不錯，但精密度還要再加強。」

「謝……謝謝您！我很榮幸能接受傳說中的斥候親自指導！」

看到高興得眼神閃閃發光的吉普森，賈克說道「要是有時間看我這種老頭子，還不如多看點素材來提昇鑑定技術」，冷淡地揮了揮手。

「好好喔，岳祖父（爺爺），你也教我些什麼吧。」

擔任助手的男人開口說道。他的音調不高也不低，非常沉穩，聽起來卻沒有他說的那麼羨慕。

「你又沒有鑑定技能，而且根本不需要這種知識吧。」

賈克爺爺很傻眼地答道，助手卻用依然沉穩的態度回應「好過分喔」。

「那個，請問這位先生不是賈克閣下的徒弟嗎？」

迷宮討伐軍不允許外人進入，所以吉普森才會以為他是擁有鑑定技能的徒弟。

「這傢伙只是擅自跟著我來而已。」

「我叫做沃伊德，是賈克爺爺的孫女婿。畢竟要是爺爺有什麼萬一，我的妻子會很難過的。」

這個男人的外表說得好聽一點是溫文儒雅，說得難聽一點是毫無戰力可言，但賈克不可能帶著一個沒有任何用處的人一起來。吉普森依然一頭霧水，卻還是放下疑問，招呼兩人離開基地。

三人再次換上防護服，經由迷宮討伐軍的地下通道前往迷宮的最深處。

第五十四樓的海岸洞窟放著用「海中浮柱」的魔石與殘骸做成的大型幫浦，可以汲取海水送往五十六樓。從五十四樓連接到五十六樓的管線是小型動物可以在內部穿梭的大口徑金屬管。只要用水灌滿這種管線的內部，接下來就會產生虹吸現象，直到有空氣進入管線為止都持續將水送往較低的出口；不過或許是因為迷宮維持樓層的氣候與環境的神祕作用，水會停留在樓層的交界處，所以使用幫浦才能把水灌往下方的樓層。

雖然可以牽起好幾條管線，幫浦卻只有一臺，其能力就限制了五十六樓的冷卻速度。不過多虧有迷宮維持氣候和環境的作用，不管從五十四樓汲取多少海水都不會枯竭。

原本綠意盎然的五十五樓經過十天左右的冷卻作業，模樣已經徹底改變。

來自五十四樓的水冷卻五十六樓後轉變成水蒸氣，溶入了空氣中含有的毒素，飄升到五十五樓。噴發至五十五樓的水蒸氣降溫後會變成弱酸溶液般的雨，將五十五樓的綠意破壞殆盡，使森林變成枯木林立的模樣。

持續灌水十天之後，五十六樓總算降溫到人類能夠進入的程度，現在從樓層階梯飄出的水蒸氣已經很少了。五十五樓的大氣成分也穩定了下來，應該很快就可以靠本身的修復能力恢復成原本那種綠意盎然的南方環境。

「為什麼水要用幫浦才灌得進去，水蒸氣卻會自己飄出來呢？」

沃伊德看著微微飄出的蒸氣，低聲這麼說，賈克則簡短回應：「大概是有討厭水的傢伙棲息在裡面吧。」

和上次相同，從樓層階梯的上方調查五十六樓的狀況，確認沒有問題之後，三人進入了還不曾有任何人踏進的迷宮最深處。

溼度高的悶熱空氣讓三人的面罩護目鏡起了霧。五十六樓的空氣雖然濃度變低了，卻還是還有毒素，所以不能不戴面罩。會感到呼吸困難不只是因為隔著面罩呼吸的空氣中只有稀薄的氧氣，也是因為蒸氣太多的關係。用飛龍的肺做成的面罩濾網是可以淨化毒素，同時去除水蒸氣的高性能產品，卻用掉太大的面積來處理水蒸氣，所以才會感到呼吸困難。

三人避開蒸氣通過的路徑，確保視野。不出所料，這裡是一片凝固熔岩形成地面的火山樓層。樓層階梯從中途開始就被熔岩凝固而成的岩石埋沒，變成坡度和緩的洞窟。洞窟的寬度就算讓三個人並肩而行也綽綽有餘，頂部也高得能讓蒸氣從遠遠的上方通過。到處都有變窄的道路和坍塌的岩石所造成的分歧，三人卻知道這些路都通往同一個寬敞的地方。

他們定時檢測氣體的成分和溫度，同時慎重前進。

布滿樓層的岩石並不像山上或河裡的石頭一樣形狀光滑，而是凹凸不平又帶有很多小洞的黑色岩石。因為是凝固的熔岩，才會呈現這種形狀。尺寸大小不一，看起來也有點像是被炸碎的樣子。因為水變成水蒸氣後，體積就會膨脹上千倍，所以或許是因為蒸發時的衝擊而坍塌的吧。

散落在地上的岩石讓人很難走動，隨處崩落的大小岩石更堆成一座座小山，阻擋三人的前進。

有時候會響起不知道該形容成「嗡」還是「咚」的地鳴，使堆積起來的岩石零散地崩落。這種有岩石堆積的地方也需要注意。岩石可能會在地鳴發生時倒下，有些岩石的內部也還維持著高溫。

三人會選擇有水流冷卻過的地方前進，但沒碰到水的深處岩石卻沒有冷卻多少，顏色還很通紅，溫度高得將紙張揉成團丟過去就會在接觸的瞬間起火。

毒氣、高溫蒸氣、時不時碎裂飛散的岩石。雖然光是這些景象就如同地獄，但三人進入這個樓層到現在都還沒有遇到魔物。

他們身為斥候，當然會避免被魔物發現，可是這裡根本就沒有魔物。

（要是有魔偶之類的魔物出現就好了。）

賈克爺爺在心中自言自語。雜兵愈多，魔力就會愈分散，使得樓層主人和其守護者有弱化的傾向。可是三人不要說是被魔物攻擊了，連魔物的痕跡都找不到。

周圍的溫度愈來愈高。甚至得避開仍然噴出陣陣蒸氣，有時候還會轟的一聲爆裂的岩石才能往深處前進。防護服的耐熱溫度也快要接近極限了。要讓迷宮討伐軍進軍這裡，就需要讓樓層的溫度降得更低，或是採取其他對策。
這個樓層開啟時，火山氣體噴了出來。應該是因為密閉的五十六樓的內部壓力比較高的關係吧。火山氣體既高溫又高壓。氧氣本來應該會被布滿整個樓層的熔岩消耗，不可能存在。可是這裡的氧氣雖然如高山般稀薄，還是存在，可以供人呼吸。
這是有需要呼吸的魔物棲息在此的證據。
耐得住高溫，不怕高壓，也不受毒氣侵害。
那種魔物是——

轟隆…………
又是地鳴。
沒辦法忍受更高溫度的三人準備要回頭時，沃伊德迅速舉起手，躲在岩石後方窺探深處的情形。
另外兩人跟著他一起靠到岩石後方。通道的另一頭是依然灼熱的熔岩地帶，地面隨處都散發著紅色的光芒。有許多地方洩漏著刺眼的強光，那些應該是一灘一灘的熔岩吧。
「鷹眼。」
身為迷宮討伐軍斥候的吉普森發動遠觀技能的一種。這種技能可以看穿被障礙物擋住的前方。賈克與沃伊德也使用遠觀魔導具來觀察前方。雖然效果不如「鷹眼」，這種道具也能稍微扭曲光的方向，將肉眼無法確認的障礙物另一頭的景象傳遞給使用者。
三人躲著的岩石前方是一個彷彿戶外的廣大空間，有好幾灘熔岩，以及——
轟隆…………地鳴再次響起。
啊，原來那就是地鳴的原因。
用自己的眼睛確認後，他們能夠理解的只有這一點。那東西用八隻甚至更多的腳極度緩慢地走著，撼動整個樓層。
三人看得出來。雖然看得出來是在走路，但那東西是——
「火山……嗎？」
長著短腿的火山在廣大的樓層中緩慢前進著。
「嘎吼吼吼吼吼吼吼。」
某種東西震撼了空氣，從火山的山頂振翅起飛。
「果然有龍在啊。」
溫度和壓力都降低到人類可以進入的樓層究竟會讓牠感到舒適還是不快呢？從遙遠的岩石後方無法判別牠的臉。
那隻巨大的龍擁有彷彿熔岩的紅黑色鱗片，只是張開翅膀在五十六樓的天空悠然盤旋。
「果然有啊。」

接獲賈克等人的報告後，萊恩哈特皺起眉頭。聚集在會議室的所有人早就已經預料到龍的存在。

不畏高溫高壓，甚至不把毒氣看在眼裡的頑強生命體。其討伐難度就不必多說了。龍是被歸類在最強範疇的魔物。

「可是，你說有會動的火山？」

眾人根本沒聽說過那種魔物。山本來是與大地相連的東西，它卻長出的短短的腳，脫離了地面。會活動的部分只有腳，會動的火山沒有頭部，也沒有其他看似生物的部位。它是花上半刻鐘就可以繞行一圈的小山，底部是稍偏橢圓的圓形，山頂有火山口，形狀就像一個倒置的碗。腳的數量只能以目視確認到這一側的四隻，總共恐怕有八隻甚至更多。粗短的腳支撐著火山的重量，以極度緩慢的速度走動。

從腳部的形狀和走路的緩慢速度來看，它或許比較接近烏龜。可是，它沒有眼睛或鼻子、嘴巴。那座山甚至也沒有頭，一點也不像是生物，卻會邊走邊從山頂吐出朦朦朧朧的煙。

它前進的目標是隨處湧出的熔岩池，一抵達熔岩池就會直接進入熔岩中。把幾隻腳泡進熔岩中過了一陣子，熔岩就會被吸起，使熔岩池變成普通的凹陷處，所以它應該是靠著吸收熔岩來四處活動的吧。

與其說是進食，說是補給或許比較正確；火山吸收熔岩之後，活動力會變得稍微強一點，有時會像是打嗝般噴出氣體，或是產生伴隨著岩石噴出的小型噴發現象。

看似火山守護者的龍可能是以火山為巢，從火山口現身，在附近盤旋一陣子後就會再次飛回火山口。

「不論如何，還要再蒐集更多情報才能擬訂作戰計畫。維斯哈特。」

「是。所幸降低的氣溫並沒有恢復原狀。空氣的組成也是。氣溫的高低和火山氣體對五十六樓的龍來說可能不重要吧。首先應該繼續冷卻並促進空氣流通，讓環境變成我們容易行動的狀態。同時也要派出斥候部隊調查火山與龍。關於有助於攻略的魔藥，我會請尼倫堡向鍊金術師蒐集情報。」

即使眼前只有絕望，也要盡己所能。

萊恩哈特與聚集在會議室的一行人為了履行各自的職責，緩緩從位子上站起身來。

02

「瑪莉艾拉，明天的討伐結束後，我們去吃飯吧！我找到了一家不錯的店。」

聽到林克斯邀請自己去吃晚餐，瑪莉艾拉高興地喊道：「吃大餐了！」

在飛龍的討伐行動中，三人雖然假裝成不支倒地的冒險者，獵到不少飛龍，卻還沒有到達A級的水準。所以飛龍的討伐結束後，三人還是會到迷宮裡執行委託。

飛龍討伐行動結束之後，黑鐵運輸隊恢復了平常的業務，再次往帝都出發。這次留在迷宮都市的是馬洛、愛德坎、林克斯這三個人。身為副隊長的馬洛正在擬定除魔魔藥開始流通到市場後的方針，為此，還有成長空間的愛德坎、林克斯最好能夠強化戰力，所以這次留下的人不是小賈而是愛德坎。

「咦？吉克和愛德坎先生呢？」

「他們說有別的事情。就我們兩個去吧。」

隔天的討伐結束後，林克斯獨自來到「枝陽」迎接，還以為大家都要一起去的瑪莉艾拉於是歪起頭來。

吉克明明待在迷宮都市卻沒有跟瑪莉艾拉一起吃飯，這或許是第一次。吉克等人出門討伐的期間，瑪莉艾拉也會和凱羅琳或愛爾梅拉小姐、其他熟人一起吃午餐或是喝下午茶，吉克應該也有自己的交友關係吧。即使能夠了解，瑪莉艾拉還是有種不可思議的感覺。

「自從我來到這個城市的那天以來，就沒有再跟你一起單獨出門了呢。」

「嗯～對啊。在那之後都已經過了半年呢。」

跟在林克斯身後的瑪莉艾拉回憶著從甦醒到現在的時光，心想自己和他的交情也已經深到足以聊起往事了。

「我們到了，聽說這家店的廚師以前在帝都工作過。」

平常要外食的時候明明都是去「躍谷羊鈞橋亭」，林克斯這次帶瑪莉艾拉來到的店卻相當時髦。雖然不是上流階級會光顧的那種有服裝限制的店，卻沒有任何一個客人會做出酒醉鬧事的低級行為。客人大多是成雙成對的男女，女性都有稍微梳妝打扮。聽說這是安珀小姐推薦的店，最近很受女性歡迎。

經過精美擺盤的料理份量很少，是一道一道依序端上桌的形式，飲料的菜單上還寫著許多瑪莉艾拉沒有聽過的名稱。林克斯和服務生詢問瑪莉艾拉的喜好，挑選了用好幾種果汁調配而成的飲料給她，玻璃杯的邊緣還裝飾著經過雕花的水果，就像南方的鳥類一樣漂亮。每一道料理都是從沒吃過的菜色，雖然非常美味，但瑪莉艾拉覺得食量總是超過兩人份的林克斯或許會吃不飽。

「謝謝招待！真的好好吃喔。」

瑪莉艾拉正要付錢時，林克斯回答「我已經付完了」。林克斯從馬洛那裡學到，趁著女伴去廁所時結帳是比較得體的方法。

順帶一提，愛德坎說過「為了讓對方知道自己請客的料理很貴，記得暗示一下！」之類一聽就知道絕對有問題的做法，所以林克斯完全把他的建議當作耳邊風。今天的作戰計畫是靠安珀推薦的很受女性歡迎的店，以及馬洛直接傳授的紳士風範來抓住瑪莉艾拉的心。

（吉克他其實滿紳士的。）

林克斯覺得自己和瑪莉艾拉年齡相近，也比較聊得來。可是吉克是個強敵。他的行為舉止既得體又有格調，外型也不差。因為現在瑪莉艾拉沒有自覺，所以他的相處方式與其說是接待淑女，不如說是保護小孩的監護人，但林克斯覺得他不容小覷。

所以今天林克斯想要向瑪莉艾拉表現自己能幹的一面。林克斯順利預約到熱門餐廳，也有按照馬洛的教導，表現得很得體。

可是離開餐廳之後，瑪莉艾拉依然說著哪些料理很好吃，有點像是在顧慮林克斯的感受，讓林克斯心想「我好像搞砸了」。

聽說那是很受年輕女性歡迎的店，林克斯才會預約，但只能低聲交談，一點一點地吃著料理的風格實在是不適合他。瑪莉艾拉也是第一次在這麼正式的餐廳吃飯，感到膽怯的她比平常寡言，聲音也比較小。重點是料理的量太少，一點也沒有吃過飯的感覺。瑪莉艾拉恐怕也已經察覺林克斯根本沒有吃飽。

林克斯好不容易才拜託愛德坎把吉克支開，卻滿腦子只想著自己的策略，別說是拉近距離了，好像反而還讓瑪莉艾拉感到尷尬。

「欸，林克斯。」

瑪莉艾拉對正在想事情的林克斯說道。

「我在想，要不要去『躍谷羊釣橋亭』一下？我還有點吃不飽。這次換我出錢。」

（哈哈，這傢伙真是的。）

林克斯看得出來，瑪莉艾拉已經吃飽了。大概是顧慮到沒有吃飽的林克斯，她才會這麼提議吧。她或許也早就發現林克斯在那家店待得很不習慣了。

「小心又長出肥肉喔～瑪**肉**艾拉～」

「我已經不肥了啦！是瑪莉艾拉！」

瑪莉艾拉鼓起臉頰笑了。林克斯送的項鍊在她的胸口搖晃著。

太陽已經完全下山，天氣有點涼，卻沒有冬天那種刺骨的寒意。路上有零星的人影，有時還會有唱著歌的醉漢路過。

「那就是所謂的春天來了嗎？」

「他的腦袋裡應該是春天吧。」

兩人竊笑著低聲這麼說，來到「躍谷羊釣橋亭」，一如往常地點菜。聊天內容是關於討伐的事，還有關於「枝陽」的常客的事。兩人雖然只是閒話家常，卻一直沒有停頓，聊得十分熱烈。

（她就是這點好……）

自然而然地顧慮對方的感受，在時髦的店裡感到膽怯的個性，連不怎麼貴的禮物都非常珍惜，平凡卻熱烈的對話。

一點也不得體，卻能夠單純做自己的時光讓林克斯感到非常快樂。

「技能這種東西不是很容易遺傳嗎？」

所以就連這種沒有向任何人提過的內容，林克斯才願意對瑪莉艾拉訴說。

「所以啊，像我這種迷宮都市的孤兒，就會根據自己的技能去找出爸媽是誰。」

「咦？你知道自己的爸爸或媽媽是誰嗎？」

瑪莉艾拉這麼問，林克斯則簡短回答了「不」。林克斯知道瑪莉艾拉也是孤兒。擁有鍊金術技能的人，不管是現在還是以前都很多。除非像林克斯一樣擁有特殊的技能，否則根本無法鎖定父母的身分。

「這當然也只是我們自己那麼認為而已。以前還曾經有擅長用長槍的人說『我是迪克隊長的私生子』呢。哈哈，隊長是幾歲時生小孩的啊。年齡根本就對不上嘛。」

孤兒院出身的迪克也是孤兒崇拜的對象。而且他從年輕時開始就長得比實際年齡老，所以也難怪會有小孩子擅自把他當作爸爸來仰慕。那些孤兒其實也不是真心把他當作自己的爸爸。

所以迪克不忍心疏遠這樣的孩子，安珀小姐卻半開玩笑地說「哦～你還真受歡迎呢，迪克」，迪克隊長很在意她的眼光，於是對那個孩子說「至少當我是哥哥吧」。腦中浮現迪克心急的樣子，瑪莉艾拉和林克斯忍不住相視而笑。

「不過，這也只是小鬼頭的天真夢想而已。如果是其他城市的孤兒院，小孩子可能會心想『爸媽總有一天會來接我』。可是在迷宮都市，就連父母是不是還活著都很難說，所以小孩子才會希望自己的父母至少是個了不起的人。」

「是喔～那你也曾經希望哪個人是自己的爸爸嗎？」

剛才明明還笑得那麼開朗，一聽到瑪莉艾拉這個問題，林克斯就稍微睜大了細長的眼睛，看著遠方答道：

「沒有。畢竟『馭影師』本身就是很少見的技能……」

瑪莉艾拉並沒有聽說過關於「馭影師」技能的細節。

瑪莉艾拉遇到的第一個擁有「馭影師」技能的人就是林克斯，所以那應該是真的很罕見的技能。

據吉克所說，擁有這種技能的人似乎可以潛入影子中，在不被人和魔物發現的情況下移動，還可以用影子做出刀刃。瑪莉艾拉覺得聽起來很方便。

「可以用影子做武器，聽起來好方便喔。感覺就像是有無限的武器可以用吧？」

看到林克斯陷入沉思，想轉移話題的瑪莉艾拉這麼問，他就用一如往常的態度回答：

「不，我不是把影子化為物質。該怎麼說呢？應該就類似『阻隔』的概念吧。魔物和動物都是由骨頭和肌肉連接著，還有血液在體內流動對吧？我只是稍微阻隔這些東西而已。以我的等級只能用小刀的尺寸來攻擊，而且如果是面對比自己更強的對手，也可能會有普通的劍傷得了，卻無法用影子刀刃刺穿的情形。隱藏到影子裡的那一招也不是真的潛入影子。該說是把存在轉移到影子上嗎？就像是我明明在這裡，卻可以讓對手認為我待在影子裡。所以如果被緊緊包圍，我就逃不掉了。限制其實比想像中還多呢。」

技能的祕密明明是很重要的資訊，講得這麼詳細真的沒關係嗎？雖然瑪莉艾拉聽不太懂林克斯的說明。

「原來如此。總之我知道你很會玩躲貓貓了。」

瑪莉艾拉點頭說道。

「噗哈，什麼啦。不過～如果對手是妳的話，就算不用技能，我也能輕鬆獲勝啦！」

看到林克斯像平常一樣大笑，瑪莉艾拉很高興他終於打起精神。

（擁有「馭影師」技能的人根本不可能做什麼正當的工作。）

這些話，林克斯對瑪莉艾拉說不出口。因為瑪莉艾拉只把「馭影師」這種特殊技能當成「有點稀奇的技能」。

林克斯很清楚自己的技能有多麼罕見，也知道它最適合用在什麼樣的地方。

03

林克斯發現自己擁有「馭影師」技能時，他還是個不到十歲的孩子。

正如瑪莉艾拉所說，林克斯很擅長玩躲貓貓，誰也找不到他。偷偷繞到背後嚇別人一跳也是小事一樁。林克斯雖然還小，卻也認為這樣的能力應該是出於自己的技能。

（我搞不好有什麼厲害的技能！）

只要是對未來充滿無限想像的孩子，任誰都會這麼想。

不過這樣的孩子幾乎都只有一兩個不足為奇的常見技能，根本沒有什麼特別的才華。

可是林克斯在半夜偷偷溜進孤兒院的教職員室，用鑑定紙調查了自己的技能，結果「其他」欄位變成了紅色。這證明了他擁有的不是劍或魔法等隨處可見的才能，而是某種特殊的稀有能力。

如果林克斯單純為這個事實感到高興，享受上天賜予的命運，他的人生恐怕會完全不同。可是年幼的林克斯隱約察覺到，那樣的人生或許很特別，卻絕對不是自己所期望的人生。

（那些有「其他」技能的小孩要接受更仔細的鑑定，被大人帶走之後再也沒有回來孤兒院……）

年幼的林克斯知道，擁有「其他」技能的人就例如奴隸商人。據說透過進一步的鑑定，被發掘出「隸屬契約」技能的他們要接受專門的教育，然後就職為奴隸商人。林克斯不知道還有什麼其他技能，會做些什麼工作。可是他所崇拜的迪克隊長並沒有什麼特別的技能。他們這些迷宮討伐軍的菁英將刀劍、長槍、盾牌、魔法等常見才能磨鍊到他人望塵莫及的領域，才能靠著自己的意志和實力立足在那裡。

他們走過的路程應該非常艱辛吧。道路的前方也不一定是燦爛的未來。他們隨時與死亡相伴，靠自身的技巧與肉體面對強大的魔物。

對內心充滿夢想與可能性的少年來說，其生存方式是那麼地眩目又令人嚮往。林克斯也希望自己的人生不是被技能左右，而是自己選擇並贏得的。雖然自己是孑然一身，不，正因為是孑然一身，林克斯才希望能像自己所崇拜的迪克隊長一樣，成為堅強、高大又能夠引以為傲的自己。

因此，林克斯決定隱瞞自己的技能。他事先找了一個才能與自己可能類似的人，偷偷讓對方使用鑑定紙，然後在接受能力鑑定時掉包。

林克斯是在半志願式地加入黑鐵運輸隊之後才得知自己的技能叫做什麼名字，而擁有這種技能的人又都過著什麼樣的人生。

林克斯覺得自己能躲過鑑定並來到黑鐵運輸隊是一件很幸運的事。

因為擁有「馭影師」技能的人大多會潛伏在黑暗中進行諜報行動，有時候還會承接暗殺任務。林克斯是在來到黑鐵運輸隊之後才開始磨鍊「馭影師」的技能，所以技術還很拙劣。用影子製造武器的技巧已經透過自學的方式習得，所以還有一定程度；可是將存在寄託到影子中，藉此隱身的技巧還是很不熟練，很容易被高階冒險者或直覺敏銳的人看穿。

可是，林克斯覺得這樣就夠了。

我想要變得像迪克隊長一樣。比起躲在黑暗中偷偷摸摸地染紅自己的雙手，我想要在陽光之下堂堂正正地戰鬥。林克斯一直是這麼想的。

面對在眼前歡笑的瑪莉艾拉，林克斯希望自己是個不需要躲躲藏藏的人。

「林克斯大師，請用『馭影師』的技能來切這個蛋糕。」

林克斯正沉浸在嚴肅的氛圍裡時，瑪莉艾拉不客氣地遞出一個裝著蛋糕的盤子。

「躍谷羊釣橋亭」的老闆說「艾蜜莉總是去打擾你們」，於是特別做了這個蛋糕。因為是趁著接待客人的空檔做的，它並不是海綿蛋糕，而是用薄薄的可麗餅皮夾著奶油和切片的水果，層層疊疊成半球形的蛋糕；奶油的甜味與水果的酸味在口中互相襯托，可麗餅皮那充滿彈性的口感更是令人感受到吃的喜悅。

這種美妙的蛋糕只有一個缺點，那就是非常難以分切。如果瑪莉艾拉用刀子來切它，充滿彈性的可麗餅皮就會溫柔地包住刀身，把好不容易疊得漂漂亮亮的層狀奶油擠出來，使得蛋糕變得一團糟。

雖然吃到嘴裡都一樣，但難得都做得這麼漂亮了。可以一邊欣賞美麗的切面一邊享用，蛋糕的美味也會更上一層樓吧。

「林克斯的影子小刀不是『阻隔』的概念嗎？就算是這種難切的蛋糕，應該也能切得很漂亮吧？」

瑪莉艾拉用非常認真的表情拜託林克斯切蛋糕。話說回來，原來她還記得剛才那番話。真不知道該對她這種出人意料的應用方式感到驚訝還是傻眼。

「……這還是第一次有人叫我用這種技能切蛋糕。」

不知道林克斯究竟是感到傻眼還是困擾。瑪莉艾拉猜不到隱藏在他那雙瞇瞇眼中的真心，他卻還是很俐落地把蛋糕切開了。

「哦哦哦，好厲害！切得超漂亮！」

瑪莉艾拉帶著閃閃發光的眼神說好厲害，好漂亮，吃掉它太可惜了，卻又馬上拿起小盤子。難得切得這麼漂亮，她卻在分裝時失誤，使蛋糕側倒在小盤子上。瑪莉艾拉「啊」的一聲僵住，林克斯便忍不住笑她「太老套了吧」。

（對瑪莉艾拉來說，不會留下證據的影子武器也只是方便的菜刀啊。對了，鍊金術應該也有毒藥之類很危險的魔藥吧……）

瑪莉艾拉沒有提過類似的事，但林克斯曾在帝都聽說過關於殺人魔藥的話題。就算有人委託瑪莉艾拉製作那種東西，她肯定也只會用一看就知道是在說謊的態度堅稱自己不知道，或是乾脆說自己不會做，斷然拒絕對方。

（不管是什麼技能，終究還是要看人怎麼用吧……）

每種技能當然有它適合的使用方式，但卻沒有什麼技能是只能用在善行上的，林克斯隱約這麼想。

林克斯一直認為自己天生的才能是某種負面的東西，抱持著羞愧感，所以這個想法讓他覺得心裡輕鬆多了。

「最大一塊給林克斯。」

最大一塊蛋糕的底部面積也最大，所以瑪莉艾拉把它移到小盤子上時沒有弄倒。她笑著說這次成功了，把蛋糕遞給林克斯。這副模樣與隨處可見的普通少女沒有兩樣。而在瑪莉艾拉眼中，林克斯就只是一個普通的青年吧。

這種溫馨的感受讓林克斯希望自己總有一天的回歸之處是這樣的地方。而他也再次深刻自覺到這份心情的源頭。

04

「雖然我幫了林克斯還這麼說是有點怪，但你讓他們兩個單獨相處沒關係嗎？吉克。林克斯好像不是為了激勵你才打算跟瑪莉艾拉告白的耶。」

瑪莉艾拉和林克斯兩個人正在享用佳餚時，吉克和愛德坎正在愛德坎經常光顧的酒吧喝著酒。

「反正我每天都有時間和瑪莉艾拉獨處。」

吉克看著杯裡的酒，這麼回應。

「什麼嘛～游刃有餘是嗎？你覺得自己不會輸給區區的林克斯嗎？你們已經很有進展嘍？」

愛德坎對他人的戀愛話題豎起耳朵。他的耳朵好像真的會動。

「我不是那個意思。」

沒錯。吉克注視著酒杯，說自己和瑪莉艾拉並不是那種關係。瑪莉艾拉想要的是父女或兄妹之類的關係，所以吉克蒙德總是以監護人的角色與瑪莉艾拉相處。

「也對啦～林克斯的年紀跟她比較接近嘛～像是興趣或價值觀？雖然幾乎都是關於食物啦，他們好像還滿合得來的。」

愛德坎頻頻瞄著吉克，這麼說道。

「瑪莉艾拉是個好女孩呢。只要不是自創料理，她做的菜就很好吃。像她那樣有點笨拙又很普通，沒什麼心機的女生正好是林克斯喜歡的類型。」

「嗚……」

吉克似乎有點受到打擊。他大口灌起酒來，明明才二十五歲，卻像個大叔一樣垂頭喪氣的。

「我好羨慕林克斯……」

「終於聽到你說喪氣話啦～！」

愛德坎平常總是到處被女孩子甩掉，然後受到吉克安慰，見到垂頭喪氣的吉克卻擺出一臉開心的樣子。

「果然是因為年齡差距嗎？我想也是～年齡差距果然很有關係～就算其他地方可以配合，年齡差距就沒辦法了！珍妮佛會拒絕我，一定也是因為這樣！」

愛德坎接著緩緩說起自己的事。或許是可憐吉克，酒吧的老闆倒了一杯昂貴的酒，說著「這杯算在愛德坎的帳上」，遞給吉克。

「咦～什麼時候變成我要請客了～？老闆怎麼可以這樣啦～」

「少囉嗦。那你就點一杯來記念你跟那個什麼珍妮佛分開的事啊。只不過要自掏腰包。」

「好啊～哦～這酒不賴嘛。迷宮都市（這裡）竟然能找到這種酒。」

「這不是你們黑鐵運輸隊送過來的嗎……」

順帶一提，這家店並沒有女性員工。酒吧裡只有老闆一個人就顧得來的少數座位，是一家能喝到好酒的迷宮都市隱藏名店。因為酒是由黑鐵運輸隊進貨，愛德坎知道這家店也不奇怪，但他竟然是這家高品味酒吧的常客，實在令人驚訝。今天的店裡比平常冷清，另外只有一個用兜帽罩著頭的男人在角落的桌子靜靜地喝著酒而已。

「所以呢？所以呢？昇上A級，重獲自由之後，你打算怎麼辦？其實你也可以放棄追求自由，以奴隸的身分繼續待在瑪莉艾拉身邊吧？」

愛德坎繼續問著壞心眼的問題。低著頭喝酒的吉克沒有看見，愛德坎的眼神並不像是一個酒醉男子。他或許是想以黑鐵運輸隊其中一員的身分測試護衛對象的保鑣。不過，這肯定也是出於低級的好奇心。

「不怎麼辦。就算昇上A級，重獲自由，我也會繼續當瑪莉艾拉的護衛。」

「咦～？就算林克斯和瑪莉艾拉順利發展下去也一樣嗎？」

「沒錯。」

「為什麼～？好不容易才重獲自由耶。而且還是A級喔。不管是財富還是名譽、女人，全部都能拿到手呢。你沒有必要那麼自討苦吃吧。人生苦短啊～及時行樂吧。」

原本低著頭喝酒的吉克抬起頭來看著愛德坎。

「被某人救了一命，不就是這麼一回事嗎？」

看著愛德坎的藍色眼睛既深邃又真誠。

這句話裡究竟蘊藏著多麼堅定的意念呢？

吉克很羨慕林克斯。

羨慕他和瑪莉艾拉年齡相仿，也羨慕他比自己強。

瑪莉艾拉和林克斯並肩而行的模樣非常自然，又很登對，讓吉克覺得他比自己更適合瑪莉艾拉。為了符合瑪莉艾拉的期望，為了配合瑪莉艾拉，吉克一直很努力。可是林克斯才剛遇到瑪莉艾拉就能夠與她相處得自然又融洽，聊得非常開心。

包含這種地方在內，吉克都羨慕得不得了。

因為即使脫離奴隸身分，那也是吉克無法得到的東西。

可是，那又如何？瀕死的自己究竟從瑪莉艾拉那裡獲得了多少東西，吉克一件也沒有忘記。

她不只是治癒了好不了的傷口，或是給予吉克身為人的尊嚴。

她不只是給予劍和防具，穩定的食衣住等物質上的東西。

以沒有「精靈眼」的身體打倒飛龍時，吉克才注意到。

她完完整整地救了過去傲慢、愚蠢又渺小的吉克蒙德這個人。

包含往後的人生在內，瑪莉艾拉救了自己這條命。

所以，這與自己是奴隸還是自由之身無關。不論是對林克斯的羨慕和嫉妒，還是渴望瑪莉艾拉的心意，吉克蒙德都打算接受這一切，繼續為瑪莉艾拉效力。

雖然吉克沒有把這段心聲說出口，愛德坎也已經收起輕浮的笑容，就像是要測量吉克的情意有多深，望進那隻湛藍的獨眼。

「你真是出乎我的意料。」

愛德坎最後只是小聲地回應這一句話。

「不過，其實我也沒有那麼悲觀。」

原本很失意的吉克這麼鼓勵一反常態地擺出認真態度的愛德坎。

（為什麼是愛德坎受到鼓勵啊？應該反過來吧。）

沒有人聽見酒吧老闆的這段心聲。

「畢竟瑪莉艾拉很棘手。要讓她察覺可不是一件容易的事。不知道年輕的林克斯能忍耐到什麼時候。」

「哦哦？什麼？吉克竟然這麼強勢！又發生什麼有趣的插曲了嗎？」

「什麼也沒有啦。因為真的什麼也沒有，我最近開始覺得就算我把瑪莉艾拉抱到浴室，她大概也會說『好輕鬆喔～』之類的話吧。」

「那是把你當看護的意思吧？」

「就是把我當看護的意思！」

沉默支配了夜晚的成人社交場域。吉克和愛德坎都默默地喝著酒。把苦楚和酒一起吞下肚也是大人的修養。就連平常會勸人「別再喝了」的酒吧老闆也說「今晚我會營業到天亮的」，然後把珍藏的酒擺到架上。不過當然是愛德坎請客。

或許是察覺了現場的氣氛，在店裡角落的桌子喝著酒的男人靜靜地從座位上站起。他大概是不想打擾到年輕人吧。離開座位的男人走到店外，看見半月從雲間露出了臉。

不斷反覆圓缺的月亮就好比年輕人那游移不定的心。
天上的月亮接下來究竟會圓滿，還是缺損呢？
（為了年輕人的未來，月亮啊，圓滿吧……！）
春天的晚風吹起男人的兜帽，使他露出滿月般的光亮頭頂。
「讚！」
明明沒有人看見，男人依然豎起大拇指，走進了另一家店。

05

調查得愈是深入，就讓人對五十六樓——火山樓層的攻略方法愈是摸不著頭緒。
維斯哈特碰上了前所未有的巨大障礙。
軍方用飛龍的素材準備了面罩和防護服，也冷卻了從樓層階梯到廣場的寬敞通路，去除岩石，把環境整頓得適合軍隊行進。
但也僅止於此。
「步行火山」所在的廣場非常寬闊，根本不可能全部冷卻。
最重要的是，要是從通道進入廣場灑水，龍就會飛過來噴火。而且廣場到處都有熔岩湧出，即使靠灑水或冰魔法冷卻廣場的一部分，也會在轉眼之間恢復原狀。情況簡直是杯水車薪。

尼倫堡曾向瑪莉艾拉問過是否有能讓人在高溫環境下活動的魔藥，答案是有稱為「冰精的庇佑」的魔藥可以製造薄薄的皮膜以防禦熱氣，還有稱為「龍人藥」的一種變身藥能讓身體變得接近名叫龍人的種族，使人得以在嚴酷的環境下活動。可是「冰精的庇佑」是特級魔藥，瑪莉艾拉不會做；而「龍人藥」雖然是高階魔藥，材料卻是赤龍的鱗片。赤龍正是棲息在五十六樓的龍，取得鱗片時就已經不再需要「龍人藥」了。也就是說兩者都無法使用。

軍方已經聯絡正好抵達帝都的黑鐵運輸隊，委託他們蒐集關於赤龍鱗片的情報，但S級魔物的素材很少出現在市場上，希望恐怕很渺茫。

剛才離開維斯哈特的辦公室的斥候部隊所帶來的消息也不樂觀。灼熱的空間會燒死馭蟲師的蟲，馭音師的調查也只能得到證實目視結果的情報。說到新發現，就只知道熔岩廣場全都是赤龍的監視範圍，只要從樓層階梯的通道走進有「步行火山」所在的廣場，赤龍就會馬上飛過來。

不知道是討厭五十六樓的氣溫降低，還是對到處亂跑的人類感到煩躁，赤龍向通道噴火，燒死了當時在整頓通道的十幾名奴隸，甚至對斥候以及工兵部隊造成極大的損害。所謂的極大損害，指的是「使用高階魔藥也無法恢復的身體缺損」。

從被害狀況來看，那隻赤龍在S級之中應該也算是高階的個體。

（是這半年太過順利了。攻略迷宮時發生人員上的損害也是理所當然的事。當初那些巴西利斯克不知道吃了多少的士兵。）

即使這麼想，維斯哈特也沒辦法坦然接受這種結果。

（果然只能動用S和A級的戰力了……可是……）

維斯哈特取出帝國的高階冒險者資料。這是受到嚴格的閱覽限制的祕密資料。即使是這樣的機密文件，確認到的三名S級冒險者之中也只有一個人有明確的所在地。

金獅子將軍——萊恩哈特・休森華德。

他是維斯哈特的哥哥，單人戰鬥力是A級，加上提昇隊伍能力的技能「獅子咆哮」才勉強得到S級的判定。

剩下的兩人之中，「隔虛」自從十多年前銷聲匿跡以來就沒有人能掌握其消息，另一位號稱「劍聖」的冒險者似乎與徒弟一同待在帝都北方盡頭的險峻高山上，但生死不明。「劍聖」若是還活著，早就已經是超過百歲的人瑞。

S級冒險者之所以銷聲匿跡，或是隱居在常人無法踏入的祕境，理由顯而易見。現實中的迷宮討伐軍對赤龍束手無策，但若是「隔虛」就能抵擋其火焰，處於全盛期的「劍聖」也能用高超的劍技把飛翔的赤龍打落至地面，將牠一刀斃命。擁有如此超乎常人之力的個人根本不可能過著寧靜的生活。想要攏絡他們的掌權者，想要討好他們的野心家只會不斷出現。

就連萊恩哈特也一樣，因為他是擁有邊境伯爵家之子、迷宮討伐軍將軍等身分的公眾人物，受到迷宮的束縛，才能夠得到一定程度的自由。

待在迷宮都市的A級戰力有包含維斯哈特在內的幾名迷宮討伐軍成員，以及黑鐵運輸隊的迪克、冒險者公會會長「破限」的光蓋、「雷帝愛爾席」……

既然要動用最強戰力，就表示萬一失敗了，不只是迷宮攻略會停滯不前，迷宮都市本身也很有可能受到極大的影響。如果有對赤龍有效的攻擊方法，那還能另當別論，但赤龍可以遠距離噴火，能對赤龍造成傷害的攻擊頂多就只有「雷帝」的雷擊了。不過那麼做真的就能把赤龍打落到地面上嗎……

「打擾了。這些是冒險者公會及商人公會提出的申請。」

親信把文件送交給正在苦思的維斯哈特。迷宮都市的內政也是他的管轄範圍。維斯哈特迅速將拿到的資料分成批准和否決的兩類。

「嗯？這是什麼？」

「有什麼問題嗎？」

為了減少維斯哈特的負擔，部下會事先檢查資料是否有文件上的缺失，以為有漏網之魚的親信於是這麼問道。

「不，沒什麼問題，我只是想問『關於年輕族群進入迷宮之限制』到底是什麼內容。」

「是。最近民間市場開始流通品質良好的藥，雖然減少了死傷人數，進入迷宮的兒童卻增加了。因此有人建議採取對策因應，以防萬一。」

迷宮對小孩子來說是有趣的遊樂場，同時也是孤兒的珍貴收入來源。沒想到市場上出現品質良好的藥雖然使冒險者能夠安心進入迷宮，卻也產生了這樣的弊端。

「有冒險者會吹噓，就算遇到強大的魔物也可以靠新發售的煙霧彈來逃走，愈是不熟悉迷宮的小孩子就愈容易聽信他們的話。」

「所以，那種煙霧彈是從哪裡來的？」

「好像是源自於亞格維納斯家的千金共同經營的藥店，不過現在在大多數的藥店都有賣……那個，請問要下達停止販售的命令嗎？」

亞格維納斯。聽到這個姓氏的維斯哈特就像是感受到強烈的頭痛，按住自己的太陽穴。

（我怎麼忍心下達停止販售的命令呢……）

瑪莉艾拉公開藥和煙霧彈的做法並舉辦研討會，拿出了很高的成果。雖然只有不到半年的期間，卻提昇了藥的品質，市面上也開始販售應用這些製藥法所做出的各種高療效藥品。為了協助製造所開發的好幾種魔導具也有很大的貢獻。

新產品的成長初期因為還有很大的開發空間，所以比起互扯對手的後腿，開拓他人沒有接觸過的領域更有賺頭。過去因為效果低劣而沒有什麼人要使用的傷藥和內服藥、對魔物有效的煙霧彈等商品開始有了不錯的效果，成為低階冒險者的必備品，消耗量因而增加，於是只要做出好東西就能賺錢的理想因果便誕生了。

迷宮都市的市民對藥的理解程度也有驚人的成長，兒童病死的機率降低，使得民眾對疾病或外傷的警覺性也有降低的傾向。民眾當然沒有必要對這些情況過於恐慌。雖然根據實際情況來改變認知是理想的態度，但懵懂的年幼孩子對迷宮的警覺性若是降低，在有迷宮的這座城市，長期下來會發展成關乎存亡的問題。最近迷宮討伐軍的死亡率雖然降低，從迷宮都市整體的角度來看，還是有很多人在迷宮喪命。有不少人即使活著走出迷宮，身體也受了重傷，再也無法踏進迷宮。

（我怎麼忍心叫凱兒停止製造藥和煙霧彈呢……！）

真正該做的事是讓將來要負責討伐迷宮的孩子學會正確的知識和技術，並不是限制以採集來支撐一部分生活的孤兒出入迷宮，也不是禁止凱羅琳等藥師販售他們辛苦研發的藥和煙霧彈。最重要的是，自己的藥能幫助他人讓凱羅琳打從心底感到高興，維斯哈特不想要讓她有多餘的擔憂，希望她可以常保笑容。

她昨天還嬌羞地說道：「哎呀，維斯大人真體貼！你這樣的地方也讓我非常……」仰望著維斯哈特露出微笑。微微染紅的雙頰，水汪汪的眼瞳是那麼地惹人憐愛！

（不對，那是「幻睡香」讓我作的夢……！）

因為哥哥萊恩哈特和部下都會把自己的「幻睡香」偷偷送給維斯哈特，他便忍不住每天都用，不過那種水菸或許很危險。在自己對真正的凱羅琳做出奇怪的舉動之前，是否該停止使用呢？

維斯哈特又增加了這麼一個小小的煩惱，不過面對這個案件，還有方法可以解決。解決方法比討伐赤龍還要簡單多了。

「準備開辦平民學校。讀書寫字、算數與戰鬥的基礎是所有學生的必修項目。開會討論如何讓年輕冒險者的受傷率、死亡率減半。一開始倉促行事也無妨。一個月後至少要能實驗性地開課，盡速著手準備。」

過去因為預算不足，一直無法付諸實行；現在多虧能用與帝都相當的價格購入魔藥，軍方開始能穩定取得巴西利斯克的皮革等迷宮深層的高價素材，使經濟狀況變得比較寬裕。就算是沒有戰鬥技能的人，只要學習戰鬥方法，至少也能打倒一隻哥布林；若能了解每個樓層的生態系與正確的應對方法，民眾也能進行採集。過去有許多市民雖然住在迷宮都市，卻不曾踏入迷宮；這些人如果開始進入迷宮，就算只是淺層，或許也能讓迷宮都市變得更加富庶。

維斯哈特一一處理剩下的文件。以前關於迷宮都市內政的諸多問題會讓他感到煩惱，現在他卻能流暢地想出應對方式。可是唯獨赤龍的攻略方法，他依然連一點線索都抓不到。

陷入苦惱的維斯哈特的寢室今晚或許也會洩漏出愉快的夢話，使親信除了迷宮和魔藥之外，又多出一些必須保守的祕密。

06

「帕洛華！艾里歐！母親大人來了！母親大人來接你們嘍～！」

愛爾梅拉小姐興高采烈地衝進「枝陽」。

「帕洛華～艾里歐～！嗯～！」

愛爾梅拉小姐抱住在店裡的角落跟艾蜜莉和雪莉一起乖巧地看書或玩遊戲的兩個少年，對他們的臉頰印上大大的吻。

知道愛爾梅拉平常個性的瑪莉艾拉並不特別驚訝，但若是不認識她的人看到穿著全身包緊緊的深藍色長洋裝、手套、長靴，把頭髮整齊地盤起來，還戴著眼鏡，外表看起來好像很死腦筋的愛爾梅拉露出這麼愛撒嬌的一面，一定會瞠目結舌。現在就有一個在店裡喝茶的藥師把嘴裡的茶吐回了杯裡。好髒。「枝陽」此刻誕生了一個「自己用過的杯子要自己洗」的新規矩。

名叫帕洛華的十三歲少年用有點厭煩的表情說「媽，不要在別人面前這樣啦」，名叫艾里歐的九歲少年則是高興地笑著呼喚「母親大人」。

愛爾梅拉小姐比害臊又高興的兩個少年還要幸福洋溢。她平常要工作，小孩子總是交給丈夫照顧。很想以母親的身分做些什麼的愛爾梅拉小姐對「接小孩」這件事充滿了期待。因為她在工作時太心不在焉，就連平常總是把工作推給別人的副部長里安卓也主動表示：「剩下的工作讓我們做就好了～」

不過按照里安卓的個性，大概會把愛爾梅拉剩下的工作全部丟給某個年輕職員吧。

「瑪莉艾拉小姐，謝謝妳幫忙看著孩子們。這些送妳，不嫌棄的話大家一起吃吧。」

對孩子們摟摟抱抱一陣子後，愛爾梅拉小姐把一個很大的包裹交給瑪莉艾拉。「枝陽」並沒有開辦附設托兒所，只有夫婦兩人都要工作的日子才會代為照顧孩子。雪莉和艾蜜莉都待在「枝陽」，常客也都很喜歡小孩。總是在店裡的角落乖乖玩耍的孩子不會添什麼麻煩，反而還能幫忙應付比較麻煩的常客。

愛爾梅拉用順手摘了路邊野菜的口氣說道「這是我今天工作時順便抓來的」，遞出的包裹裡面包著爆裂龍蝦。

這是一種比兩隻手掌還要大的龍蝦。牠們會用巨大的螯使出遠距離攻擊，威力相當於大人投擲石塊，要是躲開攻擊，企圖靠近或是抓住牠們，牠們就會自爆來攻擊捕食者，所以才會得名「爆裂」，是一種不要命的龍蝦。據說就是因為牠們會靠著自爆來擊退捕食者，才能留下後代，在強大魔物橫行的環境下繼續生存。

因為牠們有這種特攻傾向，捕捉起來當然非常困難。而且滋味鮮美，是一種高級食材。包裹裡有多達二十隻的爆裂龍蝦。

咕嚕。

瑪莉艾拉吞了一口口水。看著食材吞口水實在不像是年輕女孩會做的事，但爆裂龍蝦可是瑪莉艾拉在批發市場也沒有見過的稀奇龍蝦。真不愧是「雷帝」，竟然能夠輕易抓到這種獵物。

「就做成國王炸蝦吧。整隻下鍋油炸那種……大家也要吃吧？」

聽到瑪莉艾拉的提議，帕洛華和艾里歐的臉都亮了起來。安珀小姐和尼倫堡父女都擺出沒有異議的表情，艾蜜莉甚至已經開始流口水了。

「哎呀，我明明是抓來當謝禮的。可以一起吃嗎……？」

愛爾梅拉用食指抵著下頷沉思，於是瑪莉艾拉這麼提議：

「妳老公也還沒有回來，要不要跟帕洛華和艾里歐一起做菜給他吃呢？」

這是「和孩子一起做菜」的體驗，同時也是「對爸爸表達感謝之意」的機會。愛爾梅拉不可能不答應。艾蜜莉與雪莉也想做給爸爸吃，於是在客人都離開的打烊後，瑪莉艾拉、愛爾梅拉和四個孩子開始一起烹調巨大炸蝦。

「嗚，蝦蝦的腳動了……」

「啊～那只是碰到電流的關係啦。牠已經死了，別擔心，艾里歐。」

弟弟艾里歐明顯遺傳到愛爾梅拉的基因，似乎擁有雷電相關的技能。因為年幼的他還沒辦法好好控制自己的力量，所以身上穿著類似雨衣的橡膠服裝。艾里歐似乎很害怕自己的電擊會傷害到別人，平常總是躲在哥哥帕洛華的身後，很難和艾蜜莉與雪莉打成一片。哥哥帕洛華好像不怕艾里歐的電擊，很照顧弟弟。真是個好哥哥。

「從背部第三節的地方剝，妳看，這樣就可以輕鬆剝掉蝦殼了。」

「雪莉好厲害喔～」

這邊是雪莉和艾蜜莉。雪莉似乎擁有肢解技能。她用很快的手法剝著爆裂龍蝦的殼。

在迷宮都市，特別是批發市場所賣的食材並不會分成容易食用的小塊。一個家庭能吃得完的禽肉會整隻販售，就算是大型生物的肉類也會切成帶骨的塊狀直接賣。各個家庭大多都要自行處理食材，所以人家都說擁有肢解技能的女性不愁嫁不出去。

（不愧是雪莉。）

瑪莉艾拉把剝好的爆裂龍蝦的腸子拿掉，替緊繃的肉去筋，同時對雪莉的賢慧度之高戰慄不已。順帶一提，平常完全沒有在做菜的愛爾梅拉一邊興奮地看著孩子們奮鬥的樣子，一邊用驚人的速度把硬麵包磨成大量的麵包粉。安珀好像正在計算著什麼，拿出了更多麵包，可能是想藉這個機會量產麵包粉吧。

「呀！」

「對……對不……對不起……」

雪莉想教不太會剝爆裂龍蝦的艾里歐，卻好像在碰到他的手時產生了較強的靜電。

「我沒事啦，只是嚇了一跳而已。」

雪莉安慰艾里歐，要他別放在心上，他的大眼睛卻盈滿了淚水。

「對不……起。我……大姊姊，不要討厭我……」

他以前跟別人有輕微的接觸時，應該都會產生靜電，嚇跑許多朋友吧。看到艾里歐泫然欲泣的樣子──

「……好可愛……」

雪莉露出尼倫堡面對患者的那種眼神，雙頰泛紅。

（……雪莉毫無疑問是尼倫堡醫生的女兒……）

瑪莉艾拉這時終於確信，雪莉和尼倫堡的共通點並不只有黑髮。

經過一點小意外後，艾里歐按照順序替龍蝦肉裹上麵粉、蛋液、麵包粉，把自己的手也弄得像是正要下鍋的炸蝦時，雪莉煮了一鍋湯，而做完大量麵包粉的愛爾梅拉則用彷彿會發出咻咻聲的速度在空中把葉菜切碎。安珀完成沙拉的擺盤時，用整隻爆裂龍蝦下鍋油炸的「國王炸蝦」也起鍋了。

因為大部分的麵包都成了麵包粉，大家又另外煮了抓飯裝在大容器裡。A級冒險者（食物調理機）真是太方便了。轉眼間就能把食材切碎，在很短的時間內就完成料理了。

就像是看準料理完成的時機，愛爾梅拉小姐的丈夫造訪了「枝陽」。他是個和愛爾梅拉小姐很登對的斯文男性，就連戴眼鏡的特徵都跟她一樣。不知為何，賈克爺爺也跟他在一起。瑪莉艾拉正要開口發問時，愛爾梅拉小姐很高興地這麼說道：

「親愛的！爺爺，歡迎回來！爺爺也一起吃晚餐吧，是我們和孩子們一起做的喔！」

瑪莉艾拉很驚訝。不，這麼一說其實非常合理。愛爾梅拉小姐好像是賈克爺爺的孫女。原來她對藥草的狂熱是遺傳自賈克爺爺。

而且重點是——

「爺爺？」

「……吵死了。愛兒，妳也差不多該改掉這個叫法了吧。」

賈克爺爺哀怨地瞪著差點笑出來的瑪莉艾拉，正打算回到自己的店面時，兩個人影撲向了他。

「爺爺！」

「爺～！」

「唔哇，帕洛華、艾里歐！艾里歐，不要用那種手來抱我！」

這時吉克和林克斯、愛德坎也回到一片混亂的「枝陽」，使得這頓晚餐就像是一陣暴風雨。

一大群人開始啃起巨大的炸蝦。不，只有林克斯和愛德坎、兩名少年是用啃的，其他人都把炸蝦切成一口的大小，優雅地吃著。

爆裂龍蝦的肉吃起來香濃又鮮美，但如果直接油炸，肉就會縮緊，變得口感偏硬。多虧有按照食譜去筋，蝦肉只保留了剛剛好的嚼勁，在嘴裡崩散開來，充分釋放出濃縮在麵衣裡的鮮味。爆裂龍蝦非常美味。雖然美味得不得了……

「你這個人真是的，每次我不在就老是抱怨好無聊好無聊。」

「因為妳總是充滿了刺激性啊。」

卿卿我我卿卿我我。

（為什麼呢？我還吃不到一半就有種胃酸逆流的感覺……）

席爾夫妻完全不在乎他人眼光，非常親熱地說著「親愛的，我餵你。啊～」、「妳沾到醬汁了（舔）」之類的話。

瑪莉艾拉不知道眼睛該擺在哪裡，只是反覆咀嚼嘴裡的龍蝦；林克斯則是吃相比平常更差，快得已經開始吃第三隻了。

吉克頻頻觀察瑪莉艾拉的嘴邊有沒有沾到醬汁，今天的瑪莉艾拉卻吃得很有規矩，沒有沾到醬汁，於是他只好把醬汁抹在自己的嘴邊，卻沒有人理他。

說到愛德坎，他則是把硬得普通人都會丟掉的龍蝦尾巴咬成碎片，嘴巴裡恐怕到處都是血吧。他還喃喃唸著「爆裂吧，爆裂吧」，模樣有點恐怖。

愛爾梅拉說「瑪莉艾拉小姐是很優秀的藥師喔」，向丈夫沃伊德介紹瑪莉艾拉，但他們的兩人世界卻小得容不下其他人。兩個兒子可能是習慣了，跟其他孩子聊得很開心。

「愛德坎先生用雙劍，林克斯先生用短劍，吉克先生則是用單手劍。聽說他們現在在三十八樓狩獵獨眼巨人呢。」

沃伊德一直點著頭聆聽愛爾梅拉所說的話，聽到關於吉克的事卻好像有什麼在意的地方，稍微打斷了話題。

「嗯？單手劍？不過他看起來好像是用弓的人……」

沃伊德低聲這麼脫口而出。

他怎麼會知道？突然被指名，吉克的身體微微變得僵硬。

「沒有啦，其實我以前也短暫當過冒險者。我很擅長透過動作和肌肉形狀、氣質來猜測那個人使用的武器。」

就像是要消除稍微變得尷尬的氣氛，沃伊德笑咪咪地這麼回應。

「因為你的左右手肌肉形狀不同。使用單手劍應該也是原因之一，不過那是弓箭手特有的體型。」

「因為我的慣用眼受傷，才改用劍。」

吉克這麼說，打斷了沃伊德的說明。

「嗯？單眼也可以瞄準不是嗎？要改變慣用眼雖然需要克服一點障礙，但既然是長期慣用的武器，身體是沒有那麼容易忘記的。比起學習陌生的劍術，使用以前的武器應該容易多了。」

察覺到沃伊德的言外之意，吉克不發一語地別開目光。

「真糟糕，我不該對高階冒險者問這麼多的。如果讓你覺得不舒服，我很抱歉。」

沃伊德這麼說完，再次回到與愛爾梅拉的閒聊之中。

那天晚上，吉克拿出收起來的練習用弓箭，在自己的房間裡看著它。
吉克知道沃伊德究竟想說什麼。
他的意思是「你並不是無法使用弓箭，而是不去使用」。
（我不想回憶起那個時候的事……）
回憶起只會依賴「精靈眼」這種強大庇佑的自己。當時的吉克不知道除了弓箭以外的戰鬥方式，甚至不知道如何用魔力來強化身體或武器。他無法忍受低頭請教他人的感覺。就算不拜他人為師，用對付野獸的弓箭也能充分打倒魔物。
「真虧你能用那麼普通的武器來對付魔物。」
每次聽到別人這麼說，他就以為是自己的技巧高超，感到十分得意。
現在的吉克知道，對方是在勸自己應該根據對付的魔物來準備適當的武器和防具。
當時賺到的錢在轉眼間就花個精光。他沒有買好的武器或防具，而是購入在戰鬥中派不上用場的時髦衣服和鞋子，或是揮霍在美酒與佳餚上，奢侈地享樂。吉克不希望他人發現被「精靈眼」選上的優秀自己是來自魔森林旁邊的偏僻村莊，於是一聽說有什麼流行就不惜花大錢來掩飾自己的鄉下人身分。
失去「精靈眼」之後的事，吉克更不想去回憶。
他以前一直以為只要達成夠多的委託就能昇上A級，但沒有了「精靈眼」的自己就連是否有C級的實力都很難說。吉克並不想承認，他自以為有B級實力就任意欺壓隊友，自己卻比他們還要弱。

所以吉克才會認定自己「沒有『精靈眼』就無法用弓」。

（可是現在——）

吉克再次把弓箭收進櫃子，舉起插在劍鞘裡的祕銀之劍。

他已經學會如何強化體能，也知道怎麼在武器中灌注魔力。肉體的運動能力也遠比當時更好。就算不使用弓箭，自己也能昇上A級。

即使沒有「精靈眼」，吉克也已經超越那個時候的自己。因為自己已經不是當時那個愚蠢的廢物，所以不會用弓也沒關係，吉克這麼想。

這一天的吉克沒有從劍鞘中拔出劍來看看映照在刀身上的自己，就這麼沉沉睡去。

因為如果看到自己現在映照在刀身上的樣子，一定就會發現。

發現自己還有執念與逃避的心態，依然像以前一樣怠惰。

07

他一直以為天空應該是藍色。

周圍並沒有起霧，只有淡淡的白色雲朵包圍了四周；近處的景色明明很清晰，遠處的山巒卻只透著模糊的輪廓。

被春天的雲霧沖淡的遠景彷彿幻影，不管駕著龍馬奔馳多久，好像永遠也到不了。

就像是在告訴他「你哪裡也去不了」、「你是無法逃離迷宮的」。

抬頭望著霧茫茫的春日天空，萊恩哈特無意間這麼想。都是因為老是待在迷宮裡的關係。他從來不曾仰望天空。

萊恩哈特的手邊有黑鐵運輸隊送來的一封信。這是他的兒子寫給他的私人信件。這封兒子寫給父親的信沒有必要特別保密，內容是感謝父親在他生日時贈送一把劍，並且表達自己想要盡早來到迷宮都市，與父親（萊恩哈特）一同消滅迷宮的意念。萊恩哈特思念起許久未見的兒子。

容貌與兒時的萊恩哈特十分神似的兒子並沒有繼承到他的技能「獅子咆哮」。這原本就是很稀有的技能，萊恩哈特的父親和祖父也都沒有，即使兒子不具備也不奇怪。不過，這類型的技能容易遺傳給直系血親，因此萊恩哈特退休後的休森華德邊境伯爵家也已經確定由他的兒子來繼承。換句話說，兒子也會繼承討伐迷宮的使命。

萊恩哈特對此於心不忍。

因為他認為不論是否有「獅子咆哮」，自己的兒子都不適合戰鬥。

萊恩哈特的兒子並不弱。他和萊恩哈特一樣擁有優秀的體能，也有使用魔法的資質。他現在不在迷宮都市，而是在萊恩哈特的父親，也就是他祖父的指導下專心念書並接受訓練；

照目前的步調順利發展下去，他應該能成為相當於A級的戰力。可是從定期送達的報告書看來，萊恩哈特認為內政才是真正能讓他發揮才能的領域。若是沒有迷宮，他應該能成為一個好領主。萊恩哈特不禁感到遺憾。

對休森華德邊境伯爵家而言，守護人民的生活，以皇帝之臣的身分效忠帝國，消滅迷宮全都具有同樣的意義，是自己應盡的使命。特別是天生擁有「獅子咆哮」的萊恩哈特，自幼就開始接受以消滅迷宮為目標的專門教育。萊恩哈特對此沒有異議，從小到大都認為這是理所當然的。

與孩提時代訂下婚約的對象步入婚姻並留下子嗣，也讓萊恩哈特覺得只是自己背負的使命、工作的一環。

直到親手抱起兒子為止。

他的身體既柔軟又無力。就連頭蓋骨也是軟的，脖子沒有支撐力的脆弱模樣超越了萊恩哈特所能理解的範疇。脆弱得令人害怕的未知感受，讓萊恩哈特抱著嬰兒的手臂完全不敢有任何一點動作。嬰兒聽不懂人話，又很容易哭泣。好不容易讓他喝完奶，打嗝時又會吐出一點。喝下的奶會以驚人的速度排泄出來。不，即使是大人，飲酒過量也會嘔吐，喝過東西也會跑廁所，所以他並非無法理解。

只不過，非常地溫暖。

幾乎讓人覺得熱的體溫隔著襁褓傳遞過來，讓萊恩哈特感覺到強大的能量和可能性。

「好厲害」。萊恩哈特純粹地這麼想。這就是生命。生存的力量就在這個小小的身體內燃燒著。

萊恩哈特開始有股強烈的意念，想要替剛出世的孩子留下更美好的世界。當時感覺到的熱度，現在仍保留在萊恩哈特的體內深處。

「我要親手消滅迷宮。」

差點在這句低語前加上「倘若可以」，萊恩哈特暫時閉上眼睛。自己豈能抱持如此軟弱的心態？

「我會讓它成真。」

低聲說完，萊恩哈特握緊拳頭。

春季的天空蒙著一層白茫茫的雲霧，遮掩著遠方的景色。能夠清楚看見的，只有腳步到得了的近處。

（但我不能停下腳步。）

萊恩哈特批准維斯哈特擬定的作戰計畫，在召集令狀上簽名。

「『破限』、『雷帝』，感謝你們來此相助。」

「破限」——冒險者公會會長光蓋、「雷帝」愛爾席——商人公會藥草部長愛爾梅拉應迷宮討伐軍的召集而來，於是萊恩哈特與他們緊緊握手，表達深深的感謝之意。

包含先到的迪克在內，迷宮討伐軍的會議室聚集了三名協助者。除了以A級以上的迷宮都市最強戰力來應戰以外，終究沒有找到其他的策略。

萊恩哈特的「獅子咆哮」必須滿足發動條件才能提昇隊伍戰力，無法強化階級在自己之上的人。雖然萊恩哈特被登錄為S級，但卻是因為有「獅子咆哮」，個人的戰力屬於A級。

這次的目標是步行火山的守護者——赤龍。在地形不利的熔岩大地，面對恐怕有S級偏高程度的飛行魔物，萊恩哈特與九名A級冒險者要用沒有經過強化的原始戰力來應戰。

尼倫堡帶領的治療部隊會在樓層階梯附近的安全地帶待命，雖然備齊了高階的各種魔藥，但如果有人受傷，不知道尼倫堡是否有辦法躲過赤龍的攻擊去救助傷患。

勝算很低，有人喪命的機率還比較高。即使如此，他們還是聚集到這裡了。

「就是為了這種時候，我才把部下訓練成只有他們就能讓公會運作的程度啦。」

「我希望能讓家人安穩地生活在這座城市。」

光蓋與愛爾梅拉分別這麼答道。迪克默默地點頭。

「那麼，現在開始說明關於赤龍與樓層的情報，以及作戰計畫的內容。」

維斯哈特攤開資料，開始作戰會議。

與赤龍的戰鬥就訂在後天。

聚集在這裡的A級冒險者應該會度過一如往常的明天。決戰日的早晨，他們會一如往常地說自己要前往迷宮工作，與家人道別。

軍方並沒有命令他們保密。

他們在有迷宮的城市，以戰鬥為業。

就連發生什麼萬一，都是在迷宮都市生活的一部分。

所以，他們明天會比平常還要稍微珍惜日常生活，準備迎接決戰。

公會幹部（那些傢伙）已經很可靠了。你們畢業啦，光蓋這麼想。如果我有什麼萬一……腦海中浮現氣得發狂的老婆，光蓋露齒一笑。

愛爾梅拉想起丈夫和孩子們的身影。雖然很想永遠陪著他們，但為他們準備自由的未來才是自己的職責，於是愛爾梅拉以「雷帝」的面容下定決心。

迪克很慶幸自己能讓安珀重獲自由。她在不知不覺間成了「枝陽」的員工，一個人肯定也能好好活下去。迪克明明老是盯著她的胸部裝甲看，在這種時候想起的卻都是她的笑容。

戰士們懷抱著各自的意念，回到可能是最後一天的珍貴日常之中。

✲ 08

（睡不著。）

前往帝都的黑鐵運輸隊在前天的傍晚抵達了迷宮都市。

被分到運輸組的小賈昨天的工作只有打掃奔龍小屋，後來得到休假，睡得不省人事。因為今天他也在工作時偷懶，總是在打瞌睡，所以狼吞虎嚥地飽餐一頓之後也沒有睡意。

今天的晚餐鹽分比較多，吃的時候覺得津津有味，吃完之後卻會漸漸感到口渴。小賈爬出床鋪，想要找水喝。據點的大房間好像聚集著黑鐵運輸隊的成員，有人對話的聲音傳了出來。

「隊長～要是吉克昇上了A級，你可以當他的特赦保證人嗎？」

「吉克？啊，你是說他啊。可以啊，不過沒想到以前差點死掉的他能昇上A級呢。」

據點裡的兩人說著光蓋主動表示願意成為保證人，讓吉克擔心自己會不會被拉進光蓋小隊，或是等他達成A級的條件就要帶他來這裡慶祝等等，對話的內容全都是些沒有什麼價值的閒聊。

可是對小賈來說——

（特赦？吉克？差點死掉？）

聽到這些傳聞，原本感到無聊的小賈開始加速思考。

（什麼？他們在說什麼？吉克？我知道是誰。是那傢伙。和那小子（林克斯）跟小丫頭在一起的獨眼男。帶著好武器的那傢伙是奴隸？差點死掉？）

聽見的詞彙在小賈的腦中轉個不停。這時候他回想起來。

——吉克蒙德啊！汝應以魂發誓效忠！

回想起在雷蒙的奴隸商館後院照顧奔龍時看到的隸屬契約儀式。

（啊！啊！啊！啊啊啊啊啊啊啊啊啊！那傢伙，是那傢伙。他就是那傢伙。我還以為他已經死了。不對，他本來應該會死的。雷蒙老爺是故意進那種貨的！為了殺雞儆猴！所以他根本不可能活著。他可是虛弱到連治癒魔法都無效的半個死人！為什麼？為什……啊，啊啊啊啊啊！還真的有！這個城市有鍊金術師！原來啊，原來是這麼一回事！是那傢伙！就是買走半個死人的那個小丫頭！）

小賈並不是多麼聰明的男人。他並沒有從全方位的角度去思考問題的智慧。聰明的人並不會只聽到一些片段的情報就歸類出結論。

可是小賈既愚蠢又短視，所以才會用近乎謬論的邏輯來得出結論。得出瑪莉艾拉是鍊金術師的結論。

而這一點，恰巧就是真相。

（要是那個時候，那個小丫頭選的不是半死不活的那傢伙，而是我的話，他的武器和待遇就全部都是我的了……）

好嫉妒，好可恨，好羨慕。

小賈的怨恨源源不絕，把自己不幸的原因都推給方便嫉妒和憎恨的其他弱者。

（都是因為那傢伙……因為那個小丫頭沒有選擇我，我才會……！）

春季的天空依然是陰天。
布滿沉重烏雲的天色帶來了雨水的香氣。

第五章

林克斯

Chapter 5

01

嘩啦嘩啦，外頭正在下著雨。可是迷宮內的天氣並不會被外界的天候左右。

二十三樓「永夜湖畔」是月光魔草的叢生地，有大大小小的湖泊和潺潺流水在樹木之間穿梭，並不會下雨。

清水在岩石縫隙間輕快地流動。沿著岩石流動的這些水中是否混合了不斷降落在迷宮都市的雨水呢？水中長滿了水苔，讓人難以推測水深；瑪莉艾拉小心避免跌進水流中，採集著充分吸收了月光石之光的月光魔草。

「抱歉，還要你們抽空陪我。」

「別放在心上啦。」

「護衛瑪莉艾拉當然是最重要的事。」

瑪莉艾拉一臉愧疚地道歉，林克斯和吉克卻都揮揮手要她別在意。

經過亞格維納斯家的騷動，高階魔藥的訂單暫時減少了一陣子，但因為瑪莉艾拉每天都若無其事地持續製作魔藥，尼倫堡便向上級報告「目前鍊金術師沒有因假死魔法陣的影響而驟逝的徵兆」，於是每天一百瓶的收購又重新開始了。

因為討伐在已攻略樓層橫行的魔物也是削弱迷宮力量的方法之一，無法參加最深處的攻略行動的迷宮討伐軍二軍或三軍的士兵每天都會進入適合各自能力的樓層，勤於討伐魔物。過程中當然也會消耗魔藥，所以如果繼續壓低高階魔藥的訂購量，迷宮討伐軍的魔藥儲備量就不會增加或減少，而是持平。

不過迷宮都市所剩的魔藥瓶庫存量只有五千多瓶，數量很少。遇到關乎性命的狀況就無法完全回收空瓶，數量一年比一年少也是無可奈何的事。這些空瓶也在這半年間幾乎被魔藥填滿，已經所剩不多。

最近亞格維納斯家地下的魔藥儲藏設備又重新啟動，裝在桶子中的高階魔藥會搬到那裡，再移到儲藏設備的巨大儲藏槽中。

順帶一提，用來當作搬運容器的桶子是可以裝下一百瓶魔藥的大木桶，和魔藥瓶一樣刻著防止變質的魔法陣，效果卻只能維持短短的幾天。魔法陣過了一段時間就會消失，再過一段時間還會長出樹枝和樹根。魔藥的治療效果實在驚人。

亞格維納斯家重新獲得魔藥管理者的職務，但只負責管理，魔藥的所有權是屬於迷宮討伐軍。儲藏設備運轉所需的魔石也是由迷宮討伐軍提供，所以租借場地是比較貼切的說法。

知道這個狀況的人只有凱羅琳的父親羅伊斯和老管家，而他們也被施予了強力的誓約魔法，包括不能探究魔藥來源等條件在內。等到凱羅琳結婚並繼承亞格維納斯家，她遲早也要繼承祕密與誓約，所以愛女心切的羅伊斯希望至少在那之前可以不要讓她背負更多的責任。

瑪莉艾拉當然不知道這些事情，一天繳納一百瓶高階魔藥也不是強制要求。軍方其實也很擔心唯一一名鍊金術師會有什麼萬一，所以總是再三叮嚀瑪莉艾拉「在不勉強的範圍內交貨」。即使如此，瑪莉艾拉還是會每天製作一百瓶高階魔藥。而且並不是一次做一百瓶，而是一次一瓶，反覆做一百次。安珀和尼倫堡父女駐留在「枝陽」的期間，瑪莉艾拉會趁著有空時不斷重複做著相同的步驟。

這麼做並不是為了賺錢。至今為止所收到的魔藥貨款早已超越瑪莉艾拉能理解的範圍，多到她都沒有在算了。

瑪莉艾拉覺得就快了。再努力一下子，自己應該就可以在不用任何道具的情況下做出高階魔藥。

瑪莉艾拉的「書庫」開放條件是「不使用道具，只用鍊金術技能製作魔藥」。如果能做出特級魔藥，或許就可以治好吉克的眼睛。要慶祝他昇上A級並恢復自由之身，沒有比這更好的禮物了。

所以雖然要耗費更多的時間和魔力，瑪莉艾拉依然一瓶一瓶地反覆製作大量的高階魔藥。

可是傷腦筋的是，因為做了將近一萬瓶的高階魔藥，迷宮都市的月光魔草開始缺貨了。由於這種藥草出貨到帝都的利潤並不高，原本的流通量就比較少。所以上次瑪莉艾拉也跟林克斯等人來到這裡採集，而當時採到的月光魔草早就已經用完了。

雖然也有委託馬洛四處收購，下次的交貨日卻是三天後，這段時間會閒下來。因此，瑪莉艾拉拜託林克斯和吉克在討伐的空檔一起來，他們就二話不說地答應了。

瑪莉艾拉說自己會付委託費，林克斯卻爽快地說「反正還有蜥蜴人的素材嘛～要不然晚餐給妳請」。黑鐵運輸隊好像剛好回到了迷宮都市，所以他這次也帶了奔龍和搬運工過來。

瑪莉艾拉本來想向男搬運工——小賈道謝，他卻用像是腐臭淤泥般的混濁藍眼盯著瑪莉艾拉，讓瑪莉艾拉不敢向他打招呼。

（那個人……應該是我遇到吉克時，在雷蒙先生的奴隸商館照顧奔龍的人吧？）

以前瑪莉艾拉向小賈打招呼時，他都不理會，今天卻從早上開始就一直對瑪莉艾拉投射很失禮的視線，使瑪莉艾拉想起自己曾在遇見吉克的日子和他待在同一個地方。不知為何，小賈今天總是很仔細地觀察著瑪莉艾拉的一舉一動，所以她根本沒有機會把自己帶來的魔藥交給吉克和林克斯。

吉克的眼睛很漂亮，看著看著就會讓人湧現某種懷念的感受，小賈的眼睛卻讓人不太想看到。明明沒有什麼交集，卻好像受到他的強烈憎恨，於是瑪莉艾拉遠離了小賈，帶著奔龍走向月光魔草的叢生地。

雖然小賈用失禮的眼神觀察著瑪莉艾拉，卻沒有對瑪莉艾拉做些什麼的舉動，也沒有靠近她。因為小賈知道她是什麼人，也知道要是對她出手會有什麼下場。

「喂，小賈，這邊。」

聽到林克斯的命令，小賈像上次一樣，用慢吞吞的動作撿起蜥蜴人掉落的魔石和皮。瑪莉艾拉在稍遠的地方採集月光魔草，烘乾後堆放到奔龍的背上。

「嘎嘎～」

奔龍用撒嬌的聲音要水喝，於是瑪莉艾拉說「只能喝一點點喔」，把雙手合併成碗狀餵牠喝水。這個樓層明明到處都是水，牠卻還是想喝瑪莉艾拉用魔法變出的水。帶有魔力似乎會讓味道改變，人類的味覺卻感覺不出差異。

這隻奔龍是養來作為迷宮都市的交通工具，每次和林克斯一起來到「枝陽」就會跑到後院的聖樹下休息。大概是因為經常餵牠喝帶有魔力的水，牠非常親近瑪莉艾拉。

湖水輕快地流動，遠處還傳來瀑布的聲音。

有時候會聽到林克斯和吉克打倒的蜥蜴人發出慘叫聲，除此之外沒有對話。

空氣似乎有點涼。上次來的時候，這個樓層感覺起來比外面更溫暖；現在春天來臨，這個樓層就變得稍微冷了一點。

（變得有點冷了呢。再採集一點就回去吧。）

瑪莉艾拉搓了搓凍僵的手掌，繼續採集。

然後她發現，周圍好安靜——

蜥蜴人的聲音消失了。

「吉克、林克斯。」

瑪莉艾拉正要向兩人搭話的時候，附近的流水湧起波浪，那些東西現身了。

02

「那麼，我們走吧。」

萊恩哈特向聚集在此的冒險者與迷宮討伐軍的菁英說道。

這是瑪莉艾拉等人在二十三樓開始採集月光魔草不久後的事。

裝備不耐熱的人換上了巴西利斯克皮革製成的裝備，但集合在這裡的人大多都有自己慣用的高價裝備，所以追加在平常裝備上的明顯改變就只有用飛龍的肺當作濾網的面罩而已。

戰鬥時會用維斯哈特的冰魔法來防禦高溫，迷宮討伐軍的A級盾牌戰士會與專門進行支援的維斯哈特同行。

火山的步伐很慢。只要挑在火山移動到遠方的時機進攻，應該就可以單獨對付飛過來的赤龍。作戰計畫是用冰魔法的支援來緩和熔岩地帶的不利條件，先單獨對付赤龍。確認火山已經移動到夠遠的地方後，萊恩哈特下達進攻的暗號。

「寒冰領域。」

維斯哈特對所有人施予微弱的冰魔法。雖然這是用寒氣包圍對象，使之緩緩凍結的魔法，此刻卻能保護一行人不受灼熱的大地傷害。因為必須不間斷地替高速行動的十名戰士施放魔法，維斯哈特當然沒有餘力加入攻擊的行列。

「嘎吼吼吼吼吼！」

為了踩死侵入自己地盤的螻蟻，赤龍從火山口起飛，以驚人的速度俯衝過來。

龍的特徵之一是有很大的個體差異。

不論是人類、動物還是魔物，都會有體格大小和體色等個體差異。可是也會維持在一定程度的範圍內，有最具代表性的體型和外貌；但只有龍的外貌、體型和能力會出現很大的差異，甚至像是完全不同的種族。只是因為個體總數少才統一歸類為龍，在戰鬥能力方面也有很大的個體差異是牠們的特徵。

而這隻赤龍的外型是擁有一對翅膀的飛行品種，體型遠比飛龍還要龐大。飛龍約比馬還要大一點，赤龍的體型卻大得足以一口吞下飛龍。牠的表皮和炙熱的熔岩一樣是紅黑色，看起來既厚實又強韌，恐怕也有相當的重量。一對翅膀張開時比身體更長，翼膜會隨風鼓起。雖然翅膀並不小，還是不可能支撐這個程度的重量，而牠也沒有頻繁振翅的動作，可見牠應該是兼用魔法和翅膀來飛翔的類型。

據說龍之中也有存活長達千年的個體，但這隻赤龍還活不到兩百年，所以或許算是比較年輕的個體。能在以龍而言並不長的時間內成長到這個大小，或許是充滿迷宮的魔力所造成的結果吧。

「唔……」

親身體會到強者所散發的壓迫感，某人不禁脫口喊道。可是他們不能佇足不前。

迪克從背上的好幾把長槍中取出其中一把，朝著高速飛翔的赤龍從高空噴出的火焰投擲。那並不是他愛用的黑槍，而是為了這場戰鬥而打造的祕銀長槍。

「飛龍昇槍！」

「龍捲風暴！」

萊恩哈特等會用風魔法的人對迪克用長槍技能放出的招式施加魔法。與魔法的契合度很高的祕銀長槍周圍產生了龍捲風般的強烈漩渦，被這一記刺擊打中的對象一定會在祕銀長槍擊中前先被風刃砍成碎片。

可是如此強勁的刺擊也比不上赤龍噴出的火焰。

沿著稍微偏離噴火軌道的路徑放出的刺擊削弱了火焰，在火焰的熱度把祕銀長槍澈底融化之前，使噴火的軌道大幅偏離討伐隊。

火焰引起低沉的地鳴擊中五十六樓的大地，同時產生強烈的熱風。

赤龍沒有改變高度，反覆做出與龐大體型不相襯的急速迴轉動作，並且吐出第二、第三發火焰，卻全部都被迪克的投槍擋開了。

不只是武器，魔法的射程也是有限的，而赤龍一直沒有進入射程範圍內。雖然迪克的長槍能防止赤龍的火焰直擊眾人，包含長槍在內的所有攻擊方式卻都無法觸及赤龍。

「難得我們都來了，不要這麼害羞，下來一下嘛！」

光蓋和迷宮討伐軍的戰士只能用劍鞘敲打盾牌，發出吵雜的聲音來向赤龍挑釁。

「話說，這麼過時的作戰計畫，應該會在繪本裡出現吧。」

光蓋一開始屏氣凝神地面對強敵，赤龍卻只會一邊噴火一邊在天上盤旋。由萊恩哈特與魔法師施過風魔法的長槍會錯開火焰的軌道，打不到眾人，維斯哈特的冰魔法也會擋住來自熔岩大地的傷害。

要等赤龍降落地上才能開始工作的光蓋與兩名戰士閒得發慌，正勤奮地挑釁赤龍。

「對了，我還小的時候，奶奶也唸過戰士敲響盾牌來挑釁龍的故事給我聽呢。」

光蓋會悠閒地聊起這種回憶也無可厚非。

不過他們當然還保有一定的緊張感，至少不會對不知道聽不聽得懂人話的赤龍說些「嘿～你這臭蟲。你的老媽（火山）腳超短！」之類的咒罵。

不知道是發覺自己受到了挑釁，還是覺得光蓋等人有機可乘，亦或是具有蒐集發光物品的習性，赤龍又噴了一發火焰，然後開始朝著光蓋等人急速下降。

赤龍體型龐大，翅膀也很大。牠是想要俯衝後發動攻擊再上升，還是降落到地面上戰鬥呢？光是用那副巨大身軀逼近，就產生了足以吹走眾人的風壓。就像是為了避免被風吹走，光蓋拔出預備的大劍，將劍身的一半插入地面。

把劍插在地上的動作是個暗號，光蓋與戰士們同時後退。
聽到光蓋的吶喊，赤龍是否能發現自己已經踏入陷阱了呢？
「『雷帝』！上吧！」
「天雷！」
赤龍一進入「雷帝愛爾席」的射程範圍，自從踏入這個樓層開始就一直待在一行人的最後方躲避赤龍的目光並持續詠唱的「雷帝愛爾席」使出大招「天雷」，貫穿了赤龍的身體。

03

「大家好。艾里歐，你也打招呼吧。」
「大……大家好。」
「哎呀，好可愛的客人喔。下雨天還來跑腿嗎？」
愛爾梅拉的兒子——帕洛華與艾里歐拜訪了「枝陽」。
被香料店的梅露露姊攀談，內向的艾里歐忸忸怩怩地躲到哥哥帕洛華的身後。可能是還不太會撐傘，艾里歐淋得特別溼。
看到他們倆的雪莉探頭說道：「哎呀，歡迎。今天也要一起看書嗎？」艾里歐就開心地連連點頭，跑向有雪莉在的店內角落。
「因為艾里歐說他想來這裡玩。」
可能是覺得沒有買東西就來店裡打擾是很失禮的事，帕洛華有點小聲地這麼說道。像他這麼有常識的少年，在迷宮都市算是很少見的。
「想來的時候隨時都可以來呀。我也常常沒事就跑來串門子！來，去玩之前『乾燥』一下！好了，我看看要給你們什麼點心。」
對於態度客氣的少年，梅露露熟門熟路地在「枝陽」準備茶和點心。她倒是太把這裡當成自己家了。
「你們今天沒跟爸爸在一起嗎？」
「嗯，爸爸說他臨時有工作。」
「我爸爸也是呢。而且瑪莉艾拉姊姊和吉克先生也都不在。」
雪莉和艾里歐這麼聊著。雪莉被靜電打到也不躲著艾里歐，反而更加疼愛他，所以艾里歐才吵著要跟雪莉玩；帕洛華一邊喝著梅露露姊泡的茶，一邊這麼說道。
聽到這番話，梅露露、安珀、凱羅琳都從雪莉與艾里歐之間嗅出酸酸甜甜的戀愛氣息，眼神閃閃發光，但稚嫩的少年帕洛華卻沒有發現。
被孩子們的模樣啟動某種開關的梅露露向安珀說起了八卦。
「對了，我聽說上次林克斯邀請瑪莉艾拉單獨出去吃飯呢。他還把吉克推給愛德坎應付。」

「對呀。氣氛不是很重要嗎？所以我把我在『躍谷羊鈞橋亭』工作時有客人帶我去過的店推薦給他了。可是我聽說他們兩個人最後還是跑到『躍谷羊鈞橋亭』聊得很開心呢。」

聊到這種話題，凱羅琳當然也要加入了。這就是所謂的三姑六婆。

「哎呀！林克斯先生終於行動了呀。」

「是啊，雖然結果好像還是跟平常沒什麼兩樣。」

從瑪莉艾拉約會後還是沒有多少改變的樣子猜到結果的安珀，把話題的矛頭從欠缺爆點的瑪莉艾拉等人轉向凱羅琳。

「那凱兒小姐呢？跟維斯哈特大人怎麼樣了？」

「維斯大人？他總是很關心部下的健康，是個很體貼的人呢。」

「……這些女生真是……那些男生還真辛苦……」

和順利與艾里歐培養感情的雪莉不同，對自己的事情漫不經心的瑪莉艾拉和凱羅琳依舊是老樣子，讓梅露露與安珀不禁無奈地聳肩。話題不會在這裡結束就是她們可怕的地方。

帕洛華直覺自己最好不要加入她們的談話，於是靜靜離開座位向雪莉和艾里歐走去，陪伴黏在他們身邊吵著說「咦～人家想聽有公主的故事啦」的艾蜜莉。

外頭正在下著雨，打在路面石磚和天窗上的雨聲格外響亮。

只有一如往常的「枝陽」內部是一個與世隔絕的安穩空間。

04

迷宮第五十六樓的熔岩大地在「雷帝愛爾席」釋放電擊的瞬間染為一片純白。即使閉上眼睛，龐大的放電量依然燒盡了眾人的視野。

巨響幾乎要震破鼓膜。「天雷」落在光蓋插到地面代替避雷針的大劍上，伴隨著地鳴震撼了大地。搖晃的地面訴說了這一招有多麼強勁。

遭受「天雷」攻擊的赤龍渾身噴出煙霧，失去平衡並朝向地面墜落。

「幹掉牠了嗎？」

對於發問的士兵，萊恩哈特喊出指示：

「還沒！牠可是棲息在火山的龍啊。趁牠麻痺得無法動彈時給牠最後一擊！」

一行人朝著發出巨響落地的赤龍衝去。正如萊恩哈特所說，因為赤龍的墜落而受到傷害的，只有接住赤龍的大地，而赤龍本身只是隨處都有燒焦的煙霧飄起，並沒有什麼明顯的外傷。牠的身體陣陣抽搐，應該是肌肉麻痺所造成的痙攣吧。

不知道「雷帝」的「天雷」究竟能封鎖赤龍的行動多久，現在至少要趁牠掉到地上的時候把翅膀切斷，奪走牠的飛行能力。

雖然無法得知這隻赤龍有多高的智力，但龍的智力整體來說是很高的。因為牠是第一次和人類戰鬥，敲打盾牌來挑釁再使出雷擊才會有效，而這樣的機會恐怕不會有第二次。

赤龍擁有壓倒性的強大力量，對付斥候與整頓部隊的攻擊卻只有單調的噴火。這個樓層除了會動但連頭也沒有的火山以外並不存在其他魔物，因此赤龍一直都過著沒有外來刺激的日子。正因為牠缺乏戰鬥經驗，才有機可乘。

就像迷宮討伐軍在這個樓層開啟時受到突然噴出的氣體所傷，有些手段僅限第一次使用才有效。

「動作快！趁現在打倒牠！」

萊恩哈特的吶喊與所有人的想法一致。得趁這隻赤龍學到教訓，使出複雜攻擊之前打倒牠。

因此，他們忘了。

忘了這個樓層還存在「步行火山」。

咕……咕嚕咕嚕咕嚕咕嚕！

隨處可見的熔岩池沒有任何預兆就全部同時噴出熔岩。

往這裡走來的「步行火山」腳步很緩慢，距離還相當遙遠。難道說這個樓層本身就是「步行火山」的一部分身體嗎？

多虧有A級的體能，眾人才能避免被直接擊中。急速上昇的氣溫把維斯哈特施予的冰之皮膜瞬間融解。
「嗚啊！」
不幸剛好吸入一大口氣的戰士被灼熱的空氣燙傷了肺部。其他人的四肢等冰之皮膜較薄的部位也受到了傷害。被手甲或手套包覆的四肢沒有露出皮膚，看不出燙傷潰爛的樣子，但他們咬緊牙關的表情卻能顯示皮膚被灼燒的痛楚。
「『寒冰領域』，哥哥！請用魔藥！」
「這點小傷等一下再處理！先打倒牠！」
獲得冰之守護之後，眾人馬上再次往前衝。周圍的熔岩池如間歇泉般噴出岩漿，降下熔岩石之雨。「寒冰領域」的效力不足以抵擋如此高溫的攻擊，接觸到的部位會受到嚴重的燙傷，但現在已經顧不了那麼多了。
進入魔法射程的「雷帝愛爾席」和魔法師同時開始詠唱攻擊魔法。迪克也抓住黑槍並擺出刺擊的架式，持劍的萊恩哈特與光蓋則是做出撲身揮砍的準備動作。
還差一點，赤龍就要進入近身攻擊的範圍內了。
還差一點，距離就差那麼一點點。
要不是有「步行火山」的噴發，就能觸及赤龍了。
赤龍在這個時機清醒，是出於迷宮主人的惡意嗎？
赤龍對逼近的渺小敵人掀起一陣煤煙與熱氣，再次飛向空中。

「雷電！」

「石槍！」

在赤龍完全離開射程範圍之前，「雷帝愛爾席」與迷宮討伐軍的魔法師對牠放出雷擊與石之長槍。可是倉促使出的攻擊即使有兩個人也比不上剛才的「天雷」，只是激怒被打落至地面而氣得發狂的赤龍罷了。

赤龍張開巨大的下頷。牠的飛行高度還很低，在這麼近的距離下，根本無法錯開牠的火焰。

「唔哦哦哦哦！」

「上啊啊啊啊！」

眾人用刀劍和長槍對不斷遠離射程範圍的赤龍發動攻擊。至少也要改變牠噴火的軌道。然而，他們的攻擊並沒有觸及赤龍；赤龍鎖定了「雷帝愛爾席」，噴出火焰。

「『雷帝』！」

維斯哈特為了保護「雷帝愛爾席」而即時放出冰之牆，在火焰之前卻如紙片般輕易消失。被盯上的「雷帝愛爾席」當然也採取了躲避的行動，能夠在擊中之前移動的距離卻無法超出火焰的範圍。

（親愛的、帕洛華、艾里歐……）

希望家人能有幸福未來而參戰的「雷帝愛爾席」……不，愛爾梅拉究竟有什麼想法呢？

在赤龍噴出的灼熱火焰之前，她看到了什麼？

嘶嘶嘶轟轟轟轟轟轟。

在極近距離下噴出的火焰絲毫沒有減弱，擊中「雷帝愛爾席」。能量強大得足以撼動整個樓層的火焰在極近距離下擊中目標。周圍的地面被炸開，衝擊波支配了附近一帶。不只是距離比較近的魔法師，剛才撲向赤龍的萊恩哈特與光蓋、迪克等人的冰魔法都被瞬間消除，同時遭到灼燒全身的熱風炸飛。

如此強大的火力，人類萬一被直接擊中，連一片焦炭也不會留下。

赤龍得意地放聲咆哮，繼續往上飛翔。巨大的翅膀每次拍打就會掀起一陣暴風，吹散擊中目標時產生的粉塵。

（「雷帝」……！）

失去冰之守護，被吸入的灼熱空氣燙傷喉嚨甚至肺腑的萊恩哈特和光蓋、迪克只能吐血，發不出聲音。

即使如此，他們依然對「雷帝愛爾席」的生存抱著一絲希望，在灼熱的大地上爬行。

火焰擊中的地點呈現了隕石坑般的凹陷。

赤龍的翅膀捲起的風將粉塵吹散，那裡站著一名用身體護著「雷帝愛爾席」的男人。

他的身高比平均略高一些。服裝是很常見的平民服飾，一點也不像是出現在迷宮最深處的人。而且袖子和下襬都燒焦了，只剩下體幹部分的衣物。衣服明明已經被燒燬，他的手腳卻毫髮無傷，體格也完全不像是戰士。

而且最重要的是，這個男人明明沒有接受冰之守護，赤腳站在灼熱的地面上卻完全不受傷害，顯露在外的手腳甚至連曬傷程度的燙傷都沒有。

這個長相非常斯文的男人戴著鏡片已經破碎且只剩扭曲鏡框的眼鏡，用感到有些不解的眼神注視著自己懷裡的「雷帝愛爾席」，就像是在摸索模糊的記憶般低聲說道：「愛爾梅……拉？」

「親愛的！」

劈哩啪啦滋滋滋。

「雷帝愛爾席」……不，嬌妻愛爾梅拉抱住她最愛的丈夫沃伊德的脖子。激動的情緒使她的電擊失去了控制，特大號的「啪嘰」襲向在千鈞一髮之際救了她的丈夫。

「！啊，我**想起來**了。愛爾梅拉，妳果然充滿了刺激性。」

現在沒有任何人有餘力吐槽道：「你只是被電到麻痺而已吧。」

赤龍的火焰確實擊中了愛爾梅拉，而沃伊德救了她。

可是他是怎麼辦到的？為何這個男人待在這個樓層還能毫髮無傷？

維斯哈特滿腦子都是這些疑問，沃伊德卻對他說道：

「施放『寒冰領域』吧。」

維斯哈特因這句話而回過神來，對所有人施放冰之守護。雖然所有人都遍體鱗傷，但馬上迅速摘下面罩飲用高階魔藥，恢復到可以勉強行動的程度。

這段期間的赤龍繼續往上飛升，已經到了連「天雷」都無法觸及的高度。

「嘎吼吼吼吼吼吼吼！」

赤龍的咆哮聽起來似乎帶著煩躁。

因為牠為了報復人類把自己打落至地面才噴出火焰，卻沒有任何一個人被燒成焦炭。

轟！轟！轟！

赤龍開始胡亂噴火。雖然連射使得每一擊的威力變弱，要燒死A級冒險者，火力依然綽綽有餘。

「飛龍昇槍！」

迪克的刺擊錯開了火焰，但祕銀長槍已經所剩不多了。

「龍捲風暴！」

「寒冰護盾！」

魔法師的風魔法沒有足夠的威力，於是盾牌戰士將威力稍微減弱的火焰往旁邊擋開。

光是這樣的攻防就使得持盾的左手受到嚴重的燙傷。

赤龍再次開口，準備吐出下一發火焰。下次還能躲開嗎？

「要撤退的話，我會掩護你們。」

沃伊德的沉穩聲音在強烈的衝擊波中傳進萊恩哈特的耳裡。

（作戰失敗了。）

萊恩哈特陷入猶豫。赤龍再次飛向高空，從天而降的火球與先前不同，瑣碎地攻擊萊恩哈特等人。赤龍再次下降到射程範圍內的可能性極低，即使牠降落，現在的「雷帝」恐怕也沒有詠唱「天雷」的餘力。

（可是如果在這個時候撤退……）

赤龍就會吸收這場戰鬥的經驗，變得更加強大。就算能再次用「天雷」擊中牠，到時候的牠可能也已經具備抗性。

轟隆……轟隆……火山正在逐步靠近。

戰鬥若是延長，就必須同時對付火山。

萊恩哈特望著賭上性命參戰的光蓋、剛才差點喪命的「雷帝愛爾席」、握著所剩不多的祕銀長槍的迪克，以及共同奮戰至今的維斯哈特與迷宮討伐軍的隊長。

所有人都很清楚戰況。即使繼續戰鬥下去，他們也無法觸及赤龍。

所有人都很清楚在這個時候撤退會有什麼後果。

正因為如此，每個人都還沒有放棄。即使生命將到此為止，只要有可能打倒赤龍，他們就願意繼續奮戰。

正因為如此，萊恩哈特下達了命令：

「撤退。」

我們不能夠在此殞命——

「明智的判斷。」

只有下令撤退的萊恩哈特聽見沃伊德的聲音。一行人朝樓層階梯奔去，不打算放過敵人的赤龍對他們噴出火焰。

負責殿後的是盾牌戰士與迪克。他們會錯開或是反彈赤龍的火焰，掩護眾人。或許是開始習慣了，赤龍吐出火焰的間隔愈來愈緊密，變得更加精準。兩人即使身受嚴重的燒傷，還是確實地招架著發狂般的赤龍對衝向樓層出口的一行人噴出的火焰。他們認定萊恩哈特為君主，將性命交給他，而他已經決定撤退。長年與萊恩哈特並肩作戰的他們知道這究竟代表多麼強烈的意念。既然萊恩哈特決定撤退，以一行人的生命為優先，他們就會盡全力讓所有人回到地面上。可是迪克的祕銀長槍有限，盾牌戰士的盾也逐漸被火焰的高溫燒壞，強度愈來愈弱。

長槍用盡，盾牌也失去作用的時候，兩人依舊在隊伍的最後方拿著武器保護其他人，這時沃伊德迅速往前走到兩人與赤龍之間。

「喂……喂，你……」

迪克忍不住這麼喊道。迪克知道他剛才救了「雷帝愛爾席」，但不知道他是怎麼辦到的。在這個樓層赤腳走路還能毫髮無傷的男人不可能只是個普通的市民。可是，這個男人並沒有散發強者特有的氣質，或是魔法師的魔力波動。

（不管怎麼看都像是一般市民……）

下一個瞬間，迪克感到寒毛直豎。這裡明明是就算被施予「寒冰領域」還是會覺得很炎熱的樓層。

「空虛隔閡。」

迪克覺得沃伊德的動作簡直就像是在驅趕蚊蟲。

「某種東西」在他揮舞的手前方迅速擴展，使其範圍內的火焰全都憑空消失。

以顏色來形容的話，應該是白色與黑色。純粹的白與純粹的黑。這兩種顏色同時出現的情況在自然界中非常少見，而且相反的兩色就像細小碎塊（馬賽克）一樣同時存在，充滿了異樣感。

最重要的是，光是看著那個「某種東西」就會有種極度不安的感覺，就像是正在墜落，或是一步也沒有移動卻被吞噬，甚至是自己的肉體即將被翻轉過來似的。

不帶有熱量或質量，連厚度都沒有的「某種東西」——這應該就是「空虛隔閡」，一碰到它，火焰的質量和熱量便消失，彷彿一開始就不存在。

「好了，快走吧。要是在這裡待太久，我可能會**忘記**。」

沃伊德若無其事地催促迪克。迪克的聽力好不容易從「天雷」的巨響中恢復，這時才終於聽到某種東西被燒焦的滋滋聲從沃伊德的腳下傳來。

（他的腳底燒傷……又馬上恢復了嗎……）

沃伊德待在這個灼熱的樓層，並非完全沒有受到傷害，而是一受到傷害就會以驚人的速度復原。

（這種能力……）

想到這裡，迪克放棄了思考。

因為他與沃伊德四目相交。這個長相非常斯文的男人平常總用眼鏡遮住的眼睛就彷彿「空虛隔閡」本身。

「親愛的，親愛的！為什麼？因為你說想要過著平靜的生活，我才……」

多虧迪克與盾牌戰士的活躍和沃伊德的掩護，一行人終於逃過赤龍的火焰，退避到樓層階梯附近的安全地帶。一逃離赤龍的危機，愛爾梅拉馬上抱住沃伊德啜泣，而沃伊德溫柔地對她說道：

「沒有妳的人生太無聊了，一點價值也沒有。不說這個了，今天還是早點回家吧。」

沃伊德的模樣依然一點也不像是出現在迷宮最深處的人。

維斯哈特想要知道拯救愛爾梅拉與眾人脫離險境的男人究竟是誰，正要向沃伊德發問，卻被萊恩哈特制止了。如此湊巧的偶然令人難以置信，但眾人已經大致猜出他的身分。如果他真的是那個人，就不是一個可以隨意攀談的對象。

「撤離吧。回到據點。」

樓層階梯附近的頂部很低，赤龍無法飛進來。可是被獵物逃走的赤龍氣得發狂，從剛才開始就一直重複低空飛行的動作，並對有樓層階梯的洞窟入口噴火，衝擊波甚至能傳遞到這裡來。

「步行火山」也漸漸靠近，現在還不知道會發生什麼事。

既然已經忍痛決定撤退，就不能在這種地方受到損害。一行人接受最低限度的治療，然後透過傳送魔法陣與地下大水道撤退到基地。

聚集到最深樓層的迷宮都市最強戰力別說是樓層主人了，連守護者都無法打倒便撤退。

情況簡直如同萊恩哈特遭受石化詛咒的那個時候。

離開五十六樓後，赤龍的咆哮彷彿仍在耳邊迴響。就像是說著「你們別想逃」、「這裡就是你們的葬身之地」。為了避免再有人威脅此地，威脅迷宮。

——那是迷宮經常發生的現象。

為了追擊負傷逃走的獵物，有強大冒險者出沒或許多冒險者集中的樓層會出現比平常更強的個體。

萊恩哈特遭受石化詛咒的時候，平常只會出現C級魔物的三十樓湧現了異常大量的魔物——B級的克拉肯。當時在那裡的冒險者都是C級，人數多達數十人。負責應對這起事件的「雷帝愛爾席」認為迷宮就是為了打倒這些冒險者，才會大量產生比他們高一個階級的克拉肯。那裡剛好是有海水的樓層，非常適合以雷魔法對付，所以才能輕鬆解決，使批發市場熱鬧不已。
而這一次。
二十三樓的永夜樓層偶然聚集了接近A級的兩名冒險者，以及一名擁有強大魔力的鍊金術師。

05

究竟出現了什麼，瑪莉艾拉的眼睛沒能捕捉到。
她只知道四周的水池有水往上湧出，出現了比自己還要高的好幾個龐大物體。而且，出現在最近距離的一個物體正要朝瑪莉艾拉揮舞看似手臂的東西。
砰！
一個用力碰撞的聲音響起。
是奔龍。奔龍迴轉身體以彈開揮向瑪莉艾拉的手臂，牠的尾巴因此皮開肉綻。只有奔龍受到傷害，那東西又再次舉高被彈開的手臂，瞄準了瑪莉艾拉。
「嘎！嘎！」
奔龍低下頭，把完全搞不清楚狀況的瑪莉艾拉撈到背上，往林克斯等人的方向全速狂奔。

「呀！啊嗚！」

雖然只有短距離，彎腰趴在奔龍背上的瑪莉艾拉受到劇烈搖晃還沒有掉下來，都是多虧有大量堆積的月光魔草包覆住她。追擊的利爪只切斷了奔龍的半條尾巴，也是多虧有飛散的藥草遮蔽了對方的眼睛。林克斯和吉克趕來迎擊，好不容易才讓瑪莉艾拉平安與兩人會合。

「瑪莉艾拉沒事吧！」

「可惡，為什麼這麼淺的樓層會冒出死亡蜥蜴啊！」

瑪莉艾拉一抵達兩人身邊就從奔龍背上滑下來，吉克趕緊確認她的安危。她完全沒有受傷。可是救了瑪莉艾拉的奔龍失去了半條尾巴，雖然只有逃跑幾秒，卻陷入了體力透支的疲勞狀態。

這也是當然的。死亡蜥蜴是A級魔物，即便意識是處於剛誕生的模糊狀態，也不是連C級的蜥蜴人都贏不了的奔龍敵得過的對手。可是奔龍彈開了死亡蜥蜴向瑪莉艾拉揮舞的手臂，載著瑪莉艾拉成功逃到這裡。

死亡蜥蜴接二連三地從水池中爬出。

牠們明明是蜥蜴人的高階個體，背部卻彎得像是退化了似的，手腳也很細長。可是手臂有四條，關節與人類和爬蟲類都不同，趴在地上爬行的模樣讓人聯想到蜘蛛。牠們的手指沒有分支，手腳的前端就像鐮刀或長槍一樣尖銳，看起來更加駭人。

牠們的臉部就像稱為鱷魚的動物般有個長長的嘴巴，巨大的口部卻分成三個以上的頷，上下頷一張開，其中一邊或是兩邊就會像是要抓住某種東西一樣往左右兩側裂開。有些個體甚至有六個頷，光看形狀就像花朵一般，但裂開的嘴巴尖端卻像是軟體動物抓取獵物的觸手似的，一下子閉起，一下子張開。動作一點也不像是在咀嚼的這個部位看起來像是頭而不是手，正是因為一般來說會有耳朵的地方長了有三到四個瞳孔的眼睛。

每個個體的體色都是純白色，在永夜樓層的月光石照耀之下看似藍白色。裂開的口部和手腳的前端就像在出血一般帶著紅色的溼潤光澤，有血管在白色的體內延伸，彷彿逐漸侵蝕向身體的中心。

爬到陸地上的死亡蜥蜴用雙腳站立起來，亮出四隻刀刃般的手臂。林克斯和吉克很清楚，牠們的爪子銳利得光是輕輕一劃就能讓奔龍的尾巴皮開肉綻。

「瑪莉艾拉，趁我們擋住牠們的時候往階梯跑。」

聽到林克斯的指示，瑪莉艾拉默默點頭。

因為她很清楚自己根本幫不上忙，甚至會礙手礙腳，所以乖乖聽從指示。奔龍引領著瑪莉艾拉往階梯前進，小賈也跟在後頭。

不想放過弱小獵物的死亡蜥蜴撲了上去。可是好幾把影子刀刃刺穿了牠的身體，其他的個體則被吉克的劍斬斷手腳。

「別想走。」

林克斯對死亡蜥蜴如此挑釁，吉克則靜靜地舉起劍。

如果對手是B級的針猿或飛龍的話，兩人應該能直接打倒牠們。可是死亡蜥蜴是A級的強敵，被影子刀刃刺穿的個體扯掉被釘住的肉之後站了起來，被斬斷手腳的個體則從斷肢處伸出骨骼般的東西，代替斷掉的手腳。

「喝！」

吉克在死亡蜥蜴開始下一波攻擊前衝上去揮砍。一擊，又一擊。揮出的劍被死亡蜥蜴那刀刃般的利爪阻擋，無法給予致命傷。

林克斯再次用影子刀刃封鎖剛才那個個體的動作，然後撲上去用短劍割斷牠的喉嚨。用灌注魔力的劍與四隻手臂對打的吉克也用風魔法攻擊剛再生的細長雙腳，趁著產生破綻的時候終結死亡蜥蜴的生命。

一人一隻，共打倒了兩隻A級的魔物。

可是戰鬥的期間，還有更多死亡蜥蜴湧出，包圍了兩人。林克斯與吉克背對背，保護彼此不受死亡蜥蜴的攻擊。即使一對一能夠獲勝，對方也是人多勢眾。兩人的劍能夠削弱死亡蜥蜴，但也遭到反擊，手腳受了無數的傷。再這樣下去也沒完沒了，兩人不可能打倒所有的死亡蜥蜴。

可是那也無所謂。只要瑪莉艾拉能夠逃脫，即使被死亡蜥蜴包圍，林克斯和吉克兩個人也能獨力逃離。或許是了解這一點，瑪莉艾拉在奔龍的催促之下，拚了命往樓層階梯奔跑。

距離樓層階梯還差一點點。就差那麼一點點了。

要不是階梯附近的樹梢後有一小片水池的話。

「瑪莉艾拉！」

這句吶喊是出自林克斯，還是出自吉克呢？

死亡蜥蜴用六隻手腳從水池爬出，朝著瑪莉艾拉逼近；雖然林克斯和吉克能看清牠的動作，瑪莉艾拉卻不可能避開。

兩人與瑪莉艾拉的距離很遠，在林克斯與吉克突破包圍並趕到之前，從水池中爬出的死亡蜥蜴很快就會觸及瑪莉艾拉。

無論如何都來不及。他們只能眼睜睜地看著死亡蜥蜴的利爪刺穿瑪莉艾拉。而他們絕對無法接受那樣的未來。

所以林克斯灌注渾身的魔力，下達命令：

「小賈，往前站。」

小賈瞬間理解這個命令的含意。

『代替她去死。』

這就是他接到的命令。

（這個丫頭沒有選擇我！所以我才會落得這麼慘的下場！我的痛苦！我受到的迫害！全部都是這丫頭的錯！可是！可是！現在竟然還叫我代替她去死！）

不論小賈在心中如何哭叫，他都無法違抗命令。林克斯的大量魔力澈底掌控了小賈抗拒死亡而企圖停下的雙腳與意志。小賈的腳就像是嚴重抽筋一樣帶著劇痛，違背自己的意志往前踏步。

（混蛋，混蛋，混蛋，混蛋，混蛋。）

愚蠢又悲哀的脆弱小賈究竟能怎麼辦呢？這個男人無法違抗死亡的命令，只能發洩惱羞成怒的怨恨與嫉妒，除此之外又能做些什麼？

（我不想死，我不想為這丫頭死！全部！全部都是這丫頭的錯！混蛋！既然要死，既然要被這丫頭害死！我就連她一起……！）

名叫小賈的男人能做的——

只有抓住名叫瑪莉艾拉的柔弱少女的手，把她往自己的前方推去。

他並沒有違抗「命令」。可是「咒齒」引起一陣痛楚。

從內心深處湧出的黑暗感情很接近愉悅，掩蓋了「咒齒」帶來的痛楚，籠罩小賈的精神。

被抓住手臂往前推的瞬間，瑪莉艾拉彷彿聽見了小賈的聲音：

「都是妳的錯——」

「小賈啊啊啊啊啊啊啊啊啊啊！」

「瑪莉艾拉啊啊啊啊啊啊！」

在月光石灑落淡淡光芒的永夜樓層中，男人們的吶喊響徹四周。

一度鎖定小賈的死亡蜥蜴將目光重新轉向瑪莉艾拉。

牠笑了。

嘴邊彷彿染上血紅的蒼白容顏大笑似的裂開。

面對害怕得動彈不得的瑪莉艾拉，兩隻手臂往上高舉。

牠的動作極為緩慢，看起來簡直像是在玩弄因恐懼而呆站在原地的可悲獵物。

啊，就快要進入牠的攻擊範圍了。

烙印在吉克蒙德胸口的隸屬印記開始抽痛。它正在宣告主人的危機。吉克蒙德用盡渾身的力氣蹬著地面。他砍倒眼前的敵人，放出風刃。可是並非魔法師的吉克所放出的風刃被死亡蜥蜴輕鬆彈開。

瑪莉艾拉，瑪莉艾拉，瑪莉艾拉，瑪莉艾拉——

吉克的思緒開始加速，使得死亡蜥蜴的動作看起來非常緩慢，自己的身體卻無法隨心所欲地行動。

來不及了——

心臟彷彿被緊緊掐住，這種感覺就叫做絕望嗎？

可是，瑪莉艾拉被死亡刀刃刺穿的前一刻，廣泛分布於這個樓層的影子往上延伸，保護了瑪莉艾拉。

「咕……呼……」

「林……克……斯？」

林克斯奮不顧身地潛入影子中，穿過吉克砍倒死亡蜥蜴所開出的活路，抵達了瑪莉艾拉身邊。其動作與速度完全凌駕於他過去的能力之上。不只是對存在的認知，使肉體本身潛入影子中瞬間移動，可說是已經到達「馭影師」的境界。

啊，可是……在千鈞一髮之際替瑪莉艾拉擋下攻擊的林克斯被死亡蜥蜴的利爪貫穿了腹部。

「快走……」

林克斯吐著血，要瑪莉艾拉快逃。

「不……林克斯，林克斯，你流血……」

「奔龍！」

瑪莉艾拉激動得發抖，奔龍咬住她的外套往階梯的方向拖。

「影裂。」

林克斯發動技能，刺穿自己腹部的死亡蜥蜴的影子便裂成左右兩半。就像是模仿影子，死亡蜥蜴的身體也同樣裂開。

「唔……」

打倒死亡蜥蜴後，林克斯往前踏出一步，把貫穿腹部的爪子拔出。

「林克斯，你沒事吧！」

「怎麼可能……沒事……你有……魔藥嗎？」

「在瑪莉艾拉身上。」

今天小賈的視線讓瑪莉艾拉很在意，一直沒能把魔藥交給兩人。

「這裡交給我。你快去瑪莉艾拉那裡。」

「別說……傻話了……」

林克斯吐出一口血，舉起短劍。被刺穿的腹部不斷流出鮮血，把林克斯腹部以下的衣服都染得一片通紅。

（哈哈，慘了……）

林克斯很清楚，自己有重要的內臟受損了。但即使如此，他也不能退下。這段期間，聞到鮮血氣味的死亡蜥蜴陸續聚集到林克斯周圍。他不能帶著這麼多的敵人回到瑪莉艾拉身邊。況且數量這麼多，林克斯也不認為吉克能一個人應付。

（我搞砸了……）

林克斯用眼角看著保護自己不斷戰鬥到渾身是傷的吉克，用「馭影師」的技能阻止死亡蜥蜴的腳步。

（沒想到他竟敢拿瑪莉艾拉當擋箭牌……）

造成這個絕境的原因——小賈按照林克斯的「命令」，繼續「往前站」。
一步，又一步。
「咿，咿，咿，咿，咿！」
已經啞了的喉嚨大概是在放聲尖叫吧。小賈那只剩下呼吸與進食功能的喉嚨發出嘶啞的聲音。那究竟是笑聲還是哭喊呢？
一步，又一步。
前進的腳步已經不在地面上。
從水池中出現的死亡蜥蜴不只一隻。後續出現的死亡蜥蜴早已逮到小賈，刺穿他的貧弱身體。
「咿，咿，咿，咿………」
從口中湧出的鮮血讓死亡蜥蜴咧嘴一笑。
噗滋。
第二根爪子刺中下腹部。
噗滋。
另一個個體的爪子貫穿了左肺。
噗滋，噗滋，噗滋，喀嘰，喀嘰，嚓，啪嚓，啪嚓，啪滋。
好幾隻死亡蜥蜴舉高被撕裂的肉片，然後把裂成三瓣、四瓣，甚至是六瓣的嘴巴張開。

牠們的嘴巴一點也不像是任何一種正常的生物，看起來卻好像是陰森又殘酷的瘋狂笑容。

牠們一口咬下。

小賈的意識持續到何時，最後有什麼想法，沒有任何人知道。曾是小賈的東西已經連肉片都不剩，只留下沾染在死亡蜥蜴的嘴角，並滴落到地面上的紅色液體。

林克斯及黑鐵運輸隊對小賈的評價非常低。都已經與他一起行動到現在了，他不可能沒有得知任何情報。所以即使已經把喉嚨弄啞，也不能退貨，他的價值卻只有不需要積極殺死他的程度。

這樣的男人當時就待在瑪莉艾拉的身邊。林克斯會把他當作替死鬼也不奇怪。

可是，沒想到他會把瑪莉艾拉當作擋箭牌往前推。林克斯完全沒有想到，不論多麼沒有價值，小賈也是一個活生生的人。

（我太……大意了。可惡。）

視野模糊的林克斯對死亡蜥蜴揮舞影子刀刃。出血量太多，身體不聽使喚。「馭影師」的技能會消耗許多魔力，不適合長時間戰鬥，但現在已經不是能夠留一手的情況了。而且也已經……

死亡蜥蜴的攻擊看起來就像一格一格的影像。不，是意識開始渙散了。在不斷閃爍切換的景色中，林克斯看見死亡蜥蜴的爪子正在逼近。

（沒有……下一次了……）

林克斯有些事不關己地望著正要刺穿自己的利爪。
這個瞬間，視野大幅搖晃，林克斯的身體浮到半空中。
「林克斯，我們走！」
吉克跑過來衝撞林克斯，同時躲開死亡蜥蜴的攻擊，順勢把林克斯扛到肩上拔腿就跑。
（啊，瑪莉艾拉逃脫啦……）
太好了，林克斯用朦朧的意識這麼想。
（太好了。瑪莉艾拉……那個「普通的女孩子」得救了……）
林克斯的腦海浮現兒時的回憶，彷彿時光回溯，以快轉的速度播放。
啊，那是我的小時候。
那是我還會期待聆聽童話故事的時候。

06

「世界上哪有那種女生啊。」
聽到林克斯說出這種小大人般的話，孤兒院的老師露出有點傷腦筋的表情。
對於發言打斷老師唸繪本的林克斯，一起聽著故事的女孩用凶狠的表情抱怨他的不是。

（看吧，凶巴巴的。弱小又溫柔，還會不求回報地對別人好的「普通的女孩子」根本不存在。）

在迷宮都市出生，在孤兒院長大的林克斯周圍只有肉體或精神方面很堅強的女孩子。而且兩者都非常堅忍不拔。

這也無可厚非。這裡是迷宮都市，肉體強壯的人會成為冒險者或加入迷宮討伐軍，而且大部分的人不是死在迷宮就是受重傷後淪落到貧民窟。

即使以冒險者的身分功成名就，也有可能在一夕之間變成貧民窟的居民，或者是魔物的口下亡魂。

經營商店或是務農的居民才有穩定的收入，過去當過冒險者的人之中，只有極少數的成功者有可以安心生活的穩定收入。家世較為富裕的人才能過著既安全又穩定的生活。即使擁有適合經商的技能，得到僱用的機會，最後也只是受人利用，對孤兒院的女孩子來說就像是妄想麻雀變鳳凰。

林克斯周圍的女孩子……不，迷宮都市的女性大多都不會想要靠賺錢能力好的男人來養自己。務實的她們不會依賴隨時都可能失去的收入來源，從小就會開始摸索獨力賺錢的方法。

這本身並不是什麼壞事，但對那些會抓蟲來玩對戰遊戲，或是不停地追著破布揉成的球直到太陽下山的少年而言，這些女孩有點太過堅強了。

老師所唸的童話故事裡出現的「普通的女孩子」不太可靠卻很溫柔，沒有回報也願意待在某個人身邊，對年幼的林克斯來說更像是幻想中的人物。

林克斯年紀愈大，這個想法的真實感就愈強。

崇拜使用黑槍而聞名的迪克，志願加入黑鐵運輸隊之後更是如此。

他們是在好幾家旅館暫時安身的男性團體。說到遇見的女性，全都是些以愛情為商品的酒家女。即使知道她們的溫柔笑容也是商品的一部分，十七歲的青年依然無法完全捨棄純真的想法。

所以，第一次遇到瑪莉艾拉時，林克斯很驚訝。

首先，她真的很土。為什麼要在腰上圍著草裙？明明就是個年輕女孩，也太沒形象了——林克斯這麼想。

還有言行。她肯定是個不經世事的鄉下女孩，看起來明明沒有什麼錢，卻完全沒有向他人獻媚的下流態度，而且換上在迷宮都市購買的衣服後出乎意料地可愛。形狀看起來笨手笨腳的腿，或是好像搞不清楚狀況的傻愣表情，都讓林克斯覺得愈看愈惹人憐愛。

可是她並不笨，藥草的知識豐富到很得賈克爺爺的心，而且還會使用不可思議的招式讓林克斯在森林裡跟丟。

她會幫林克斯剪頭髮，分享吃不完的料理。從這些舉動中無法看出要求回報的意圖。向林克斯展露的笑容、快樂的對話、不經意的溫柔和體貼對瑪莉艾拉來說都只是理所當然；注意到這一點時，林克斯感到心跳加速。

收到餅乾時，她那純粹替他人擔心的心意也讓林克斯非常高興。

林克斯送給瑪莉艾拉的工藝品項鍊是在帝都的露天攤販偶然找到的東西，價格並不是很高，但林克斯覺得很適合她，所以才買了下來。這是林克斯第一次送飾品給女性，所以拿給她的時侯有點害臊，忍不住惡作劇一下，瑪莉艾拉平常卻總是會把它戴在身上。每次看到那條項鍊在瑪莉艾拉的胸前搖晃，就會讓林克斯的內心湧現滿足的喜悅。

除了是能在迷宮都市的地脈製作魔藥的鍊金術師以外，林克斯覺得瑪莉艾拉就是個「普通的女孩子」。

和瑪莉艾拉在一起是很快樂的事。

瑪莉艾拉明明是個生性悠閒的人，卻也常常歡笑、生氣、鼓起臉頰，或是鼓起體積，忙碌得讓人放心不下。手臂或是腳、臉頰等多餘的地方老是會長出贅肉的瑪莉艾拉讓林克斯覺得可愛得不得了。

在「枝陽」和大家一起過著平凡時光的瑪莉艾拉看起來非常幸福，完全就是個「普通的女孩子」。在夜晚的地下室說明關於魔藥的事時，瑪莉艾拉總是樂在其中，看得出來她很喜歡鍊金術。

與瑪莉艾拉共度的時光充滿了溫暖，被蠟燭的光芒照耀似的模糊未來彷彿擴展成一幅鮮明的景色。

如果能和瑪莉艾拉在一起，或許就能接納自己隱約為其感到羞愧的「馭影師」技能，成為一個能夠引以為傲的，夢想中的自己。

迷宮都市唯一的鍊金術師一定是瑪莉艾拉難以承擔的重責大任，不適合一個「普通的女孩子」。每天搬運魔藥的林克斯認為，瑪莉艾拉總有一天會被這份責任壓得喘不過氣。

（希望迷宮能毀滅。）

林克斯最近開始這麼想。

在瑪莉艾拉是鍊金術師的事情傳開之前，林克斯想要消滅迷宮，讓地脈回到人類的手上。這麼一來就可以增加許多鍊金術師，瑪莉艾拉也能成為「普通的鍊金術師」。她一定可以像現在這樣，繼續開心地生活在「枝陽」。

只要自己和吉克成為A級冒險者，變得更強，人類消滅迷宮的日子肯定會更早到來。林克斯這麼想，所以才邀請吉克一起去狩獵飛龍。

（我希望妳……可以常保笑容……）

可是，為什麼？

為什麼瑪莉艾拉會在模糊的視線前方哭泣呢？

「林克斯……！振作！振作一點！為什麼？為什麼魔藥……魔藥……！」

瑪莉艾拉淚流不止，發出悲痛的吶喊。

「瑪……莉艾……」

明明很想叫她別哭了，叫她露出笑容。

為什麼我的聲音卻……

07

吉克蒙德用眼角看著瑪莉艾拉被奔龍拖往樓層階梯的方向，揮舞手中的劍。為了拖住盯上瑪莉艾拉的死亡蜥蜴，吉克施放顯眼的魔法來把敵人的注意力引到自己身上。為了保護瑪莉艾拉而被刺中腹部的林克斯拖著瀕死的身體，用「馭影師」的技能封住死亡蜥蜴的動作，吉克才能勉強保住性命。

吉克用左手的巴西利斯克皮甲架開死亡蜥蜴不斷揮舞的利爪。如果身上的皮甲材質不是比死亡蜥蜴更高階的巴西利斯克，手臂恐怕已經被撕成肉片了。巴西利斯克皮甲讓死亡蜥蜴用爪子突刺的傷口停留在幾公分的深度，除非被不斷攻擊同一處，否則不會裂開。可是沒有被皮甲包覆的左邊上手臂已經被削掉好幾塊肉，而且雖然沒有傷及重要的內臟，腹部和背部卻也被開了好幾個洞。

為了順利逃走，吉克儘量避免過度傷到腳，現在的狀態卻也已經只能用遍體鱗傷來形容。

（還沒嗎……！）

瑪莉艾拉跌跌撞撞地前進，還差幾步就能抵達有樓層階梯的區域了。

吉克砍向盯上林克斯的死亡蜥蜴，把牠左邊的兩隻手臂砍斷，同時用左手擋住牠右手的斬擊。死亡蜥蜴的利爪穿透了皮甲，刺進手臂。這一擊應該傷到骨頭了。吉克忍著讓人想大叫的劇痛，把死亡蜥蜴的右手也斬斷，然後砍飛牠的頭。

（還沒嗎……！）

殺死一隻的時候，另外兩隻的爪子刺中了背部。

「唔……噗……」

吉克把湧到嘴裡的血液硬是吞了下去。要是吐出來，又會製造出破綻，受到更多攻擊。

（還沒嗎……！）

瑪莉艾拉退避到安全地帶之前的短短幾秒就像永遠一樣漫長。吉克蒙德一邊焦急地等待，一邊告訴自己，現在還沒問題。

來到迷宮都市，剛遇見瑪莉艾拉的那個時候，自己的狀況比現在還要糟糕。目前的狀態還沒有糟到那個地步。所以自己還不會死。只要自己不死，能繼續拖住死亡蜥蜴，瑪莉艾拉就不會死。吉克這麼說服自己，鼓勵自己。

林克斯的動作漸漸開始出現異狀。到極限了。

這麼想的瞬間，吉克聽到了奔龍的叫聲，確認瑪莉艾拉已經逃到安全地帶。

（林克斯！我馬上去救你！）

左手雖然沒有斷，卻連一根手指也動不了。吉克不能放開劍，但也沒有餘力打倒逼近林克斯的死亡蜥蜴了。

（聽天由命吧！）

吉克用幾乎要撞飛林克斯的速度衝向他，把他扛到肩膀上。擦身而過的時候，死亡蜥蜴攻擊吉克的右腳，扯下了一部分的肉。

可是還能行動。還能奔跑。

快跑！快跑！快跑！

一定來得及。

就像成功逃脫的瑪莉艾拉，救了瑪莉艾拉的林克斯一定也能得救。

如果是半年前的吉克，根本不可能賭上性命去救一個或許會奪走瑪莉艾拉，奪走自己唯一的容身之處的男人。可是，現在的吉克蒙德打從心底希望林克斯能活下來。

吉克被瑪莉艾拉所救，沉浸在邂逅偉大主人的愉悅之中，是林克斯點醒了他。面對接受治療後依然削瘦，身心都十分脆弱的區區奴隸，林克斯仍然把他當作「瑪莉艾拉的護衛」看待。

是林克斯引導吉克蒙德成為「瑪莉艾拉的守護者」。
而且最重要的是，自從前往亞利曼溫泉修行以來，在多次並肩作戰的過程中，吉克開始把林克斯當作自己的知心好友。
「瑪莉艾拉！給林克斯魔藥！」
吉克帶著林克斯用撲倒的動作衝進安全地帶。
「林克斯！」
瑪莉艾拉用顫抖的手從腰包中取出高階魔藥，灑在林克斯那開了一個大洞的腹部上。林克斯的臉色如死人般蒼白，失血過多的身體就像殘酷迷宮的石牆一樣冰冷。
「好奇怪。沒有發光。沒有治好。傷口沒有癒合。林克斯沒有睜開眼睛。」
如果是平常，傷口應該會發出淡淡的光後癒合，讓林克斯睜開眼睛。該發生的事情沒有發生，見到這個狀況，吉克流著血的身體感到愈來愈寒冷。
「林克斯……！振作！振作一點！為什麼？為什麼魔藥……魔藥……！」
瑪莉艾拉的心臟發出怦怦的刺耳聲音。
一定是魔藥不夠。
這麼想的瑪莉艾拉拿出另一瓶魔藥，倒進林克斯的嘴裡。魔藥不必吞嚥就會自然滲透到體內，可是倒進嘴裡的魔藥卻直接溢了出來。
「好奇怪，好奇怪，好奇怪，好奇怪。為什麼？欸，林克斯為什麼沒有醒來？」

轉個不停的思緒讓瑪莉艾拉頭暈目眩，不斷重複說著同樣的話。

「林克斯，林克斯，欸，林克斯。快醒來啊，欸。拜託你。欸，林克斯！」

瑪莉艾拉灑了好幾瓶魔藥，搖晃林克斯。

看著瑪莉艾拉精神錯亂的樣子，經歷了無可挽回的人生的吉克蒙德內心反而愈來愈冰冷，察覺到難以接受的殘酷事實。

「欸，林克斯！你聽得到吧？欸，不要，我不要。不要……」

瑪莉艾拉淚如雨下，濡溼了林克斯的臉頰。

是瑪莉艾拉的聲音和哀求傳達給他了嗎？

這時候林克斯的眼睛微微睜開，用細小的聲音說道：

「瑪……莉艾……消……滅……迷宮……笑……」

「林克斯？林克斯！林克斯，林克斯，林克斯！」

瑪莉艾拉抓住林克斯，發狂似的呼喚他的名字，而吉克默默制止了她。

「吉克？為什麼？林克斯剛才不是醒來了嗎？他還有說話……」

「瑪莉艾拉，林克斯已經……」

有那麼一瞬間，吉克蒙德覺得林克斯和自己的視線交錯了。吉克不知道林克斯是否能看見自己，可是卻有種受到「託付」的感覺。他們剛相遇時，在「躍谷羊釣橋亭」的後院與短劍一同託付給自己的意念在吉克的心中復甦。

所以現在，就連一瞬間也不能停下腳步。除了接受以外，吉克沒有其他選擇。

「不要……不要，不要。我不要，吉克。為什麼？為什麼林克斯會……」

魔藥是魔法藥品。不論體力多麼虛弱，它都能立即治好傷勢。

可是，它卻不能讓死者復生。

就連魔藥也無效的殞命瞬間，林克斯之所以能醒來開口說話，是因為大量投予高階魔藥的效果嗎？

又或者，單純是林克斯還想再見瑪莉艾拉最後一面的意念所引發的奇蹟呢——

「————————————！」

瑪莉艾拉的慟哭彷彿要將悲傷刻劃在永夜湖畔，響徹了迷宮第二十三樓。

08

吉克蒙德用僅剩一瓶的高階魔藥把自己的傷勢治療到可以行動的程度，替奔龍的尾巴止血，然後把林克斯的遺體放到奔龍的背上，用左手抱著仍在哭泣的瑪莉艾拉走出迷宮。

在迷宮入口負責敲響警鐘的士兵是在亞利曼溫泉見過面的人，一得知林克斯的狀況就只簡單問過魔物的出現情報便放吉克與瑪莉艾拉離開，還表示會幫忙聯絡黑鐵運輸隊，交代兩人帶著林克斯回到「枝陽」。

吉克深深低下頭感謝士兵的安排，帶著仍茫然地流著眼淚的瑪莉艾拉，在不斷傾瀉的雨中走回「枝陽」。

（幸好現在下著雨。）

滂沱大雨彷彿一層薄紗，遮掩吉克與瑪莉艾拉的表情。

回到「枝陽」時，第一個注意到兩人從後門走進來的人是安珀。她一看到林克斯的遺體，從吉克口中問出聯絡黑鐵運輸隊的管道是經由迷宮討伐軍，就馬上用看不出任何異狀的表情處理好所有的事。

「我們突然有急事要辦。不好意思，今天要先關門了。」

安珀這麼說，請常客離開後關閉店面，拜託有馬車前來迎接的凱羅琳把孩子們送回家。「枝陽」變得空無一人之後，她交代吉克去換衣服並治療傷口，帶著仍然像是失了魂似的瑪莉艾拉去沐浴更衣。

林克斯躺在用客廳的一部分改建而成的尼倫堡的診療床上，表情好像有點傷腦筋，卻又像是安心的笑容。

除了迪克以外的黑鐵運輸隊成員在吉克換完衣服後就馬上抵達了「枝陽」。

見到林克斯那模樣悽慘的遺體，一行人啞然失聲。身為副隊長的馬洛迅速用眼神示意身為治癒魔法師和馴獸師的法蘭茲與尤利凱。愛德坎揪住無意抵抗的吉克，也被馬洛厲聲制止。

法蘭茲修復了遺體的傷口，走向後院的尤利凱應該是要從奔龍那裡獲得情報吧。

揪住吉克的愛德坎看到他的表情，既無法下手毆打吉克，也無法把舉起的拳頭放下來。

「到底是怎樣啊……」

愛德坎憤恨地向吉克這麼問道。馬洛也用嚴厲的語氣質問：「瑪莉艾拉小姐呢？她應該沒事吧？」

「瑪莉艾拉沒有事，可是完全無法和他人對話。我直接焚燒『幻睡香』，讓她睡著了。我會代為向各位說明事情經過。」

吉克開始說明狀況。前往迷宮二十三樓採集月光魔草的事情、突然現身的死亡蜥蜴、小賈的舉動，以及林克斯的——

很快便回到屋內的尤利凱和結束診療的法蘭茲都表示吉克的證言應該屬實。

奔龍確實有看到死亡蜥蜴的出現和小賈推了瑪莉艾拉的樣子，把事情的經過傳達給了尤利凱。雖說是傳達，牠也沒有足以用語言來說明的智慧。奔龍只不過是把記憶轉化為一連串的零散圖像，把發生的狀況傳達給尤利凱而已。

尤利凱解讀了奔龍的感情，其中充滿對死亡蜥蜴的恐懼、對小賈的強烈憤怒，以及悲傷的情緒。

『林克斯死掉了，好難過。瑪莉艾拉哭了，好難過。』

奔龍傳達的情報和林克斯的傷口狀態證實了吉克所說的話。

「當時果然應該殺掉小賈唄。」

尤利凱不屑地脫口而出。

馬洛和法蘭茲、多尼諾與格蘭道爾等黑鐵運輸隊的成員，也對自己放任小賈這個危險分子的失態感到愧疚，沉痛地閉上嘴。

稍晚才趕到的迪克看到把自己當作兄長般仰慕的林克斯變成這副模樣，表情失去了血色。

從馬洛口中聽聞事情經過的迪克得知「有死亡蜥蜴出現」時，不甘心地咬牙切齒，用幾乎要流血的力道握緊拳頭。

（都是因為我們沒有打倒赤龍就撤退……）

討伐赤龍失敗的影響竟然會以這種形式出現。因為自己的無能，林克斯才會喪命；犧牲實在太大，使他不知道該對同伴和暴露在危險中的吉克說些什麼。

「今天我們會先帶著林克斯回去。吉克，你也很疲憊了，但應該知道自己的職責吧？好好關照瑪莉艾拉小姐吧。」

「是。」

對於吩咐自己關照瑪莉艾拉的馬洛，吉克深深低下頭。

沒能拯救林克斯的自己是如此不中用，他卻還是願意把守護瑪莉艾拉的任務託付給自己，這種近乎信賴的顧慮讓吉克懷抱深深的感謝。

09

黑鐵運輸隊離開後的「枝陽」既陰暗又寂靜。

夜幕不知不覺間低垂，淡淡的月光從聖樹造型的天窗灑落。雨似乎已經停了。

聽到二樓的門打開的聲音，吉克快步走上階梯。

「妳醒啦，瑪莉艾拉……」

使用水菸壺透過藥液吸入「幻睡香」就能作美夢，直接當作焚香使用則可以進入短時間的深層睡眠。應該是焚香的效果結束了吧。醒來的瑪莉艾拉站在走廊上，呆呆地望著吉克。

「吉克，林克斯呢……？」

「迪克隊長他們帶他回去了。」

「是嗎……」

如幽靈般佇立在原地的瑪莉艾拉暫時凝視著吉克，然後緩緩步上通往屋頂的階梯。

「雨停啦。」

吉克抱著毛毯，追上搖搖晃晃地走向屋頂的瑪莉艾拉。

咻，春天的晚風吹過屋頂。

上空的風勢似乎更強，早些時刻降下大雨的雨雲已經被吹得四分五裂。剛才灑落在「枝陽」店內的月光因為月亮躲進雲間，幾乎看不到了。

在極度陰暗的晚間屋頂上，吉克覺得夜晚彷彿會帶走瑪莉艾拉，於是走到她的身邊。

「瑪莉艾拉，晚上還很冷。」

說著，吉克用手上的毛毯包裹住瑪莉艾拉。雖然周圍太暗，吉克沒辦法看清楚瑪莉艾拉仰望自己的臉，卻知道她的表情充滿了悲痛，所以感到胸口一緊。

「吉克，我……」

瑪莉艾拉開口說道。

這種時候就該好好傾聽。讓她全部說出來比較好。雖然心裡明白，吉克卻很想阻止瑪莉艾拉繼續說下去。因為吉克知道，瑪莉艾拉要說的是狠狠傷害她自己的話。

「都是我的錯。」

「絕對沒有那回事。」

林克斯的死絕對不是瑪莉艾拉的錯。瑪莉艾拉自己不也差點喪命嗎？

「都是因為我明明沒有能力保護自己，還要求你們陪我去採集藥草。」

「不對。有兩個B級的人陪同，在二十三樓已經算是戰力過剩了。上次我們也很輕鬆地回來了。這麼異常的魔物湧現，根本沒有人能預料到。」

吉克用盡各種說法，打斷瑪莉艾拉的自責。

「就是我的錯。我連魔藥都沒有交給你們。就算我帶著，也沒辦法馬上拿給你們用。」

「是我們沒有要求。這是我們的判斷失誤，妳一點錯也沒有。」

即使以客觀角度來思考，瑪莉艾拉也沒有錯。吉克與林克斯是護衛，瑪莉艾拉是委託人。有錯的是讓委託人暴露在危險中的護衛，瑪莉艾拉反而是受害者。

可是瑪莉艾拉垂下脖子，搖了搖頭。

「不對，不是那樣，吉克。我……我……」

瑪莉艾拉抬起頭注視著吉克。她的雙眸盈滿了幾乎要溢出的淚水。

「都是因為我，想要在這座城市靜靜地生活——」

瑪莉艾拉流下一滴一滴的眼淚，接著說道。失去林克斯的強烈失落感讓她想起了兩百年前使自己失去一切的魔森林氾濫。

「魔森林氾濫發生時，我一個人逃走了。因為我沒辦法幫助被魔物攻擊的人，而且也沒有人會幫助我。不，不對。是其他人放我逃走的。因為他們知道就算留在防衛都市也不會得救。我一個人逃走，一個人得救了……」

那個時候，季節也是春天。

在魔森林獨自度過的冬天寒冷得彷彿連心都能凍結，好不容易等到春天來臨，魔物暴動卻奪走了一切。

經過假死睡眠所凍結的時光後甦醒，卻已經過了整整兩百年，什麼也不剩。一定有很多很多的人死去。

自己僅有的少數熟人和確實存在於防衛都市的容身之處（人際關係），以及師父所留下的魔森林小屋，全部都被時間的洪流帶走了。

以為冬天終於結束了，季節卻已來到秋天，冬天又將再次來臨——

可是瑪莉艾拉並沒有變成孤單的一個人。

因為有林克斯陪在身邊。

自從在魔森林中相遇，他就一直陪在瑪莉艾拉身邊。到了迷宮都市後，他也帶領瑪莉艾拉熟悉「躍谷羊釣橋亭」，以及這座城市。他介紹好幾個熟人給瑪莉艾拉認識，常常說些玩笑話逗瑪莉艾拉開心。

城市裡的居民都很善良，他們接納了瑪莉艾拉這個外人。有些常客每天都會來拜訪「枝陽」。瑪莉艾拉很高興他們願意來買藥，但更高興他們說自己是來「串門子」的。

就連一開始有點壞心的藥師，現在也把瑪莉艾拉當作同伴看待。他們說自己「受過瑪莉艾拉的照顧」，所以願意提供一些珍貴的情報。瑪莉艾拉受到的照顧，甚至比他們還要多得多了。

瑪莉艾拉也交到了許多朋友。凱兒小姐和愛爾梅拉小姐、安珀小姐、雪莉與艾蜜莉。從姊姊般的人到妹妹般的孩子，全都是瑪莉艾拉最喜歡的朋友。瑪莉艾拉以前從來不知道，和女孩子一起聊天、做菜是這麼開心的事。

還有吉克。

他一直待在瑪莉艾拉身邊，一直把瑪莉艾拉放在心上。

跟他在一起已經太過理所當然，所以他前往亞利曼溫泉的期間，瑪莉艾拉甚至對自己這麼習慣吉克在身邊的事情感到驚訝。

「我每天都過得好快樂，好開心，所以從來沒有想過。我明明知道，卻一直沒有去正視。我老是覺得事情總會有辦法。我明明知道有很多人像幫忙替『枝陽』施工的受傷冒險者一樣，因為沒有魔藥而陷入困難，我卻沒有表明自己的身分……」

看到擺放在亞格維納斯家地下室的棺材，自己明明已經注意到兩百年前從魔森林氾濫中倖存的鍊金術師究竟做了什麼。

明明知道他們賭上性命不斷製作魔藥，瑪莉艾拉仍然無法放棄在「枝陽」的生活。

「就算批發魔藥給迷宮討伐軍，魔藥也不會流通到民間。迷宮都市明明有很多需要魔藥的人。我每天做完一百瓶高階魔藥之後，魔力明明還有剩！我應該！把在『枝陽』度過的時間全部都拿來製作魔藥的！」

自己一個人悠哉地從魔物暴動中倖存，甚至一個人快樂地生活在迷宮都市。

「那個人那個時候對我說了『都是妳的錯』。他一定是發現我是鍊金術師了。他早就知道，我滿腦子只想著自己，連能夠拯救的人都不去救。」

所以這一定是懲罰。自己害林克斯代為承受自己應該受到的懲罰，瑪莉艾拉這麼想。

「所以這件事……林克斯死……死掉的事……一定是我的錯。」

聽著這段哀號般的獨白，吉克忍不住抱緊了瑪莉艾拉。

「不對。不對。不對！這不是妳的錯。妳沒有錯。妳不是救了我嗎！那些冒險者也治好了傷，回到迷宮了。妳做的藥還幫助了很多人！拜託妳不要把那種人（小賈）說的話當真。那種只想把自己的懦弱和不幸的原因歸咎給別人的人說的話，沒有必要聽。瑪莉艾拉，我們……林克斯不是因為妳是鍊金術師才救妳的。因為妳是瑪莉艾拉，林克斯才會救妳。我也一樣，就算沒有魔藥，就算傷勢沒有治好，只要還活著，我就會繼續為妳奉獻。妳治好的，不是只有肉體的傷。所以瑪莉艾拉，拜託妳別這麼說。不要責備自己。不要讓林克斯的心意白費。我……我們……」

吉克無法繼續說下去。

因為曾經說過要在昇上A級後向瑪莉艾拉告白的林克斯，已經永遠都無法傳達那份心意了。

「吉克……」

吉克蒙德只是持續擁抱著不斷哭泣的瑪莉艾拉。

「吉克，我……」

彷彿下定了決心，瑪莉艾拉編織出一字一句：

「我想要消滅迷宮。」

「消滅迷宮」。林克斯最後是這麼說的。如果那就是林克斯的願望，瑪莉艾拉想要讓它成真。迷宮是兩百年前毀滅安妲爾吉亞王國和防衛都市，奪走瑪莉艾拉的容身之處的魔物暴動所造成的結果，也是奪走林克斯的仇人。

「為了這個目標，我會做魔藥。因為我沒辦法戰鬥，所以我要到迷宮討伐軍表明身分，替大家做魔藥。我已經不想再失去任何人了。」

即使再也無法回到「枝陽」，即使要獻出自己的一切，只要能夠消滅迷宮——

這是接近誓言的強烈決心。

即使如此，即使意志已經如此堅定，瑪莉艾拉還是不想要孤單一個人。就像獨自在逼近的死亡恐懼中啟動假死魔法陣的那個時候一樣，孤孤單單地前往陰暗墓穴般的地方是一件非常可怕的事。

所以……

「吉克，拜託你。不要，不要丟下我一個人……」

瑪莉艾拉竭力說出口的懇求甜蜜地綑綁住吉克。

「當然好了，瑪莉艾拉。我這個人，我的一切都是屬於妳的……」

瑪莉艾拉的懇求不是隸屬的「命令」。其中並不包含任何一點點魔力。瑪莉艾拉對吉克下過的「命令」只有一個，那就是「不要說出我是鍊金術師的事」，僅此而已。
即使拯救了吉克的性命與靈魂，她也毫無所求。她對安穩的日常，家人般的愛感到滿足，打從心底希望吉克能重獲自由。
吉克是多麼渴望她，多麼希望她也需要自己呢？
不論瑪莉艾拉期望的是什麼樣的感情，吉克都不在乎。
即使她深深受了傷，只是為了尋求一時的慰藉才墜入自己手中，如果能不必放開此刻確實存在於懷中的這份溫暖，怎麼樣都無所謂。
吉克蒙德抱緊微微顫抖著哭泣的瑪莉艾拉。
隱隱顯露在雲間的月亮究竟是圓是缺呢？
晚風使雲朵彼此靠攏。
連微弱月光也失去的黑暗之中，兩人的夜靜靜地深了。

The
Survived
Alchemist
with a dream
of quiet town life.

03
book three

終章

火焰送行

Epilogue

01

林克斯的遺體將在迷宮都市東北東方的山丘上，以火葬方式送行。

迷宮都市面向魔森林，內部則有迷宮。若是將遺體土葬，不是被魔物吃掉就是被迷宮吸收，死後也無法逃離魔物。因此才要用火焰魔法澈底燃燒遺體，連骨頭也不留。

迷宮都市的燃料很珍貴，連一般家庭做菜用的火力都是使用魔導具或生活魔法。葬禮也是使用火焰魔法來進行，因此不需要柴火；但人們相信將柴火堆得愈高，用竄向天際的火焰替死者送行，就愈能使其靈魂脫離人世的汙穢，飛昇至天上，回到更好的世界的地脈。

這座山丘上設置著葬送故人的祭壇，許多人聚集到這裡來替林克斯送行。

「獻火。」

聽到負責主持葬禮的迪克喊出口號，悼念者獻上火焰。

「爸爸，林克斯要被燒掉了……」

年紀還小的艾蜜莉可能是第一次與親近的人死別。她流著眼淚，挨在父親——「躍谷羊釣橋亭」老闆身邊，忍著不捨的悲傷。

「艾蜜莉，這裡的人光是能在城市裡舉行葬禮就很幸福了。有很多人連身體的一部分都回不來。林克斯不是常常陪妳玩嗎？好了，去幫他送行吧。」

跟著老闆走向祭壇的艾蜜莉用生活魔法獻上小小的火焰。不只有艾蜜莉與老闆，賈克爺爺與安珀、梅露露和高登等矮人三人組，甚至是凱羅琳都為了向林克斯作最後的道別而聚集到這裡。長久以來與他同生共死的黑鐵運輸隊成員當然也都到場了。

如果不會用火魔法，用生活魔法也無妨。因為火精靈會以獻火的人們心中的感謝與惜別之意為糧食，將死者從肉體和人世的束縛中解放。黑鐵運輸隊和悼念者蒐集而來的柴火堆成一座高塔，送行之火立起高高的火柱，彷彿能燒焦低垂的厚重雲層。

「謝謝你。」、「謝謝你。」、「謝謝你。」、「永別了。」

對昔日的你道謝，與不歸的你永別。

這是一場很好的葬禮，如此莊重的送行對故人來說也是一種幸福。悼念者的這些話，恐怕是對自己所說的吧。為了填補內心的空缺。將終究會回歸地脈的故人高高送往天上的舉動，或許也代表了想儘量多與死者相伴的願望。

火勢漸漸轉弱，一個又一個的悼念者踏上歸途以後，瑪莉艾拉與吉克依然佇立在祭壇邊。黑鐵運輸隊的成員也一樣。連那隻奔龍也很乖巧地待在遠處替林克斯送行。柴火終於燒盡，風把剩下的灰燼也帶往了遠方。瑪莉艾拉緊緊握住林克斯送給自己的工藝品項鍊。

「瑪莉艾拉小姐，我們走吧。」

聽到馬洛的呼喚，瑪莉艾拉點點頭。瑪莉艾拉與吉克用兜帽遮掩長相，在迪克與馬洛的護衛下搭上裝甲馬車，前往休森華德邊境伯爵的宅邸。

瑪莉艾拉回想起飄向天際的煙與林克斯最後的表情。

瑪莉艾拉現在仍然無法相信，自己已經再也聽不到林克斯每天來到「枝陽」說的玩笑話了。

（林克斯，我會消滅迷宮的……）

瑪莉艾拉緊握林克斯贈送的項鍊，將決心刻劃在胸口。

——「消滅迷宮」。

林克斯留下的這句話其實是希望瑪莉艾拉能像個普通女孩子一樣快樂地生活，並不是希望事情發展成現在這個狀況。

看到瑪莉艾拉現在的表情，他肯定不會高興。

可是，林克斯已經再也無法傳達這份意念了。載著瑪莉艾拉與吉克的裝甲馬車穿越了休森華德邊境伯爵家的大門，高大又厚重的門發出沉悶的聲音，緊緊關上。

載著瑪莉艾拉與吉克的裝甲馬車再也沒有穿越這道門，回到「枝陽」。

「請帶我去見萊恩哈特將軍閣下。」

瑪莉艾拉與吉克是在那個夜晚的隔天下午拜訪黑鐵運輸隊的。瑪莉艾拉的手裡握著與黑鐵運輸隊簽訂的魔法契約書。以特定的步驟一起燒燬成對的魔法契約書就可以撤銷契約。

瑪莉艾拉透過黑鐵運輸隊進行魔藥的交易，而黑鐵運輸隊會收取一部分的代價，提供以保密為主的庇護。如果瑪莉艾拉要加入萊恩哈特的麾下，直接進行交易的話，就有必要撤銷這份契約。黑鐵運輸隊由於無法再交易魔藥而蒙受的損失只要以「將鍊金術師帶來」的功勞來補償即可，如果這樣還是不夠的話，瑪莉艾拉甚至打算付出自己過去存下來的金幣。

來到這裡也是為了再見林克斯最後一面。

林克斯在黑鐵運輸隊基地的房間單調得令人驚訝，躺在房間裡的他臉上帶著有些傷腦筋的笑容。

「那麼，請讓我們同行。」聽了瑪莉艾拉的要求，迪克與馬洛答道。

對迪克與馬洛來說，林克斯並不只是運輸隊的同伴。他是曾經一起穿越魔森林無數次的同伴。他是個擅長蒐集情報與斥候工作的部下，也是會仰慕地喊著「隊長、副隊長」的可愛弟弟，是家人。

迪克知道，那麼淺的樓層會湧出死亡蜥蜴，都是自己沒有成功討伐赤龍所造成的反彈；馬洛知道，林克斯臨終的笑容是出於保護了珍視對象的滿足，以及捨不得離別的感傷。

迪克與馬洛都很明白，責怪要求採集藥草的瑪莉艾拉、沒能保護好林克斯的吉克，或是愚蠢至極的小賈，都不過是為了使自己心安而推卸責任罷了。

迪克沒有成功打倒赤龍，而雖說沒有其他選擇，讓小賈這樣的奴隸加入黑鐵運輸隊的人也是馬洛。他們知道比起責怪自己的愚蠢，還有其他該做的事。

消滅迷宮，替林克斯報仇。

這就是黑鐵運輸隊所有人的共通意志。

黑鐵運輸隊是能穿越魔森林，在帝都與迷宮都市之間往來的強大運輸隊。可是並非所有人都擁有足以在迷宮討伐軍的最前線作戰的戰力。也有好幾個人都是待在黑鐵運輸隊才能發揮實力。

同時，長年運送迷宮都市所缺乏的各種物資的他們，對迷宮都市和迷宮討伐軍來說都已經是不可或缺的運輸隊了。那天晚上，黑鐵運輸隊的成員徹夜討論，認為以黑鐵運輸隊的身分在背後支援迷宮討伐軍也對消滅迷宮有助益。

經過一番討論，過去擔任隊長的迪克和馬洛決定回到迷宮討伐軍，由剩下的成員繼續承擔黑鐵運輸隊的工作。無法直接消滅迷宮，替林克斯報仇的他們雖然知道這是最適當的安排，卻還是感到不甘心；而迪克與馬洛汲取了他們的意念，與他們互相立下一定要消滅迷宮的堅定誓言。

兩人原本打算在瑪莉艾拉與吉克來訪的那一天前往迷宮討伐軍傳達復職的意願。

雖說要一同前往迷宮討伐軍，但也不能沒有事先知會就把迷宮都市唯一的鍊金術師帶到迷宮討伐軍。瑪莉艾拉等人討論過後，決定在送走林克斯後再與萊恩哈特會面。

*02

瑪莉艾拉與吉克抵達休森華德邊境伯爵家後，就被款待賓客的態度帶領至會客室，受到在裡頭等待的萊恩哈特將軍與維斯哈特副將軍的歡迎。

「歡迎，瑪莉艾拉閣下。我就是迷宮討伐軍的將軍，萊恩哈特。」

「啊，是。初次見面，我是瑪莉艾拉。」

「林克斯的事情我很遺憾，讓我們一同洗刷他的遺憾吧！」

「那個，請問維斯哈特大人果然早就知道我不是帝都的鍊金術師，而是迷宮都市的鍊金術師了嗎？」

「是啊，當然了。我聽說上次的情況真的很危險。這都要怪我們的能力不足。今後我們會更加注意保護妳的安全。話說回來，能夠像這樣當面與妳討論，實在是令人感激。今後要請妳多多指教了。」

「是，我會的。也請各位多多指教。」

「雖然還有很多今後的事情想和妳談談，但身為共同對抗迷宮的戰友，我們先開始培養友誼吧。」

萊恩哈特這麼說完，便領著一行人來到一間氣派的飯廳。

飯廳裡擺滿了瑪莉艾拉從來沒有見過的佳餚，不只是一起來拜訪的迪克與馬洛，就連有時候會因為奴隸身分而被拒絕入內的吉克都被帶領到座位上。

「別拘束，盡情享用吧。」

萊恩哈特帶頭簡短地乾杯後，在桌邊服侍的女性替瑪莉艾拉拿取想吃的料理。一般的情況應該是供應經過擺盤的精緻料理，不過既然會採取自助餐的形式，應該是為了讓賓客可以儘量輕鬆地用餐吧。

「對了，我聽說魔森林現在仍然保留著一片寸草不生的焦土。據傳魔森林氾濫發生時，號稱『炎災賢者』的偉大魔法師為了阻擋魔物危害王國，隻身一人前往那裡葬送了成千上萬的強大魔物才造成那片焦土，瑪莉艾拉閣下可知道？」

「不。因為我很少離開迷宮都市，對以前的時勢也不太了解……」

在魔物抵達安姐爾吉亞王國之前就靠假死魔法陣逃過一劫的瑪莉艾拉，並不清楚魔森林氾濫的詳細情形。馬洛與迪克代替支支吾吾的瑪莉艾拉回應這段對話。

「我和迪克曾經見過。為了賺取黑鐵運輸隊的成立資金，我們曾經踏入那片土地。」

「那片景象實在恐怖。土地竟然融解，凝固了起來。」

「嗯。不過正是因為有那位賢者葬送了大批的棘手魔物，削弱魔物的攻勢，才有人能逃過魔物暴動，倖存下來。我們能有現在的迷宮都市，也是多虧如此。」

「是的，哥哥。現在的我們也有了瑪莉艾拉閣下這位賢者，必定能夠消滅迷宮，開創未來吧。」

把瑪莉艾拉形容為賢者的奉承，應該是萊恩哈特等人願意給予優渥待遇的表態方式吧。他們所招待的料理全都非常美味，聊天時也會提起瑪莉艾拉可能知道的話題。應對得不太好時，迪克或馬洛也會幫忙防止冷場，使得對話的氣氛一直很融洽。可是瑪莉艾拉的表情總是悶悶不樂。不管周遭的人再怎麼安慰或體貼，要是早一點來到這裡，林克斯或許就不會死的想法一直在瑪莉艾拉的心頭揮之不去。

「詳細情形就留待明天再談吧。今天請妳好好休息。」

晚餐結束後，瑪莉艾拉等人被維斯哈特帶往宅邸的深處。

休森華德邊境伯爵的宅邸似乎會順著時代的趨勢反覆進行增建或改建，宅邸中心的最古老部分看起來已經有上百年的歷史。愈往深處前進，貼著漂亮壁紙的裝潢就漸漸轉變成瑪莉艾拉家裡那種厚重的石牆，穿過好幾道門後看見的是通往地下的階梯。

（果然是地下室啊……）

瑪莉艾拉的心情稍微沉了下來。

這是預料之中的事。自己是這座城市唯一的鍊金術師。要保護鍊金術師不被魔物和人發現，關在地下室是最確實的方法。在感覺不到溫暖陽光與柔美月光的陰暗地下室不斷製作魔藥，是瑪莉艾拉早就料想到的情形。

就算再也回不到「枝陽」，只要能消滅迷宮就好。

瑪莉艾拉抱著這種必死的決心拜訪了萊恩哈特將軍。事到如今，自己絕對不能退縮。

瑪莉艾拉跟著維斯哈特前進。

休森華德邊境伯爵家的地下室十分廣大，走廊的兩端連接著好幾個小房間。走廊本身應該也是阻擋魔物入侵的障礙吧，每隔一定的距離就會設置一道門。走廊的門全都打開了，並不會阻擋瑪莉艾拉等人的通行；可是一旦走進裡頭，這些門恐怕就會緊緊關閉吧。

被好幾道門隔絕，簡直就像是一座無法逃脫的監獄，瑪莉艾拉心想。

一行人一步一步往深處前進。維斯哈特走在最前方，瑪莉艾拉與吉克走在中間，後面則跟著迪克與馬洛。

一行人終於抵達最深處的房間。

門前站著一名看似迷宮討伐軍的士兵，對瑪莉艾拉低頭行禮。

「就是這裡。」

「聯絡的工作由他負責。」

聽到維斯哈特這麼介紹，瑪莉艾拉也輕輕行了一禮。負責監視的人只有他一個嗎？被介紹給瑪莉艾拉的聯絡人緊張地低下頭，然後打開門說道：「已經準備好了。請入內。」

看到他帶領眾人走進的房間，瑪莉艾拉啞口無言。

「準備……？準備什麼……？」

容納了五個人就讓人覺得有點狹窄的小房間沒有床或櫃子，連桌椅都沒有。地上一張地毯也沒有，牆壁上也只有不帶任何裝飾的粗糙燈具。別說是供人生活了，這個房間甚至不能在魔物來襲時當作藏身處。

而且，最重要的是——

「嘎嘎嘎。」

救了瑪莉艾拉而失去半條尾巴的奔龍就像是說著「你們好慢喔～」似的，從通往下方的階梯洞穴中探出頭來。

沒想到休森華德邊境伯爵家的地下室竟然也連接著地下大水道。不，達官顯貴的宅邸有多條避難路線應該是理所當然的。

「自從史萊姆在地下大水道大量繁殖以來，這裡先前就一直無法使用，不過中階除魔魔藥真是厲害。只有使用中階除魔魔藥的人能使用的避難路線是最安全的。哥哥也交代要去迷宮討伐軍的話就走地下吧。不過我想應該是因為走地下比較近，他才會那麼說。」

哈哈哈，維斯哈特爽朗地笑了。

「通往『枝陽』地下的路線也已經經過確認。迷宮討伐軍的基地地下和迷宮二樓也連接著地下大水道，所以能在不被發現的情況下前往基地或是這座宅邸。」

馬洛帶著微笑遞出中階除魔魔藥。

依然一語不發的迪克往身上潑灑中階除魔魔藥，馬上為了確認安全路線而往地下走去。

「咦咦？」

瑪莉艾拉與吉克面面相覷。

於是，與迷宮討伐軍一同消滅迷宮的生活，在「枝陽」沒有多少變化地開始了。

03

雨靜靜地下個不停。

天氣已經好幾天沒有放晴了。在灰暗的雲間不斷降下的細雨使得城市中央有迷宮，外有魔森林的迷宮都市變得更加陰鬱。雨水讓街上的石牆染上更黯淡的色調，整座城市都彷彿進入服喪期間。

「瑪莉艾拉小姐，室內晾衣專用的新洗衣精很受好評呢！大家都說用了就不會產生異味。我以前都不知道梅雨季會有這種煩惱呢！」

凱羅琳刻意用比平常還要開朗的口氣對瑪莉艾拉這麼說道。

「嗯……多少能幫上忙，太好了……」

陰沉陰沉陰沉。瑪莉艾拉依舊低著頭，小聲回應。

「瑪莉艾拉！這是新的點心！這種點心可厲害了。裡面的起司不是用躍谷羊奶，是用牛奶做成的。所以沒有騷味，吃起來又香又濃。而且口感入口即化呢。吃到這麼好吃的東西，連嘴巴都要融化了。」

香料店的梅露露姊帶來一種用牛奶做成的點心。牛奶在迷宮都市可是高級品。因為沒有足夠的土地能發展畜牧業，耐粗食又能騎乘或載運行李，還能生產肉和奶的躍谷羊比較常見，而專為食用所飼養的家畜非常稀少，只會出現在貴族的餐桌上。

這也是從休森華德家送來的特製點心。

「啊……要是變胖就糟糕了……我已經不能去迷宮減肥了……」

陰沉陰沉陰沉陰沉。瑪莉艾拉捏緊上衣的下襬。

她想起在迷宮裡被林克斯追著跑上樓層階梯的回憶，眼裡湧出淚水。

梅露露姊露出「糟糕！你想想辦法啦！」的表情，對高登使了個眼色，他便開始坐在自己專用的椅子上跳起搖屁股之舞。

「瑪……瑪莉小妹！妳看妳看～在這種潮溼的日子這麼做～看吧，椅子被俺擦得亮晶晶了吶～！」

話題轉得相當硬。而且只把椅子的椅面擦得亮晶晶有什麼意義呢？

是為了幫維斯哈特擦椅子嗎？維斯哈特和凱羅琳的關係沒有什麼進展，和高登卻已經有一屁之緣了嗎？這兩個身分完全不同的人明明就連對話也沒有過。

「……高登先生，回去之前記得擦椅子喔。」

陰沉陰沉陰沉陰沉，陰沉陰沉陰沉陰沉。

瑪莉艾拉的陰沉度似乎又上昇了。她默默地指了指打掃用的抹布。

「瑪莉艾拉……貨送來了……」

陰沉陰沉陰沉。

溼度比瑪莉艾拉還要高的吉克從通往住宅部分的門探出頭來，對瑪莉艾拉說道。吉克的心思比瑪莉艾拉還要細膩。本來就感性的性格加上林克斯的事，醞釀出更加鬱悶的氛圍了。

「嗯，我馬上去，吉克……對不起，安珀小姐，店裡麻煩妳了……」

陰沉陰沉陰沉，陰沉陰沉陰沉。

「我知道了，做些香氣宜人的肥皂，心情一定也會比較好的。」

安珀小姐這麼說，目送瑪莉艾拉走向工房。

沒有了瑪莉艾拉與吉克兩個人的「枝陽」讓人有種溼度下降的錯覺。

「瑪莉艾拉小姐真的很難過呢。真令人心疼。可是……」

凱羅琳哀傷地凝視著兩人離去的門。

「是呀。我知道他們很難過。可是該怎麼說呢……」

「陰沉得好像要長出香菇了。」

「嗯。」

眾人都對某人的香菇發言表示同意。

生活在迷宮都市等於是隨時與死亡相鄰，像林克斯一樣年紀輕輕便離開人世的人並不稀奇。雖然是非常令人痛心的事，人們卻也只能銘記在心，繼續活下去。與他人共同度過的時光中有彼此託付與被託付的意念。住在迷宮都市的人都認為，實現這些意念就是活下來的人追悼死者最好的方式。

當然，大家都知道林克斯死後，瑪莉艾拉與吉克都已經開始著手進行自己該做的事。雖然不知道那是什麼事，大家卻都能感覺得到兩人拚命努力的決心。

可是，他們一直沉浸在悲傷中，像是兩個人互舔傷口般過度操勞的方式讓人不免有種看著悲劇主角的感覺。

坦白說，簡直就是誕生了一對憂鬱的香菇栽培搭檔。

「吉克，材料只有這些嗎？我還可以做很多。魔力還有剩呢！」

「瑪莉艾拉，不可以太勉強自己。妳昨天不是做了總共兩百瓶的高階魔藥和特化型高階魔藥嗎？要是妳有什麼萬一，我……」

陰沉陰沉陰沉，超級陰沉。

只有兩人的工房明明有通風魔導具正在全速運轉，卻非常潮溼。兩人比不斷吐出黏液，幾乎都是由水分構成的合成史萊姆——史萊肯還要潮溼。好像真的要長出香菇了。

如果是平常的瑪莉艾拉，可能會說些「哇～是新品種的香菇～免費的材料耶！」之類的話；但現在即使真的長出香菇，兩人也只會說出「是材料。我得拿來做魔藥，我……我！」、「瑪莉艾拉！」等更加促進香菇生長的對話。

失去林克斯的那天夜晚，瑪莉艾拉與吉克雖然互相依偎著度過，兩人的關係卻沒有什麼進展。

吉克把林克斯當作知心好友，不可能對他的死不感到悲傷。想到失去林克斯的悲傷，現在仍然令吉克胸口一緊。與死亡蜥蜴對峙的那個時候，吉克想要救林克斯的心情沒有一絲虛偽，自己的弱小和無能現在依然重重地打擊著他，使他幾乎崩潰。

可是吉克確實也同時害怕思慕瑪莉艾拉的林克斯有可能會奪走自己的容身之處，以及與瑪莉艾拉共度的時光。不論三人的關係將迎向什麼樣的結局，自己也已經發誓為瑪莉艾拉奉獻；可是即使如此，如果瑪莉艾拉選擇了林克斯，吉克也沒有自信能由衷祝福他們。所以內心的某個角落確實因為不必失去瑪莉艾拉身邊的位子而產生安心的感覺，這樣的自覺讓吉克覺得自己非常卑鄙又骯髒。

失去林克斯的那天夜晚，吉克的內心混雜著如此的痛苦和安心，可是自己根本沒有權利沉浸在苦惱的泥濘之中。自己的事情都是其次。如果不將林克斯賭上性命拯救的瑪莉艾拉放在第一順位，自己就連待在她身邊的資格都沒有。

因此，吉克蒙德和瑪莉艾拉單獨待在「枝陽」屋頂上的那一晚，他硬是將差點壓垮自己的慚愧意念藏進內心深處，一心一意地抱著瑪莉艾拉。

「不要丟下我一個人。」

瑪莉艾拉用微弱的聲音說出的願望就像是告白，傳進吉克蒙德的耳裡。眼前是一個內心被離別的悲傷撕得支離破碎的少女，瑪莉艾拉並不是選擇了吉克蒙德作為共度一生的唯一對象。即使了解這一點，吉克蒙德依然嚐到某種頹廢的甜美，彷彿被劃開的傷口正在發熱，隨著心臟的脈搏隱隱作痛。

墮落為奴隸之前，吉克曾經過著花天酒地的生活。因為過去是個只在乎自己的卑劣男人，他也曾有多次與情緒低落的女性完事的經驗。當時感覺到的黑暗愉悅閃過吉克的腦海。感受著懷中的嬌小少女散發的溫度，吉克忍不住那麼想。

因為說出接近告白的願望後，瑪莉艾拉哭啊哭，哭了再哭，大洪水般地哇哇大哭，擔心她會脫水的吉克於是拿水給她喝，她就像是要排出追加的水分似的繼續哭，流出幾乎是一輩子份的淚水後，可能是哭累了，瑪莉艾拉就這麼在吉克的懷裡睡著。

而且睡得超熟。

沒想到她會在那種氣氛下使出大哭、擤鼻、睡死的一串連續技。

一般來說，妙齡女性就算哭了也不會揉眼睛。因為那麼做會讓眼睛腫起來，變得很難看。即使能用低階魔藥治好，哭泣的臉通常不會展現給特定目標以外的對象看，一般人也會隱瞞自己哭過的事實。

可是在吉克懷裡呼呼大睡的瑪莉艾拉已經把雙眼哭到嚴重浮腫，不只是眼睛，連鼻子都紅通通的。看起來有點像是針猿，讓吉克覺得五味雜陳。

（……總之先帶她回房間睡覺吧……）

即使包裹著毛毯，夜晚還是偏涼。要是感冒就糟糕了。吉克用左手抱起瑪莉艾拉，站起來準備離開屋頂。

無意間仰望夜空的吉克看見月亮從雲間探出頭來。

他向月色朦朧的夜空伸出手。

如弓般纖細的新月距離圓滿還很遙遠，光芒非常微弱。

向月光伸出手的吉克只能感覺夜風穿過指間，什麼都抓不住。

結果，吉克蒙德與瑪莉艾拉自從那一晚後，不管過了幾天都仍然無法處理複雜的情感，只能互相依偎著彼此，繼續懷抱著與林克斯分別的悲傷。

維斯哈特對此也感到有些不知所措。

他已經聽說鍊金術師由於先前討伐赤龍失敗的餘波而暴露在危險中的事情。迷宮討伐軍會隨時經由地下攻略迷宮的事情並沒有向一般大眾公開，即使較淺的樓層有可能在敗退時出現強敵，軍方也沒有禁止民眾進入迷宮以防萬一。可是考量到鍊金術師的重要性，就算硬塞一個理由也要派出分隊程度的士兵隨時與她同行。至少也可以先掌握她的行蹤，使其更改採集日，防止她在不確定因素較多的討伐日進入迷宮。

平常有尼倫堡待在她身邊，還有兩名接近A級的冒險者守著她，所以維斯哈特一直認為戰力上沒有問題。自己的注意力都放在赤龍一戰，忽略了鍊金術師的行蹤，因此維斯哈特覺得這是自己的失策。

結果為了拯救鍊金術師，黑鐵運輸隊失去了一名年輕的菁英。

迪克和馬洛原本是迷宮討伐軍的一員，在執行任務時失去同伴的經驗並不少。雖然他們也都無法習慣失去重要同伴的感受，卻懂得接受其死亡，理解原因，然後繼續前進。萊恩哈特與維斯哈特比他們更豁達，所以一直以為鍊金術師也一樣。

邀請瑪莉艾拉到宅邸也是為了轉達赤龍討伐的現狀並道歉，舉辦歡迎會以重新表明共同前進的決心；來到現場的她卻是一臉憔悴，看來並沒有克服名叫林克斯的青年之死。

告訴她討伐赤龍失敗的事情與林克斯的死有關，沒有告知這個可能性就讓他們進入迷宮的自己（維斯哈特）也有錯，並將責任一肩扛起是很簡單的事。可是維斯哈特很清楚，這麼做並不能讓她克服名叫林克斯的青年之死。

往後迷宮討伐仍會持續。表明願意參加的迪克與馬洛有可能戰死，在攻略的過程中與瑪莉艾拉深交的迷宮討伐軍成員也有可能死去。如果每次都責備自己，陷入憔悴，根本無法承受往後的戰鬥。

讓瑪莉艾拉與吉克回到「枝陽」，並不只是因為「枝陽」的警備體制已經很完善，也是因為整天在惡劣的環境製作魔藥很缺乏建設性。軍方期待鍊金術師提供的不只是增產魔藥的勞力，還有淵博知識與奠基在此之上的發想，藉此導出攻略樓層的線索。

鍊金術師還不會製作能夠用在攻略上的特級魔藥「冰精的庇佑」，而能讓身體變得接近名叫龍人的種族，在嚴酷的環境下活動的一種變身藥「龍人藥」所需的赤龍鱗片也還未取得。

現在瑪莉艾拉還無法完全消化林克斯的死，總是鬱鬱寡歡地製作魔藥。一開始，每當迷宮討伐軍採來大量的月光魔草，她就會用光所有的月光魔草，反覆過著耗盡魔力而昏倒的生活。看到她讓自己如此操勞，故人也無法得到慰藉。

（看來她是個表裡如一的少女……還需要一點時間。）

如此判斷的萊恩哈特與維斯哈特在晚餐的宴席上刻意與她閒話家常。首先要找回她的笑容。等到情緒整理好了，她一定也能重新邁出步伐。

（好了，該如何是好呢……）

維斯哈特陷入沉思。如果是高階魔藥，靠著至今為止的交貨量就能確保充足的庫存。可是，並沒有對付赤龍的妙計。雖然想藉由成功抵擋赤龍噴火的愛爾梅拉的丈夫——沃伊德的能力來開創活路，但軍方委婉地尋求其幫助時，他以就算能防禦，也沒有攻擊手段能將赤龍擊落並打倒為由，拒絕了邀請。

目前迷宮討伐軍能夠採取的手段只有將士兵送往迷宮的各個樓層，儘量削弱其力量以妨礙迷宮的成長而已。

換句話說，一切都陷入了膠著狀態。

04

土壤與石塊融解又凝固，形成這片寸草不生的死亡大地。

位於魔森林深處的這個地方使人聯想到阻擋迷宮討伐軍的迷宮五十六樓。

此處是兩百年前的魔森林氾濫激戰區之一。

踏上有A級魔物徘徊其中的魔森林深淵，「炎災賢者」施展出直竄天際的威猛烈火，融解了大地，葬送眾多魔物。據說此舉大幅削弱了襲擊安姐爾吉亞王國的魔物攻勢，使得少數人得以倖存，在魔森林氾濫後隨即趕來展開救援的休森華德家軍隊，也才能勉強確保供人居住的領域。

那場戰鬥的痕跡依然保留著，雖然焦土的面積縮小了許多，但寸草不生的死亡大地卻還存在。這附近從兩百年前開始就一直是有A級的地龍棲息的危險地帶，所以只有迪克等高階的冒險者曾經造訪過此地。

不斷靜靜下著的雨也一滴不剩地灑落在魔森林。

不毛之地沒有樹木的遮擋，使得融解後凝固的大地被降下的雨水一點一滴地沖刷掉。水會削去土地的脆弱部分，使岩石碎裂，風和水的風化作用會讓焦土慢慢轉變成普通的大地。

接近森林的地方有堆積的落葉腐化後形成的土壤，落在土上的種子發芽，擴展了森林的範圍。森林中也有高大的樹木，突如其來的落雷打中了其中一棵樹。

樹木裂開，燃燒著倒下。落雷的衝擊與樹木傾倒所產生的地鳴都不是多麼稀奇的事。除了無法在雨中起飛的小鳥會躲在樹蔭下互相依偎之外，落雷的衝擊並沒有驚擾任何東西。因此，棲息在魔森林的生物全都沒有發現，樹倒的衝擊在焦土的一角開出了一個洞。

怦怦。

暫停的心臟開始鼓動。

凍結的血液融解並重啟循環，肺臟則渴求著氧氣。

輕吸一口氣，便有大量的塵埃飛進口中。

「咳咳……咳咳咳咳……呼啊！」

呼吸很困難，腦袋因為缺氧而感到陣陣疼痛。空氣，我需要新鮮的空氣。

「通風。」

在開啟的洞穴底部甦醒的人用「通風」魔法獲得新鮮的空氣後，用缺氧而意識朦朧的頭腦開始思考。

（我為什麼會躺在這裡來著？）

「生命甘露。」

甦醒者用手拱成一個碗的形狀，汲取散發著白光的水，一飲而盡。思緒逐漸清晰，細胞一個一個活化，使身體恢復活力。

甦醒者用爆炎魔法炸開上方的洞，輕巧地從地窖中跳了出來。

周圍是魔森林與焦土。甦醒者對這片死亡大地有印象。

「土地被森林吞沒了很多呢。這麼看來，我好像睡了滿久的……」

甦醒者搔搔頭，拍掉積在身上的灰塵時，嗅到人類魔力的地龍撞倒樹木現身了。

地龍踩著沉重的腳步逼近。其高度應該有超過三公尺吧。地龍的外表就像是長著長尾巴的放大版奔龍，不同之處是使用四隻腳走路。牠們的腳全都又粗又短，動作並不靈活，卻擁有壓倒性的質量與鋼鐵裝甲般的表皮。

這裡是魔森林，魔物全都已經受肉，被打倒後的屍體並不會消失。如果能夠取得堅硬的地龍素材，就可以得到充足的財富。

實際上，迪克與馬洛就曾在黑鐵運輸隊成立前來到這裡挑戰地龍，使用販賣素材所得的收入成立黑鐵運輸隊。當然了，牠們是與階級相當的強敵，即便是迪克也無法同時對付好幾隻地龍。當時是由馬洛負責誘導和聯絡，在一對一的狀況下進行狩獵。

如此強大的地龍共有三隻。牠們對眼前的大餐流著口水，包圍住甦醒者。

「啊～我想起來了。當時有這些傢伙在。雖然以前比現在多很多。」

甦醒者悠閒地低聲說道。其中一隻地龍的眼睛盯著甦醒者，發出淡淡的光芒後，大地便竄出無數支石之長槍。

——「石槍」。

這是地龍所使出的大地魔法。地龍的動作雖然笨重，卻會操控大地魔法來捕捉獵物，藉此填飽肚子。牠們的防禦力極強，難以對其造成傷害，是不容易打倒又會迅速施展魔法攻擊的強敵。

可是甦醒者就像跳出洞穴時一般，輕巧地躍上石槍的前端，一臉不悅地脫口而出：

「超煩。」

當時牠們好像也是從地面上變出了一大堆的長槍。所以自己嫌麻煩，乾脆把牠們全部一起**融掉**了。

「火焰啊，我等眷屬啊，共同謳歌，起舞吧。『炎舞招來』。」

甦醒者——「炎災賢者」的呼喚彷彿凝聚了大氣中的熱量，在空中捲起好幾團火焰，將地面上竄出的石之長槍連同地龍一起捲入，形成一道狂舞的火焰漩渦。被火焰漩渦奪走空氣，同時被高溫灼燒，牠們的表皮再怎麼堅硬也不可能毫髮無傷。看著地龍喊著硬擠出肺腑的臨死慘叫後倒地，「炎災賢者」在火焰的中心轉了一圈。

「炎災賢者」彷彿跳舞或是指揮似的揮舞那雙手，方才支配四周的火柱便消失得無影無蹤，只剩下冒出陣陣黑煙的地龍。

「嗯～烤過頭了。這可不能吃。」

魔物暴動當時，「炎災賢者」被闖入自己據點的地龍惹毛，不小心用全力施展了魔法。別說是地龍了，連土地和自己的家都被燒個精光；但地下室打造得很堅固，所以完好如初。那個地下室蓋得真好。真不愧是我，「炎災賢者」得意洋洋地自誇。可是打造地下室的人是建築工，並不是「炎災賢者」。

當時用了太強的火力，「炎災賢者」的魔力差點枯竭，所以才趕緊躲到地下室。今天明明是用很弱的火，控制火勢可真困難。難得的好肉，烤成這樣就不能吃了。

使用燈火般的微弱火焰對自己來說比想像中更困難。所以，地下室除了假死魔法陣以外，還裝著可以容納充足燃料的油燈。非常完美。

「嗯？燈火……火？」

「啊……」發出悲情的嘆息，「炎災賢者」當場蹲坐在地。

因為平常都是在屋外放火，所以才會忘記。忘記在密室持續燃燒火焰就會燒光氧氣。自己恐怕是在魔物暴動結束之後也沒有醒來，一直在這裡沉睡吧。直到融化後凝固的入口開啟為止。

「我到底睡了多久啊……」

「炎災賢者」的哀嘆在森林裡空虛地迴響著。

沮喪了大約十秒。與某鍊金術師不同，「炎災賢者」振作得非常快。

「算了，沒差。那傢伙大概也醒了吧。肚子也餓了，久違地回去一次吧！」

「炎災賢者」就像是摘起路邊野花般，從三隻地龍身上取下魔石和可用的一部分素材，往迷宮都市邁出步伐。

雨已經在不知不覺中停歇，陽光從雲間透了出來。

※ 補遺 ※

Appendix

尤利凱　　？15歲

口音與外貌具有異國民族的特徵，黑鐵運輸隊的馴獸師。在尤利凱的率領之下，總是嘎嘎叫的開朗奔龍也會在魔物橫行的森林中化身為不畏艱難的勇猛野獸。出身自帝都的貧民窟，其經歷使他變得厭惡人類，喜愛動物。雖然很信任養父法蘭茲和黑鐵運輸隊的成員，以及很受奔龍喜愛的瑪莉艾拉，卻因為冷淡的口氣而讓人難以察覺。

愛德坎

♂ 24歲

黑鐵運輸隊的雙劍士。雖然擁有Ｂ級實力，容貌也相當俊俏，卻因為輕浮又頭腦簡單的個性而老是在徵求女朋友。透過亞利曼溫泉的訓練與吉克和林克斯培養出友情，他們與瑪莉艾拉一起參加海水浴和溫泉旅行等好玩的活動時卻都沒有邀請愛德坎。就連針猿也在守備範圍內的愛黃坎究竟會成長成什麼樣子，沒有人能夠預測。

梅露露　♀ ??歲

「梅露露香料店」的女主人，同時也是當地主婦的領導者。自稱永遠的二十歲。最喜歡粗製糖和八卦的主婦諜報部隊隊長是她掩人耳目的假身分，真實身分是休森華德邊境伯爵家的諜報員。雖然蒐集或操作迷宮都市的情報是她的拿手絕活，有時候表面上和背地裡做的事情卻沒有什麼差別。經常把店面交給店員去顧，自己則整天泡在「枝陽」。

高登

♂58歲

外觀是很典型的矮人，鬍子和眉毛、體型都又粗又短的建築工。雖然經常和自稱建築師的兒子約翰鬥嘴，卻很認同兒子的實力，與他合作無間。和身為玻璃工匠的矮人魯坦、約翰等三人一起將「枝陽」改裝成讓人分不清是藥店還是咖啡廳的店面。矮人三人組今天依然在「枝陽」享受著好茶與陽光。

雪莉・尼倫堡　♀ 12歲

傑克・尼倫堡治療技師的愛女。善於社交又溫柔體貼，也是個喜歡照顧人的美少女，所以非常受迷宮討伐軍的大朋友歡迎。過去曾被史萊姆溶液腐蝕的臉已經完全恢復原狀，每天都在「枝陽」與艾蜜莉和帕洛華、艾里歐開開心心地玩在一起。雖然大家都說她除了黑髮以外都與傑克一點也不像，有時候卻會從笑容中顯露出父親的血統。

沃伊德・席爾　♂37歲

愛爾梅拉的丈夫，帕洛華與艾里歐的父親。看似是代替忙碌的妻子擔任家庭主夫的斯文男子，其真面目卻是……他平常總誇愛爾梅拉「充滿了刺激性」，但或許只是被電到麻痺而已。夫妻倆非常恩愛，總是不顧他人目光地卿卿我我，使得老婆安珀不喜歡在他人面前親熱的迪克隊長十分羨慕。

瑪莉艾拉師父（暫稱）的

錬金術配方

《高階篇》

Master Mariera's

Alchemy Recipes

High-Grade Edition

High-Grade Heal Potion

從重傷到傷痕都有效！

高階魔藥

充分發揮魔藥本領的回復力。

就算是治癒魔法無效的虛弱患者也可以完美治癒喔。

【材料】 月光魔草……在地底湖畔沐浴月光石的光所生長的草。

庫利克草……到處都採得到的藥草，對外傷很有效。

曼德拉草……形狀像人的根莖類。

鬼棗……會做成果乾販售。又甜又好吃。

樹人果實……樹木型魔物的果實。用十三種藥草做替代品會比較便宜。

亞勞妮草的根與葉……有毒的藥草。有必要經過去毒處理。

寄生水蛭的毒腺浸泡油……具有造血作用。外觀很噁心。

【份量】（一瓶份） 月光魔草……一束　庫利克草……一把

曼德拉草……一片　鬼棗……半顆

樹人果實……半顆　亞勞妮草的根與葉……一撮

寄生水蛭的毒腺浸泡油……一滴

High-Grade Cure Potion

連石化都能治好的狀態異常必需品

高階解毒魔藥

雖然都叫做中毒，也有各式各樣的作用。
不論是什麼種類，倫多的淨化效果都非常好。

【材料】 倫多葉柄……長著有浮力的葉柄，飄浮在毒沼澤上的草。可以用釣的方式採獲。
月光魔草、庫利克草、曼德拉草、鬼棗、樹人果實、亞勞妮草的根與葉、寄生水蛭的毒腺

【份量】（一瓶份） 倫多葉柄……一半　月光魔草……一束
庫利克草、曼德拉草、鬼棗、樹人果實、亞勞妮草的根與葉、寄生水蛭的毒腺……各為高階魔藥的一半份量

High-Grade Specialization Potion Muscle tissue

對部位缺損效果極佳！

肌肉組織特化型高階魔藥

要是被魔物吃掉一塊肉，特化型就是大家的好夥伴。
藉著特化某種功能，可以得到相當於特級的回復效果喔。

【材料】 尼奇爾新芽……即將從雪層中發芽的新芽。就像新生的長長新芽一樣，肌肉組織也會一條一條地再生。
月光魔草、庫利克草、曼德拉草、鬼棗、樹人果實、亞勞妮草的根與葉、寄生水蛭的毒腺

【份量】（一瓶份） 尼奇爾新芽……一個
月光魔草、庫利克草、曼德拉草、鬼棗、
樹人果實、亞勞妮草的根與葉、寄生水蛭的毒腺
……各與高階魔藥等量

高階魔藥的做法

《1. 月光魔草萃取液》

1-1

粉碎乾燥的月光魔草。乾燥溫度與生長溫度相同，介於十到十一度。稍微減壓更佳。粉碎時愈細愈好。

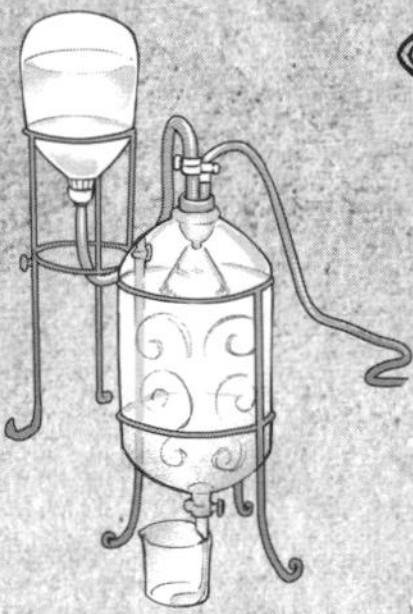

1-2

與冰晶接觸，在冰點以下進行萃取。因為屬於固溶，萃取速度慢，所以要將含有「生命甘露」的水噴霧成微小的冰晶，在容器內攪拌，使其反應。

1-3

製作解毒魔藥或特化型時，要在月光魔草萃取液中添加切碎的倫多葉柄或壓碎的尼奇爾新芽，然後等待它恢復到室溫。

《2. 樹人果實的替代品》

2-1

將曼德拉草與其亞種的根三種、葉片三種、莖兩種、種子一種、花瓣一種、菇類兩種、樹皮一種共計十三種的材料分別以適當的溫度乾燥後，一一調配好指定的份量。

2-2

將調配好的原料放到「鍊成空間」內並隔絕空氣，粉碎成比麵粉更細的顆粒，然後混入橄欖油。在密閉的遮光容器裡放置一年以上，或是維持在四十度的加壓狀態一個小時。

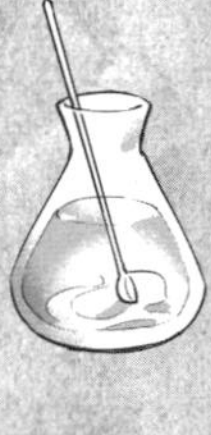

2-3

舀起一匙藥液，溶入含有「生命甘露」的酒精。如果使用的是樹人果實，要將糊狀的樹人果實混入橄欖油，放置一個小時後使用上層的清澈部分。

《3. 亞勞妮草萃取液》

3-1

亞勞妮草的根部有鎮痛成分，葉片有消炎成分。根與葉都有毒，但都會在八十度以上的溫度分解，因此要用含有「生命甘露」的一百度熱水將毒素去除。

3-2

煮好的汁液大致放涼之後，在澈底冷卻前滴入一滴浸泡過寄生水蛭毒腺的油。這種油可以均勻溶解在亞勞妮草的汁液中。

《4. 庫利克草萃取液》

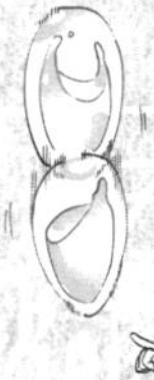

將乾燥的庫利克草、鬼棗、曼德拉草粉碎，一起進行萃取。將曼德拉草當作替代藥品使用時是浸泡到油裡，這裡卻要用含有「生命甘露」的淨水萃取水溶性的成分。

《5. 調合》

去除四種萃取液的殘渣，依序加到月光魔草萃取液中。樹人果實或替代品的萃取液和亞勞妮草萃取液的「生命甘露」含量記得要相同喔！

！一點建議

月光魔草的萃取是高階魔藥的關鍵！雖然用加了鹽的水也可以萃取，但是效果會變差。外面有賣專用的萃取容器喔。聽說還有融合了魔導具的厲害容器呢！

讓大家久等了！
我的故事要開始啦！
光蓋的生活中穿插著
第四集關鍵字，
以粗體字進行下集預告的
超讚單元——
這就是「破限的時間」嘿！
破限的時間

火焰是燒盡一切、鍛鍊心志、照亮黑暗的光芒。
香菇需要乾燥，徒弟需要再次鍛鍊，長久以來的謎團需要真相。
跨越兩百年的時光，火焰將再度熊熊燃燒。

「老闆，給我來點食物吧！」

夜深人靜時，光蓋造訪了迷宮都市巷弄中的一家小小的店。最多只能容納十人的狹小店內有紅通通的炭火正在猛烈燃燒著，這在使用魔導具烹調食物的迷宮都市是很稀奇的景象。供應現場烤肉的這家店是由來自**矮人**自治區——**洛克威爾**的老闆一家人共同經營的隱藏名店。

「今天有有些不錯的**祈雨鳥**喔。」

光蓋順從老闆的推薦，馬上點了一杯酒，坐在吧檯欣賞烤肉的過程。**玻璃工房**製的風雅酒杯中盛裝的**酒**是沒有在迷宮都市**公開販售**的**特級**好酒。這種酒或許與**魔藥**差不多貴重。

Limit Breaker's Time!

插在細籤上的肉滋滋作響，每次有油脂滴落便使火焰往上竄升。
「**火焰**燒得真旺盛啊！看起來好好吃。」
光蓋大口咬下只有用鹽調味的肉串，老闆則向他開口說道：「你今天還真晚來。」
「沒什麼啦，都是因為經常發生的魔物幼仔**綁架**事件。因為有**外來的人**企圖賣魔物來賺錢，一下子有魔物的父母從魔森林跑過來，一下子有小魔物在街上到處亂跑，累死人了。今天明明是發薪日，我卻到這個時間才能**脫離**公會，恢復**自由之身**。」
「辛苦你了。對了，你應該把小魔物放回魔森林了吧？畢竟小孩走失，父母一定很擔心。」
深知光蓋的個性的老闆又幫他添了些酒肉，笑著說道。
「我又不是**閒著**沒事幹，而且那是魔物耶。」光蓋揮揮手否認，手上卻留著小小的抓傷，可見即使是魔物，他也不忍心殺死小孩子，所以應該是把小魔物抓起來放回森林了吧。
「你不用害臊啦。這麼溫馨的故事如果是**童話**，那隻小魔物的真面目搞不好

Limit Breaker's Time!!

是**精靈**，還會化身成**美女**來向你報恩呢。」

「會出現在那種故事裡的**傳說中的勇者**才不會像我一樣跑出來**夜遊**呢。好了，我差不多該回去了。老婆還在等我。」

與善良的老闆一邊聊天一邊享用美酒與料理的光蓋，從剛領到的薪水袋裡拿錢支付這次和以前賒帳的餐費，然後回到有老婆正在等待的家。

沒錯，他的老婆正在等待。等待光蓋，應該說等待光蓋帶回去的薪水。

光蓋別開目光，緩緩交出付清高額的餐費和賒帳金額後變輕許多的薪水袋。

「＊＊＊＊。」

光蓋究竟說了什麼來請求老婆的原諒，還是根本沒有得到原諒呢？

沒有人知道**真相**。

＊後記

首先，我要對閱讀到這裡的各位致上感謝之意。

雖然這一集是從ｏｘ老師那篇令人會心一笑的開頭漫畫和瑪**肉**艾拉的尊容開始的，其中卻也包含了這個故事中最令人悲傷的場面。

沒錯，就是林克斯的死。

林克斯的死是在故事的構想階段就已經決定好的事。

在第一集，瑪莉艾拉與林克斯兩個人走在傍晚的街道上時，林克斯曾說過「我以後要長得跟迪克隊長一樣高」，可是暗喻他「成長後」的模樣的，卻是與瑪莉艾拉並肩而行的「影子」。

其實那一幕就是在暗示瑪莉艾拉與林克斯兩個人並不會有一起長大成人的未來。

林克斯是在兩百年後的世界給予瑪莉艾拉一個容身之處，並促使吉克的身心成長的重要人物。在「成為小說家吧」，故事並沒有完整描寫到林克斯是從什麼時候開始，又是怎麼對瑪莉艾拉產生感情的；所以在第三集，我以林克斯身為「馭影師」的內心戲為中心，大幅追加了劇情。如果能讓他的故事變得更有深度，那就太好了。

造成林克斯悲劇的導火線是小賈這名微不足道的人類。他既軟弱又愚蠢，凝聚了任何人都曾經從自己或他人心中感受到的小小惡意，除非湊齊好幾個條件，否則他就是個連傷害瑪莉艾拉都辦不到的小人物。小賈是對比吉克的成長的鏡子，也代表了「小小的忽視和細微的惡意積沙成塔，最後就有可能引發嚴重的事故」，是一個象徵惡意的人物。從「成為小說家吧」時開始，小賈就是個惡名昭彰的角色，或許是因為他充分呈現了可能潛伏在身邊的危險吧。

瑪莉艾拉失去林克斯之後，在兩百年前的魔物暴動中獨自存活並隱瞞鍊金術師的身分，過著安穩生活的狀況使她吐露了近乎罪惡感的心聲。人們重新萌生消滅迷宮的意志。除此之外，「炎災賢者」也開始往迷宮都市前進。

第四集會以瑪莉艾拉為中心，故事將有大幅的進展。敬請期待！

最後，對於把眾所期待的瑪**肉**艾拉畫得胖嘟嘟又可愛的插畫家ox老師，以及挑選了瑪**肉**艾拉那一幕作為開頭的清水編輯等角川的各位同仁，我要致上由衷的謝意。

のの原兎太

のの原兎太

成為筆名由來的寵物兔回到月亮後過了幾個月，見到與牠長得一模一樣的孩子，於是又忍不住迎進家門。可是這次是個女孩子。因此稍微開始煩惱是否該把筆名改成兎子。

ox

插畫家。喜歡少年少女與非人生物、幻想風格的景色。
第三集了！我在繪製插畫時對歡樂中帶著悲傷的故事投入了許多感情。